ALMANOVA

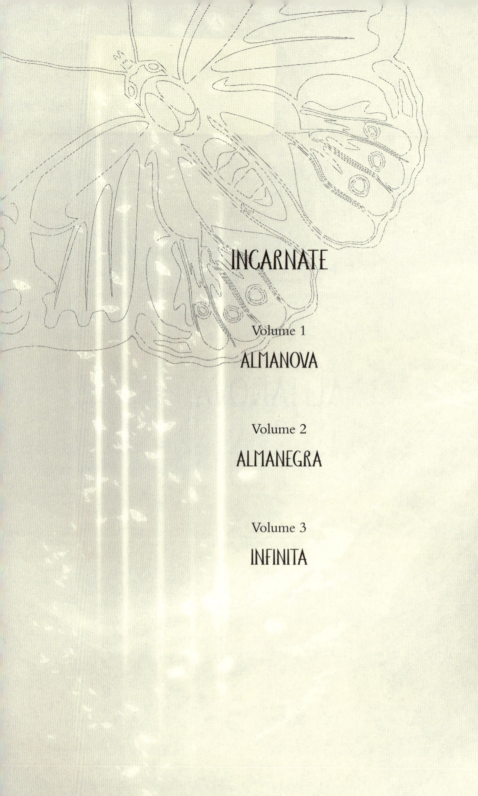

INCARNATE

Volume 1
ALMANOVA

Volume 2
ALMANEGRA

Volume 3
INFINITA

JODI MEADOWS
ALMANOVA
TRILOGIA INCARNATE VOLUME 1

Tradução
Ana Resende

Rio de Janeiro, 2015
2ª Edição

Copyright © 2012 *by* Jodi Meadows

TÍTULO ORIGINAL
Incarnate

ADAPTAÇÃO DE CAPA
Marcela Nogueira sob original de Joel Tippie

FOTO DE CAPA
Gustavo Marx/MergeLeft Reps, Inc.

FOTO DA AUTORA
Housden Photography

DIAGRAMAÇÃO
editoriârte

Impresso no Brasil
Printed in Brazil
2015

CATALOGAÇÃO NA PUBLICAÇÃO
BIBLIOTECÁRIA: FERNANDA PINHEIRO DE S. LANDIN CRB-7: 6304

M482a
2 ed.

Meadows, Jodi
  Almanova / Jodi Meadows; tradução de Ana Resende. - 2. ed. - Rio de Janeiro: Valentina, 2015.
  288p. ; 23 cm (Incarnate; 1)

  Tradução de: Incarnate
  Continua com: Almanegra

  ISBN 978-85-65859-17-2

  1. Fantasia. 2. Reencarnação - Ficção. 3. Identidade (Conceito filosófico) - Ficção. I. Resende, Ana, 1973-. II. Título.

CDD: 813

Todos os livros da Editora Valentina estão em conformidade com
o novo Acordo Ortográfico da Língua Portuguesa.

Todos os direitos desta edição reservados à

EDITORA VALENTINA
Rua Santa Clara 50/1107 – Copacabana
Rio de Janeiro – 22041-012
Tel/Fax: (21) 3208-8777
www.editoravalentina.com.br

*Para minha mãe,
que me incentivou a seguir meus sonhos
e que nunca surtou quando eu telefonava
perguntando como tratar de concussões, membros quebrados
ou queimaduras de segundo grau.*

ALMANOVA

Ano das Canções 330, semana 3

O que é uma alma senão uma consciência que nasce e renasce?

Com o advento da nova tecnologia, sabemos que as almas podem ser medidas como uma série de vibrações, que são mapeadas nas máquinas dos Contadores de Almas. Cada sequência é única. Cada sequência é igual a que era em sua encarnação anterior, por mais distinto que o corpo possa ser. Eu renasci centenas de vezes, e me recordo de cada geração.

As almas também são sensíveis, uma essência nascida em um novo corpo, quando o antigo perece.

Havia um milhão de almas; agora, porém, somos um milhão menos uma. Há cinco anos, o templo escureceu na noite em que Ciana faleceu. Nessa noite, quando Li deu à luz nossa filha, esperamos que ela reencarnasse. Em vez disso, as verdades sobre as quais fundamos nossa sociedade foram definitivamente postas em dúvida.

Os Contadores de Almas seguraram a mão da recém-nascida e pressionaram-na no escâner de almas, e a sequência de vibrações buscou sua equivalente na base de dados.

Entretanto, não havia equivalência, o que significava que essa alma não nascera antes. Então, de onde viera? O que acontecera à alma de Ciana? Fora substituída? Outras almas poderiam ser substituídas?

Essa nova alma era real?

Diário de Menehem

1
NEVE

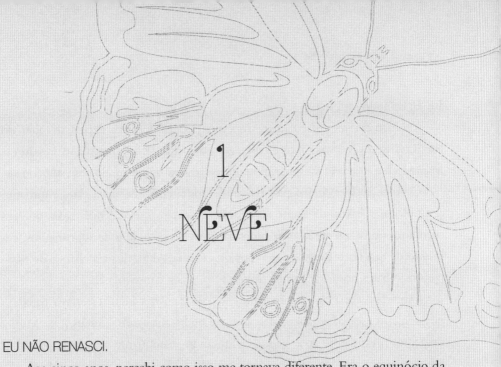

EU NÃO RENASCI.

Aos cinco anos, percebi como isso me tornava diferente. Era o equinócio da primavera no Ano das Almas: a Noite das Almas, quando os outros contavam histórias sobre o que haviam feito nas três vidas passadas. Nas dez vidas passadas. Nas vinte vidas passadas. Batalhas contra dragões, a invenção da primeira pistola de laser e o empenho de Cris, durante quatro vidas, em criar uma perfeita rosa azul, que, no fim, todos afirmaram ser lilás.

Ninguém se importava em conversar comigo, por isso, eu não dizia uma única palavra. Nunca. Mas eu sabia ouvir. Todos viveram antes, tinham memórias para compartilhar, vidas para esperar. Dançavam ao redor das árvores e da fogueira, bebiam e gargalhavam até cair e, quando chegava a hora de cantar, agradecendo pela imortalidade, algumas poucas pessoas lançavam um olhar na minha direção, e a clareira ficava tão estranhamente quieta que dava para ouvir a queda-d'água batendo nas rochas cinco quilômetros ao sul.

Li me levou para casa e, no dia seguinte, juntei todas as palavras que conhecia para formar uma frase. Todos os outros se recordavam de uma centena de vidas antes desta. Eu precisava saber por que não conseguia me lembrar de nada.

— Quem sou eu? — Foram as primeiras palavras que falei.

— Ninguém — respondeu ela. — Uma sem-alma.

Eu estava indo embora.

Era meu décimo oitavo aniversário, umas poucas semanas depois do início do ano. Li disse: "Que você faça uma viagem tranquila, Ana", mas sua expressão era impassível, e eu duvidava que realmente estivesse dizendo aquilo com sinceridade.

O Ano da Seca fora o pior da minha vida, cheio de raiva e ressentimento acumulados. O Ano da Fome não começara muito melhor, mas agora que era meu aniversário, eu tinha uma mochila cheia de comida e de suprimentos, e a missão de descobrir quem eu era, por que existia. Além disso, a chance de escapar dos olhares hostis de minha mãe era uma feliz consequência.

Olhei por cima do ombro para o Chalé da Rosa Lilás. Li estava parada à porta, alta e esguia, e a neve descia em espirais entre nós. "Adeus, Li." Minha despedida misturou-se ao ar gélido, demorando-se enquanto me esticava e erguia a mochila. Era hora de deixar o chalé isolado e conhecer… todo mundo. A não ser por raros visitantes, eu não conhecia ninguém além da minha mãe e seu coração de víbora. Meu destino: a cidade de Heart.

A trilha do jardim se contorcia montanha abaixo, entre os pés de tomate e abóbora cobertos pela geada. Estremeci ainda mais em meu casaco de lã quando comecei a marcha para longe da mulher que costumava me deixar com fome dias seguidos, de castigo, por não executar as tarefas domésticas corretamente. Eu não reclamaria se esta fosse a última vez que a visse.

Minhas botas esmagavam cascalho e fragmentos de gelo que haviam caído das árvores enquanto a manhã espreitava entre as montanhas. Mantive as mãos fechadas nos bolsos, protegidas em luvas gastas, e trinquei os dentes por causa do frio. O olhar de Li me seguiu montanha abaixo, tão afiado quanto o gelo que pendia do telhado. Não importava. Agora eu estava livre.

Ao sopé da montanha, girei na direção de Heart. Encontraria minhas respostas naquela cidade.

— Ana! — No degrau da frente, Li balançava um pequeno objeto de metal. — Você se esqueceu da bússola.

Dei um suspiro e caminhei com dificuldade de volta à casa. Ela não ia trazê-la para mim, e não surpreendia que esperasse até eu ter descido todo o caminho para me lembrar. No dia em que menstruei pela primeira vez, saí correndo do banheiro, gritando que estava saindo sangue de dentro de mim. Ela morreu de rir, até perceber que eu *tinha* realmente acreditado que estava morrendo. E isso a fez gargalhar ainda mais alto.

— Obrigada. — A bússola encheu minha mão e depois o bolso da frente.

— Heart fica a quatro dias para o norte. Seis, com esse tempo. Tente não se perder, pois não vou procurar por você. — E bateu a porta na minha cara, interrompendo o ar quente que emanava do aquecedor.

Sem que me visse, mostrei-lhe a língua; depois, toquei a rosa entalhada na porta de carvalho. Esse era o único lar que eu havia conhecido. Depois que nasci, Menehem, o amante de Li, partiu para além das fronteiras de Range. Sentira-se humilhado demais para ficar com uma filha sem-alma, e Li me culpava por... tudo. A única razão pela qual cuidara (mais ou menos) de mim era o fato de o Conselho tê-la obrigado a fazer isso.

Depois, ainda magoada com o desaparecimento do amante, ela me levara para o Chalé da Rosa Lilás, que Cris, o jardineiro, havia abandonado. Li dera esse nome ridículo já que ninguém achava que as rosas fossem azuis. Assim que cresci o suficiente, passei horas tentando fazer com que as rosas voltassem à vida para florescer durante todo o verão. Minhas mãos ainda tinham as cicatrizes de seus espinhos, mas eu sabia por que elas se defendiam com tanta fúria.

Mais uma vez, me afastei, caminhando com passos pesados morro abaixo. Em Heart, pediria ao Conselho para passar um tempo na grande biblioteca. Deveria haver uma razão para que, após cinco mil anos de reencarnação das mesmas almas, eu tivesse nascido.

A manhã passou, mas o frio não diminuiu. Montes de neve ladeavam a estrada com calçamento de pedras, e minhas botas achatavam a camada branca que se formara durante o dia. Algumas vezes, tâmias e esquilos estalavam galhos congelados ou subiam por abetos, mas, na maior parte do tempo, reinava o silêncio. Mesmo o uapiti, que enfiava o focinho na neve, não emitia som algum. Era como se eu fosse a única pessoa em Range.

Eu devia ter ido embora antes do meu quindec, meu décimo quinto aniversário, que, para as pessoas normais, assinalava maturidade física. Pessoas *normais* deixavam os pais para comemorar o aniversário com amigos, mas eu não tinha nenhum e pensava que precisava de mais tempo para aprender as habilidades que os outros já dominavam havia milhares de anos. Era bem feito para mim por acreditar cada vez que Li dizia que eu era uma burra.

Ela nunca teria essa oportunidade novamente. Quando a estrada do chalé se interrompeu, verifiquei a bússola e segui a bifurcação rumo ao norte.

Os bosques da montanha ao sul de Range eram conhecidos e seguros; ursos e outros mamíferos grandes nunca me incomodaram, mas eu também não os incomodava. Passei minha juventude coletando pedras e conchas brilhantes que abriram caminho até a superfície depois de muitos séculos. De acordo com os livros, havia milhares de anos, o lago Rangedge inundara até o extremo norte durante as estações chuvosas, portanto, sempre era possível procurar tesouros.

Não parei para comer, apenas dei algumas mordidas em maçãs desidratadas do porão enquanto caminhava, deixando um rastro de sementes para que alguma criatura de sorte o encontrasse. Com a barriga cheia, puxei a gola da camisa até o nariz, fazendo com que a respiração se espalhasse pelos meus lábios e bochechas. Com a garganta e o peito cheios de ar quente, cantarolei bobagens sobre a liberdade e a natureza. Minhas passadas mantinham o ritmo, e uma águia grasnava em uníssono.

Eu nunca tivera estudo formal em música, mas havia roubado livros de teoria musical da biblioteca do chalé e, algumas vezes, gravações do músico mais famoso de Range: Dossam. Eu tinha memorizado as canções dele (algumas vezes, dela) para que pudesse conservá-las depois que Li descobrisse o roubo; tinha valido a pena apanhar por causa daquilo.

Aos poucos, a luz do sol que se misturava às nuvens mergulhou na direção do horizonte e delineou os picos nevados à minha direita. Curioso: como eu estava indo para o norte, o sol não deveria se pôr à minha esquerda?

Talvez a estrada serpenteasse ao redor de uma montanha, e eu não tivesse percebido. Os morros eram cheios de trilhas sinuosas que pareciam promissoras até se interromperem em um pequeno lago ou cânion. Ao traçar estradas em meio a lugares selvagens, os engenheiros procuraram evitar esses acidentes, mas ainda tinham de prestar atenção nas encostas íngremes e nas montanhas. Curvas fechadas e pouco profundas não seriam uma surpresa.

No entanto, quando pousei a mochila sobre as pedras e subi num álamo para ter uma visão melhor, não encontrei o local em que a estrada virava novamente. Até onde podia ver, em meio à escuridão do crepúsculo, a estrada formava uma trilha entre pinheiros e abetos, passando direto pelo lago Rangedge, que demarcava a fronteira sul de Range.

Li me enganara.

— Odeio você! — Joguei a bússola no chão e fechei os olhos bem apertados, sem nem mesmo saber com quem eu deveria estar zangada: com Li, que me dera uma bússola defeituosa, ou comigo, por acreditar que ela seria capaz de tamanha generosidade.

Eu perdera um dia inteiro de caminhada, mas, pelo menos, me dera conta disso antes de ir além de Range. A última coisa de que precisava era me deparar com um centauro (o que era possível mais ao sul) ou uma sílfide, que assombrava as fronteiras da cidade. Eles não costumavam entrar, graças a armadilhas que detectavam calor e que se encontravam por toda a floresta, mas, com frequência, eu sonhava com as criaturas na infância e nem sempre conseguia me convencer de que as sombras e o calor eram pesadelos.

Não importa. Li nunca saberia sobre aquela vitória, se eu não contasse.

Enquanto descia do álamo, escureceu completamente; apenas a tênue luz da lua passava entre as nuvens. Remexi as coisas dentro da mochila, até minha mão se fechar ao redor da lanterna; girei o objeto algumas vezes com força, e resolvi acampar próximo ao brilho esbranquiçado. Havia um riacho de águas agitadas perto da estrada, e coníferas largas protegiam uma clareira ampla o suficiente para o saco de dormir.

Limpei a neve e pus o saco de dormir no chão. Ele era grande o bastante para fechar sobre a minha cabeça e ainda sobrar espaço. Eu não tinha (nem precisava) de uma barraca. Levaria muito tempo até esquentar, pois Li não me dera um aquecedor. Nem eu esperava tal atitude dela. No entanto, quando rastejei para dentro do saco de dormir, eu me aqueci tão rápido quanto se estivesse no chalé.

Talvez, depois de saber de onde vinha e se havia ou não renascido, pudesse morar na floresta de Range para sempre. Eu não precisava de mais ninguém.

Quando a luz da lanterna diminuiu, murmurei a melodia da minha sonata preferida; um ruído surdo no meu ouvido. O saco estava abafado, mas era melhor que acordar com a boca cheia de neve. Minhas pálpebras ficaram pesadas.

"Shh."

Abri os olhos e me retesei, apertando a lanterna, mas não estava preparada para ligá-la, muito menos para tirar aquele barulho da cabeça.

"Hushhh."

Um gemido profundo veio do riacho. No entanto, nenhum galho estalou com passos e nenhum ramo gemeu. Tudo estava em silêncio, a não ser pela água que escorria das rochas. E pelos sussurros.

Os murmúrios continuaram; alguém mais havia decidido acampar aqui e, por alguma razão, não percebera o saco de dormir.

Ótimo. Eu ia sair. Não estava disposta a lidar com ninguém pouco depois de ter vivido com Li. Ela sempre dissera que as pessoas não iam gostar de mim por ser quem eu era, e eu não queria explicar a ninguém por que estava ali, bem na fronteira de Range. Com um território tão vasto, e a maior parte das pessoas enfurnadas em Heart, alguém tinha que vir parar justamente aqui?

O invasor não fez outro som enquanto eu metia os braços nas mangas do casaco e enfiava minhas coisas dentro da mochila. Tantos anos evitando a atenção de Li tinham sido úteis para alguma coisa, afinal. O ar gélido se insinuou enquanto eu abria o zíper do saco e saía, rastejando.

Ouvi alguém gemer. Agora eu realmente queria desaparecer dali.

Enrolei o saco de dormir, guardei tudo na mochila e me arrastei até a estrada sob a luz da lua refletida na neve. Havia claridade suficiente para que eu pudesse distinguir as árvores e a vegetação rasteira. Não havia sinal de visitantes. Devo ter dormido um pouco, porque o céu estava límpido e escuro, salpicado de estrelas como se fosse neve. O vento chacoalhava os galhos das árvores.

"Shh." Os sussurros acompanharam minha retirada.

Meu coração disparou. Girei a lanterna para ligá-la e movi o feixe de luz na direção do murmúrio das águas nas pedras. Neve, terra e sombras. Nada de mais, exceto pelas vozes sem corpo.

Até onde eu sabia, somente uma criatura se movia sem tocar o chão. As sílfides.

Corri até a estrada, esmagando a neve sob as botas ao mesmo tempo que o ar gelado vibrava nos meus pulmões. Os gemidos transformaram-se em guinchos agudos e gargalhadas. Embora o calor na parte de trás do pescoço pudesse ter sido apenas a minha imaginação alimentada pelo terror, as sílfides estavam se aproximando. Eu sobreviveria a uma queimadura de seu toque ardente, mas qualquer outra coisa me mataria.

Havia meios de capturá-las por tempo suficiente para mandá-las para bem longe da floresta, mas eu não tinha as ferramentas necessárias. Não havia meio de matar uma sombra.

Eu me abaixei. Os galhos batiam no meu rosto e prendiam no casaco. Consegui me soltar todas as vezes, indo ainda mais fundo na mata. Somente o sibilo indicava a proximidade daquelas criaturas.

O ar congelante ferroava meus olhos e a luz da lanterna já estava enfraquecida; era a lanterna reserva de Li e era velha. Meu peito ardia de frio e de medo, e uma cãibra me atingia na lateral do corpo. As sílfides se lamentavam como o vento soprando em uma tempestade, cada vez mais perto. Uma língua de fogo invisível desceu na minha bochecha exposta. Gritei e corri com mais força, até que a mochila ficou presa num emaranhado de pinheiros. Não adiantava puxar para me soltar.

As sílfides derretiam a neve e formavam um círculo escuro de ruídos dissonantes e de vento. Gavinhas escuras espiralavam ao meu redor, e a queimadura na bochecha ardia.

Soltei os braços da mochila, corri entre as criaturas sombrias, e senti um sopro de calor no rosto como se eu tivesse entrado em um forno. Elas gritavam e vinham atrás de mim, mas eu podia me mover em espaços pequenos agora que estava livre. Árvores, troncos caídos. Eu me desviava e pulava, lutando para manter as ideias coerentes, concentrada em superar o obstáculo seguinte, apesar da neve e do frio, ou a morte terrível que me perseguia.

Talvez pudesse levá-las até uma das armadilhas de sílfides. Mas não sabia onde elas estavam. Nem sabia onde *eu* estava.

A lanterna se apagou. Bati no fundo e girei até a luz fraca revelar a neve brilhante e as árvores.

As sílfides gemiam e lamentavam, aproximando-se, enquanto eu me desviava de um abeto coberto de neve. O calor aumentava na minha nuca. Pulei por cima de um tronco e escorreguei na beirada de um penhasco que dava para o lago. A neve deslizou debaixo das minhas botas quando me lancei de joelhos para evitar despencar. Minha lanterna não teve a mesma sorte. Caiu com estrépito das mãos cobertas pelas luvas e afundou no lago com um borrifo. Três segundos. Uma longa queda.

O vento soprou com violência da água quando fiquei de pé. As sílfides flutuavam pela floresta, eram sete ou oito; criaturas com o dobro da minha altura, feitas de fumaça e de sombras. Deslizavam para a frente, derretendo a neve e me cercando entre elas e um penhasco sobre o lago Rangedge.

Seus gritos estavam cheios de raiva e desespero, um fogo que ardia sem cessar.

Olhei por cima do ombro; o lago era uma faixa escura e não havia nada atrás de mim. Se havia rochas ou blocos de gelo, eu não conseguia vê-los. Me afogar era um fim melhor que queimar no fogo daqueles seres por semanas ou meses.

— Vocês não vão me pegar. — Girei e pulei do penhasco. A morte seria rápida e fria; eu não sentiria nada.

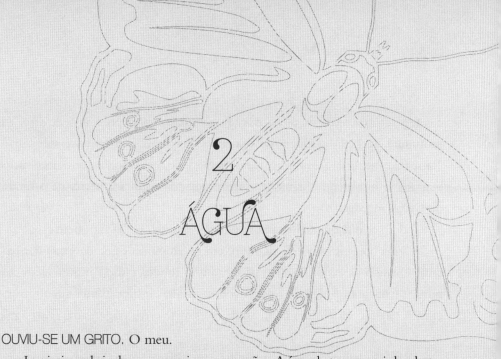

2
ÁGUA

OUVIU-SE UM GRITO. O meu.

Inspirei e cobri a boca e o nariz com as mãos. A água bateu nas minhas botas e nas laterais do meu corpo, e cobriu o meu rosto. A pressão extraiu o ar do meu peito e garganta feito um turbilhão de bolhas. O frio ensopou meu casaco, que me arrastou para o fundo.

As luvas não funcionaram como nadadeiras, e as botas eram pesadas demais para que eu pudesse bater os pés. Dormente por causa do frio, eu mal sentia os fragmentos de gelo que batiam contra os membros que se agitavam, quando tentei subir até a superfície. A gravidade parecia a mesma em todas as direções debaixo d'água, mas, mesmo quando pensei ter girado, o vento gélido atingiu meu rosto.

Cuspi a água e ofeguei. Tentei tomar impulso até a margem próxima, mas meus braços estavam pesados com as roupas ensopadas. O peso me sugava para baixo mais uma vez, o que me permitiu encher os pulmões de ar apenas por alguns segundos.

Por mais que eu me esforçasse, não conseguia encontrar o caminho de volta à superfície. Me agarrei a um bloco de gelo e tentei me erguer, mas ele só me fez girar. Um brilho atraiu meu olhar: a lanterna, que fora arrastada para o fundo, e que eu não conseguira ver.

Mantive a boca fechada, mas meu peito se contraiu quando os pulmões tentaram inspirar o ar fresco em vão. Se a temperatura congelante não me matasse primeiro, a água mataria. Eu mal podia me mexer.

Meus pensamentos ficaram gélidos e fragmentados. Os batimentos cardíacos ressoavam nos meus ouvidos, cada vez mais lentos por causa do frio, da profundidade e da ausência de oxigênio. Por mais que tentasse subir, não conseguia *encontrar* o caminho para a superfície, nem podia convencer meus braços a se moverem. A água ficou negra quando segui a lanterna até o fundo do lago Rangedge.

Todo o ar que eu guardara nos pulmões escapou, bolha após bolha.

A água borbulhava perto de mim, em redemoinho, onde deveria estar parada. Quando os dedos do meu pé tocaram o fundo, a luz se moveu além das minhas pálpebras, e alguma coisa envolveu minha cintura. Tomei impulso para cima. O aperto na cintura ficou ainda mais forte e me tragou através da água escura.

As batidas lentas do meu coração ficaram cada vez mais distantes. Meu peito pulava, como se fosse um truque para me fazer inspirar. Eu já não tinha mais como prender a respiração. Os pulmões explodiriam se eu não deixasse o ar entrar para aliviar a pressão.

Não consegui evitar. Inspirei a água e me submeti ao frio.

O tempo transformou-se numa névoa gélida. A água se movia à minha volta, dentro de mim, e tudo ficou escuro e liso como uma obsidiana.

Eu estava deitada de costas.

Algo batia no meu peito. Uma pedra. Um punho. Com raiva. Uma coisa gelada e úmida pressionava meus lábios e soprava um hálito quente. As batidas no meu peito voltaram, e uma bolha se formou dentro de mim, cresceu e forçou a passagem.

Um rosto escuro e gotejante flutuava diante da minha visão um segundo antes de eu vomitar a água do lago. Ela queimou minha garganta como fogo, mas tossi e cuspi até a boca ficar seca. Voltei a me deitar de costas quando os tremores vieram e me sacudiram como velhas janelas durante uma forte tempestade.

Eu estava viva. O vento congelante era mais frio que o do lago, mas eu conseguia respirar. Outra pessoa me enchera de ar. Fiz um esforço para abrir os olhos, sem poder acreditar que alguém se preocupasse em salvar a minha vida.

O gelo e a escuridão opressiva devem ter prejudicado a minha visão, pois vi o rosto preocupado de um garoto assumir uma expressão de alívio. Talvez fosse a perda da consciência que fizesse parecer que ele sorria. Para mim.

Então, eu parti, perdida em sonhos.

Cobertores de lã roçaram o meu rosto. O casaco pesado e as botas tinham sido retirados, e eu estava seca, deitada de lado. Os dedos do pé e da mão pinicavam ao mesmo tempo que a dormência diminuía. Eu estava dolorida por causa do impacto com a água, mas a única coisa que realmente *doía* era o arranhão na minha bochecha. Os cobertores me mantinham no lugar, formando uma bolsa de ar quente. Pensamentos anuviados me prendiam nesse sonho de segurança.

Algo sólido pressionava as minhas costas. Um corpo respirava no mesmo ritmo que o meu, inspirando e expirando com regularidade, até eu romper com aquela unidade ao me dar conta do que acontecia. Um braço sobre as minhas costelas e a palma de uma das mãos apoiada no meu coração como se quisesse ter certeza de que ele continuava a bater, ou garantir que eu não ia fugir. A respiração aquecia meu pescoço, e soprava meu pelos.

Assim que comecei a cochilar no meu sonho, uma voz grave atrás de mim falou:

— Olá.

Prendi a respiração, esperando que o sonho mudasse.

— Sabe, tem uns quatro mil anos que ninguém crê que nadar em pleno inverno seja uma boa ideia. É um modo esquisito de partir. Você queria saber se seria diferente agora?

Meus olhos se abriram repentinamente quando a situação se cristalizou. Dei um salto, com as pernas emaranhadas no cobertor, e meu cotovelo atingiu um pequeno aquecedor. A barraca parecia fechar-se ao meu redor. Somente um minúsculo lampião iluminava o local, mas era o suficiente para me indicar a porta fechada com zíper, e eu me lancei na direção dela.

O garoto agarrou minha cintura e puxou. Caí sentada, arrastando o zíper. O ar de inverno fluiu para dentro de mim quando me balancei para me livrar do aperto dele e novamente me lancei na noite à minha espera. A neve cintilava sob a luz da lua, ilusoriamente tranquila com o silêncio sufocante.

As meias de lã protegeram meus pés até eu chegar às árvores do outro lado de uma clareira, e então agulhas de pinheiros e seixos despontaram em meio à neve. Não me importei. Não parei. Corri para um lugar, onde estivesse bem longe das sílfides e do estranho. Não ia parar para ouvir o que ele queria, afinal, se fosse parecido com Li, não seria boa coisa.

O inverno me envolveu quando circundei uma torre de pedregulhos e árvores baixas. Calafrios percorreram meus braços nus. Eu vestia apenas uma camiseta fina e calças muito largas, e nenhuma daquelas peças era minha.

O ar congelante atingia a parte de trás da minha garganta a cada respiração entrecortada. Desci aos tropeços uma escada formada por rochas e terra batida, decidida a voltar a correr, mas o lago se estendia sob a luz da lua, bem à minha frente. Pequenas ondas reluziam quando lambiam a praia e os dedos dos meus pés.

Cambaleei para trás, com imagens do gelo e da lanterna que se apagava sob minhas pálpebras sempre que eu piscava. O penhasco de onde havia caído, ou melhor, pulado, pendia sobre o lago à minha direita, delineando-se contra o brilho da luz das estrelas e montanhas cheias de neve. Eu devia ter morrido.

Talvez Li tivesse pagado aquele garoto para me resgatar. Não seria a primeira vez que ela me aterrorizava feito um gato brincando com um rato.

As agulhas de pinheiro farfalhavam, e a neve fazia barulho quando eu pisava. A luz descia sobre as ondas diante dos meus pés. O garoto ergueu um lampião na altura do ombro e olhou para trás de mim.

— Depois de lutar tanto para salvar você, gostaria que não tentasse se matar de novo.

Eu apertei os dentes para evitar que rangessem. Tremores tomaram conta de mim enquanto buscava uma saída, mas ele estava bloqueando o único caminho. Eu podia tentar confrontá-lo ou nadar para a outra margem, onde não pudesse me atacar. Era improvável que ambas dessem certo, sobretudo, porque voltar para o lago congelante era a última coisa que eu queria. Era provável que ele simplesmente me salvasse de novo.

Ele devia ser forte para ter me arrastado daquele jeito do fundo. A barba por fazer escurecia seu queixo e, embora aparentasse a mesma idade que eu, era bem mais alto. Tinha pele bronzeada, olhos afastados um do outro, e cabelo escuro e despenteado. Devem ter sido seus braços que me envolveram debaixo d'água, e foi a respiração dele que me encheu de ar quando eu já não podia respirar.

— Você pode muito bem voltar. — Ele ofereceu a mão livre, e seus dedos compridos se curvaram para me segurar. — Não vou machucá-la, e você está tremendo. Vou fazer chá. — Ele não conseguiu disfarçar os tremores também; a falta do casaco e das luvas indicava que não tivera tempo de se agasalhar antes de me seguir. Talvez a preocupação fosse verdadeira, embora eu também tivesse pensado que Li fora sincera ao me lembrar de levar a bússola. — Por favor.

Minha outra opção era congelar até a morte, o que parecia menos interessante agora que eu estava definitivamente viva. No entanto, eu ia ficar de olho e, se ele fizesse qualquer coisa parecida com o que Li fazia, fugiria dali. Ele não podia me obrigar a ficar.

Eu o acompanhei através do bosque. Não segurei sua mão, cruzei os braços ao meu redor e fiquei feliz por ele ter trazido o lampião, e por ter prestado atenção na direção em que eu corria.

A floresta estava escura por causa das sombras e branca por causa dos montes de neve. Abetos e pinheiros estremeciam sob o peso de um milhão de flocos. Pulei ao ouvir ruídos e fiz um esforço para escutar os murmúrios e gemidos que tinham me conduzido para dentro do lago, para começo de conversa.

Minha bochecha ainda latejava no local em que a sílfide encostara, e, ao tocá-lo sem as luvas, senti que estava quente. No entanto, não havia bolhas; era improvável que fosse me matar. Tinha tido sorte por ela não fazer mais do que isso contra mim. Diziam que as grandes queimaduras de sílfides cresciam e consumiam todo o corpo com o passar do tempo. Li me avisara de que era uma morte dolorosa.

Chegamos à barraca. Do lado de fora, um pequeno cavalo resfolegou e nos lançou um olhar, debaixo de meia dúzia de cobertores. Como não fizemos nada alarmante, ele abaixou a cabeça e voltou a dormir.

Meu salvador manteve a barraca aberta para mim. Nossas botas e casacos estavam pendurados, ainda úmidos. Cobertores à esquerda, um pequeno aquecedor a bateria solar no centro e as bolsas dele do outro lado. Só havia espaço para uma pessoa se esticar, duas, com boa vontade... ou para evitar hipotermia. Ele sabia exatamente como salvar minha vida, enquanto eu teria entrado em pânico em seu lugar. Já havia entrado em pânico o suficiente no *meu* lugar.

— Sente-se. — Ele fez um gesto com a cabeça e apontou para os cobertores e o aquecedor.

Não consegui me sentar de modo gracioso e acabei desabando. Meu corpo inteiro doía. Por causa do frio e por ter ficado tanto tempo na água. Também por causa das sombras assustadoras que me perseguiram através da floresta.

Se ele soubesse que eu era uma sem-alma, não teria ajoelhado nem me ajudado a sentar. Não teria puxado um cobertor ao redor dos meus ombros nem feito cara feia ao ver a queimadura na minha bochecha. Mas ele não sabia, por isso, fez todas essas coisas. O que significava que, talvez, não fosse um dos amigos de Li.

— Sílfides?

Com a mão em concha, cobri a queimadura. Se era óbvio, por que ele estava perguntando?

Ele se afastou, foi até as bolsas, encheu um aquecedor de água portátil e o ligou. Quando bolhas subiram do fundo do vidro, pegou uma caixa pequena.

— Gosta de chá?

Fiz um esforço para concordar com a cabeça e, quando ele não estava olhando, estiquei as mãos na direção do aquecedor. Ondas quentes pinicavam a minha pele, mas o frio penetrara profundamente. Sobretudo, nos meus pés, depois de correr ao relento. As meias de lã, que deviam ser dele, pois tinham espaço para aconchegar minhas mãos dentro delas também, estavam molhadas por causa da neve.

Ele encheu duas canecas com água quente e colocou folhas de chá.

— Tome. — E me ofereceu uma. — Dê mais um minuto para completar a infusão.

Nada que ele fazia parecia ameaçador. Talvez *tivesse* me resgatado por causa da generosidade em seu coração, embora provavelmente se arrependesse, se soubesse quem eu era. E agora eu me sentia uma idiota por ter nos arrastado para a noite fria novamente.

Peguei o chá que ele oferecera. A caneca de cerâmica tinha imperfeições, pelo longo tempo de uso ou pela pouca perícia do artesão, e o desenho de um coro de pássaros canoros decorava a lateral. Nada parecido com os pertences funcionais e resistentes de Li. Coloquei as mãos em volta dela para absorver o calor, inspirando o vapor que tinha gosto de ervas. Queimou minha língua, mas fechei os olhos e aguardei até que parasse de tremer.

— Antes que me esqueça, meu nome é Sam.

— Oi. — Se não fosse pelo risco de derreter minhas entranhas, teria tomado o chá de um gole só.

Ele me fitou, buscando... alguma coisa.

— Você não vai me dizer quem é?

Franzi a testa. Se admitisse que era uma sem-alma, a *coisa* que nascera no lugar de uma pessoa chamada Ciana, ele me tomaria o chá e me expulsaria da barraca. Esta não era a minha vida, Li havia me dito algumas vezes. Na época, não revelara o nome de Ciana, mas eu sabia que tomara o lugar de alguém. Uma vez, eu a ouvira fofocando sobre isso. Cada respiração minha deveria ter pertencido a alguém que todos conheciam havia cinco mil anos. A culpa era esmagadora.

Não podia dizer ao garoto quem eu era.

— Você não precisava ter ido atrás de mim lá fora. Eu daria um jeito.

Ele fez uma careta, e linhas sombrias se formaram entre os olhos.

— Como o jeito que você deu no lago?

— Foi diferente. Talvez eu quisesse estar lá. — Boca idiota. Ele ia sacar se eu não conseguisse controlar minha boca idiota.

— Se você está dizendo. — Secou com um pano o interior do aquecedor de água, e voltou a guardá-lo na bolsa. — Duvido que você quisesse morrer. Eu estava enchendo meus cantis quando vi você pular. Você gritou e eu a vi se debatendo, como se estivesse tentando nadar. Quando estava no lago, agora há pouco, parecia assustada como um ratinho ao perceber que havia um gato na sala. O que estava fazendo na floresta? Como é que se deparou com as sílfides?

— Não importa. — Cheguei mais perto do aquecedor.

— Então... você não vai me dizer seu nome. — Uma afirmação, não uma interrogação. Em breve, ia adivinhar. Ele podia eliminar todas as pessoas com quem eu definitivamente não me parecia, todas as pessoas que renasceram na hora errada e tinham dezoito anos agora, e todas as pessoas da minha idade que ele vira nos últimos anos. — Não consigo me lembrar de alguém a quem ofendi tanto a ponto de não me confiar o próprio nome. Pelo menos, não ultimamente.

— Você não me conhece.

— Foi o que eu disse. Será que entrou água no seu cérebro? — A piada parecia ter um fundo de verdade.

Eu não conhecia nenhum Sam, mas, considerando a pequena coleção de livros na biblioteca do chalé, não era de admirar. Eu não conhecia muita gente.

Engoli o restante do chá e baixei a caneca vazia, murmurando:

— Me chamo Ana. — Meu interior estava aquecido agora, e eu não estava me afogando. Quando ele me expulsasse, não ficaria numa situação pior que antes, desde que pudesse encontrar minha mochila.

— Ana.

Calafrios percorreram minha espinha quando ele repetiu meu nome. E que nome. Eu tivera coragem de perguntar a Li por que eles o escolheram, e ela dissera que era parte de uma antiga palavra que significava "solitária" ou "vazia". Também era parte do nome de Ciana, simbolizando o que eu havia tirado dela. Significava que eu era uma sem-alma. Uma garota que caía em lagos e era resgatada por Sam.

Mantive o rosto abaixado, e o observei através dos cílios. Sua pele estava corada por causa do calor da barraca e do vapor do chá. Ele ainda tinha as bochechas firmes da idade que aparentava (mais ou menos a minha), mas, o modo como falava indicava autoridade, conhecimento. A aparência de alguém que poderia ter sido criado comigo era enganosa, pois ele já vivera milhares de anos.

Os cabelos desciam como sombras sobre os olhos, ocultando o que ele pensava ao me examinar.

— Você não é... — Ele inclinou a cabeça e franziu a testa. Devo ser tão fácil de ler quanto um céu com nuvens negras. — Isso, você é *aquela* Ana.

Meu estômago deu um nó quando afastei o cobertor, dividida entre a raiva e a humilhação. *Aquela* Ana. Como uma doença.

— Já vou sair do seu caminho. Obrigada pelo chá. E por me salvar. — Me movi em direção à porta, mas ele manteve o braço esticado sobre o zíper.

— Você não tem que sair. — Balançou a cabeça olhando para o cobertor, e não havia possibilidade de discussão em seu tom de voz. — Descanse.

Mordi o lábio e concluí que, assim que eu dormisse, ele iria atrás de Li e diria que havia me encontrado em um lago e que eu não era capaz de tomar conta de mim mesma ainda.

Eu não podia voltar para ela. Não podia.

Seu tom de voz era calmo, como se eu fosse um cavalo assustado.

— Está tudo bem, Ana. Fique, por favor.

— Tá. — Sem desviar meus olhos dos dele, voltei a deitar e a me cobrir. *Aquela* Ana. Uma sem-alma. A Ana que não deveria ter nascido. — Obrigada. Vou retribuir sua generosidade.

— Como assim? — Ele estava parado, com as mãos no colo e os olhos fixos nos meus. — Você tem alguma habilidade?

Senti um bolo na garganta. Essa era uma das poucas coisas que Li havia me explicado, e ela o fizera com frequência. Havia um milhão de almas em Range. Sempre tinha havido um milhão de almas, e cada uma delas fazia a sua parte para garantir o aperfeiçoamento da sociedade. Cada uma tinha os dons ou habilidades necessários, como facilidade com os números ou com as palavras, imaginação para inventar coisas, capacidade para liderar ou simplesmente o desejo de cuidar do gado e plantar para que ninguém passasse fome. Por milhares de anos, eles tinham conquistado o direito de ter uma vida digna.

Eu não conquistara nada. Era uma sem-alma que se aproveitara de Li durante dezoito anos, bem como de sua comida e habilidades, e que a importunara com perguntas e com todas as minhas *necessidades*. A maior parte das pessoas deixava os pais ao completar treze anos. No máximo, catorze. A essa altura, já eram grandes e fortes o suficiente para ir aonde quisessem. Eu havia ficado mais cinco anos.

Não tinha nada de especial a oferecer a Sam. Baixei os olhos.

— Só o que Li me ensinou.

— E o que ela te ensinou? — Não respondi, e ele insistiu: — Obviamente, nada sobre nadar.

O que ele queria dizer com isso? Eu havia aprendido a bater as pernas debaixo d'água quando era mais nova, mas tudo era diferente no inverno. No escuro. Franzi a sobrancelha; talvez fosse uma piada. Achei melhor ignorar.

— Ela me ensinou a limpar a casa, a cuidar do jardim e a cozinhar. Esse tipo de coisa.

Ele assentiu, como se estivesse me encorajando a continuar falando.

Encolhi os ombros.

— Ela deve ter ajudado você a aprender a falar. — Encolhi os ombros novamente, e ele riu. — Ou não.

Estava zombando de mim. Assim como Li.

Eu o encarei, e minha voz soou firme.

— Talvez ela tenha me ensinado quando *não* devo falar.

Sam retesou-se.

— E como ficar na defensiva quando ninguém pensa em ofendê-la. — Ele me interrompeu antes que eu pudesse pedir desculpas, embora já tivesse aberto a boca para fazer isso; não queria sair da barraca aquecida, especialmente agora que as ervas e o cansaço levavam a melhor sobre mim. Estava ficando sonolenta. — Você sabe alguma coisa sobre o mundo? Como você se encaixa nele?

— Sei que sou diferente. — Senti um aperto na garganta, e minha voz ficou aguda: — E tinha esperança de descobrir como me encaixo.

— Correndo por Range de meias? — Um dos cantos de sua boca repuxou quando eu o fitei. — Brincadeirinha.

— As sílfides me perseguiram e perdi a mochila. Estava planejando ir até Heart para procurar na biblioteca alguma pista sobre a razão de eu ter nascido. — Deveria haver uma razão para eu ter substituído Ciana. Sem dúvida, eu não era um erro, um grande *ooops, foi sem querer* que custara a alguém a própria imortalidade, e afundara a todos os outros na dor da perda. Saber não ia diminuir minha culpa, mas poderia revelar o que eu devia fazer com a vida que fora roubada.

— Pelo que você falou, fico surpreso em saber que Li se preocupou em ensiná-la a ler.

— Eu dei meu jeito.

Ele ergueu as sobrancelhas.

— Entendo, aprendeu por conta própria.

A barraca estava muito quente, e seu olhar surpreso cheio de interrogações. Passei a língua pelos lábios e olhei para a porta, só para me lembrar de que ela ainda estava lá. E meu casaco também. Eu poderia fugir, se necessário.

— Não é como se eu tivesse inventado a escrita ou composto a primeira sonata. Apenas descobri o sentido do que alguém já havia feito.

— Considerando que a lógica e as decisões de outras pessoas raramente podem ser compreendidas, é impressionante.

— Ou talvez um testemunho de seu talento, se até eu posso aprender a ler.

Ele pegou as canecas vazias e as tirou dali.

— E quanto à sonata? Também aprendeu sozinha?

— Principalmente. — Cobri minha boca e bocejei. — Queria ter um lugar para descansar, mesmo que fosse só mentalmente.

— Hum. — Ele diminuiu a luz e espalhou os sacos pela barraca. — Vou pensar sobre a retribuição, Ana. Descanse um pouco agora. Se você quiser encontrar sua mochila e ir até Heart, vai precisar de todas as suas forças.

Lancei um olhar para os cobertores e o saco de dormir, cautelosa, apesar do cansaço.

— Vamos dormir como agora há pouco?

— Por Janan, não! Desculpe. Esqueci que mal nos conhecemos. Não quis deixá-la sem graça.

— Tranquilo. — Provavelmente, ele estava se perguntando como tinha encontrado a única sem-alma no mundo, quando as chances de resgatar algum conhecido eram absurdamente maiores. Ele estava demonstrando mais bondade que qualquer um até então; eu deveria tentar retribuir. — Não tem muito espaço.

Eu viro para a parede, se você virar para o outro lado. Assim, nenhum de nós vai sentir frio.

— Não seja boba. Eu viro para a parede. — Ele me empurrou para mais perto do aquecedor. — Conversaremos sobre outras questões de manhã, e isso é daqui a três horas — falou, dando uma olhada no pequeno dispositivo. — Descanse um pouco. Parece que você teve um dia difícil.

Se ele soubesse.

3
SÍLFIDES

O MURMÚRIO DA ÁGUA e o estalo de um interruptor ao redor da barraca me trouxeram ao limiar da consciência.

O movimento e algo pouco familiar que fez um ruído de pó caindo na cerâmica. Um odor intenso, acre, invadiu a barraca quando Sam despejou água numa caneca.

— Acorde. Hora de partir. — Ele tocou meu ombro.

Suspirei, lutando contra o modo como a minha mente conjurou uma imagem semelhante do garoto se inclinando sobre mim, algumas horas antes. Os cabelos escuros estavam pingando, e as mãos largas se esforçavam para fazer meu coração voltar a bater.

Eu o encarei feito uma idiota até ver apenas o presente. A noite anterior voltou a ser uma lembrança.

— Bem... é... — Eu o fitara por tempo demais. — É apenas você.

— É. — O tom de voz era ríspido. — Sou apenas eu. — Antes que pudesse me desculpar por ofendê-lo por alguma razão, ele se recostou. — Beba seu café. Sairemos em vinte minutos. Teremos tempo suficiente para arrumar as coisas e carregar o Felpudo. Tomaremos o café da manhã enquanto caminhamos.

— Felpudo? — Sentei-me, com os cobertores enrolados nas pernas, e estiquei a mão para a caneca mais próxima com o líquido escuro. Então, respondi à minha própria pergunta com um meio sorriso. — O cavalo? Nome criativo.

— O nome todo é Não Tão Felpudo Quanto o Pai, mas é muito presunçoso. — O sorriso de Sam se transformou numa careta ao provar o café. — Beba de uma vez. Não vale a pena saborear, acredite.

Inspirei o vapor enquanto tomava um gole com todo o cuidado para verificar a temperatura. Quente e amargo, com uma leve e estranha doçura que lembrava mel. Engoli todo o conteúdo da caneca. — Gostei. — Minha pele estava aquecida o suficiente para brilhar. — Li nunca me deixava tomar café. Dizia que atrapalhava o crescimento. — E, além disso, era muito caro para desperdiçar com uma sem-alma, mas eu não precisava tanto assim da compaixão do garoto.

— Li era alta da última vez que a vi. O que aconteceu com você? — Ele fez um esforço para tomar mais um gole do líquido e esticou a caneca para mim.

— Aparentemente, Menehem era baixo. Falta de sorte. — Lancei um olhar para o café, imaginando se ele ia puxá-lo de volta no último segundo. Se fizesse isso, ia derramar em mim. Era melhor perguntar. — Você não quer mais?

— Uma companheira com muita cafeína na veia vai me manter bem acordado, sem ter o gosto ruim no final. — Ele pôs a caneca entre nós dois. Eu a segurei e bebi, antes que Sam pudesse mudar de ideia. — Espere só até você provar café de verdade, plantado nas estufas especiais de Heart. Nunca mais vai querer beber essa imitação química de novo.

Eu continuava intrigada. Uma coisa melhor que isso? Mal podia esperar para conhecer as estufas que ele descreveu.

— Preste atenção no lugar aonde vai cada coisa. Vou arrumar tudo hoje de manhã, mas, se vou ajudá-la a chegar a Heart, você vai ter que fazer a sua parte.

Olhei para ele. Por que ele iria querer me ajudar? Não tínhamos que conversar sobre como eu pagaria por ele me salvar ontem à noite? Agora que se oferecera, porém, eu não podia permitir que desistisse. Parecia, bem, parecia que não me odiava, e ele tinha me resgatado. Não que isso significasse alguma coisa, pois ele achara que eu era uma conhecida. Não Ana, a sem-alma.

— É justo. — Lavei as canecas e limpei o aquecedor de água. Todas as coisas iam nas algibeiras. Eu o vira guardá-las na noite anterior. — O que mais?

Ele saiu para alimentar Felpudo, me deixando enrolar os cobertores e dar uma olhada no chão da barraca à procura de algum item que tivesse caído da bolsa.

Havia somente uma coisa. Um ovo de metal do tamanho dos meus dois punhos juntos. Uma fina tira prateada envolvia o meio, cobrindo um sulco onde você o girava. E, para ajudar a segurar o metal escorregadio, a metade superior do ovo tinha ranhuras superficiais.

Era bonito, se você não soubesse que servia para capturar sílfides.

Sam entrou no momento em que eu rolava o ovo de sílfide nas palmas das mãos e examinava o pequeno trinco que prendia a tampa reta a uma das extremidades.

— Você só carrega um desses?

— Não estava planejando sair de Range. — Ele se agachou na minha frente e fechou os dedos sobre o dispositivo. — Guarde com cuidado.

Meu primeiro impulso foi negar. Ele achava que eu estava com medo? Eu não merecia ser mimada nem ganhar coisas especiais. Não tinha me saído bem na véspera? Não. Tinha terminado no lago.

Tentei não deixar meu alívio transparecer.

— Obrigada.

— Pegue seu casaco e as botas. Enquanto Felpudo está comendo, vamos desmontar a barraca, depois levaremos as nossas coisas para a minha cabana. Fica a algumas horas ao sul, então, podemos dormir lá hoje à noite. Não será difícil encontrar sua mochila.

Se nem mesmo eu sabia onde ela estava? Talvez não fosse, de fato, difícil para alguém que conhecia cada centímetro do mundo.

Acompanhei Sam até o lado de fora. A manhã pairava do outro lado das montanhas, banhando a clareira com tons de violeta. Águias e pequenos pássaros levantavam voo, escuros contra o céu claro.

Meu primeiro dia longe de Li.

Ajudei Sam a guardar a barraca e a carregar Felpudo, tentando memorizar onde cada coisa ficava para que ele percebesse que eu queria merecer sua ajuda. O fato de ele simplesmente achar que eu precisava de ajuda, como uma pobre sem-alma que nunca ia à cidade sozinha, me aborrecia. Mas o que mais me incomodava era que ele estava certo.

— É por causa da cabana que você está aqui? — Eu não podia imaginar a razão de alguém querer andar por livre e espontânea vontade na floresta, em pleno inverno. Talvez este corpo fosse doido. De acordo com os livros de Cris, a loucura não era levada junto com a alma. Havia um componente físico nela que os geneticistas e o Conselho legislador removeram de praticamente toda a sociedade ao permitir que somente algumas pessoas tivessem filhos; mas, de vez em quando, ocorriam surpresas.

Sam pegou os arreios de Felpudo, e puxou para o oeste.

— Exatamente. — Caminhamos, mas ele nunca respondeu à questão não verbalizada sobre o motivo. Não que eu esperasse isso. — Você e Li ficavam no Chalé da Rosa Lilás, não é?

Soltei um murmúrio, assentindo.

— Faz o quê, uns onze anos?

Talvez não fosse doido. Só burro.

— Dezoito. Nós nos mudamos quando eu era um bebê. Achei que todo o mundo sabia sobre a sem-alma.

Ele piscou.

— Você não devia se chamar de sem-alma. Ser uma almanova não significa que não tenha uma alma. Os Contadores de Almas saberiam o dia em que você nasceu.

Como se ele soubesse alguma coisa a esse respeito.

— Por que você resolveu fugir ontem?

Sem dúvida, ele era enxerido. Em vez de responder, observei uma família de doninhas se esconder nos arbustos ao nos aproximarmos; elas continuaram a brincadeira escondidas em um emaranhado de galhos cobertos de neve.

Sam ainda estava esperando uma resposta.

Ótimo. Sam precisava saber exatamente que tipo de ser ele se oferecera para ajudar.

— Era meu aniversário. Decidi que era hora de descobrir o que deu errado.

— Errado? — Ele parecia chocado.

Fiz um esforço para me manter calma, me encolhendo dentro do casaco, e mantive os olhos no chão.

— Quando era mais nova, ouvi o conselheiro Frase dizendo a Li que uma alma, chamada Ciana, deveria ter renascido. Fazia dez anos desde a morte dela, são vinte e três agora, e esse é o máximo de tempo que já levou para alguém voltar. E ela não voltou. — Eu mal podia dizer isso, mas ele havia perguntado. — Ela se foi por minha causa.

Ele não discordou, e seu olhar estava distante, como se visse mundos que eu não via. Que não podia ver. Vidas passadas, de qualquer maneira. E se ele e Ciana tivessem sido amigos?

— Eu me lembro da noite em que ela morreu. O templo escureceu, como se estivesse de luto.

Falei a primeira coisa que me ocorreu, que não tinha nada a ver com Ciana.

— Quando é o seu aniversário?

— Eu não... — Ele abriu um sorriso, e a incerteza desapareceu de sua voz. — Foi ontem. Isso nos deixa com a mesma idade.

Claro, do ponto de vista físico. Contando a partir do Ano das Canções 330. Mas a alma dele já estivera por aí no ano 329 e em todos os anos anteriores.

— Acho que, nessa conta, você se esqueceu de uns cinco mil anos.

Aparentemente, o silêncio era sua resposta preferida. Ofereceu-me uma barrinha de café da manhã, feita de aveia e frutas secas, e continuou a puxar Felpudo pela estrada. A luz do sol refletia na neve, fazendo meus olhos lacrimejarem. Puxei as luvas e o capuz.

Eu caminhava à frente, embora ele facilmente pudesse me acompanhar com suas pernas compridas. Era bom ele não tentar tomar a dianteira como Li teria feito, embora talvez fosse apenas por causa do pônei e por temer os cascos em solo escorregadio.

Galhos de pinheiro se espalhavam pela estrada, pesados com a neve reluzente. Curvei-me ao contorná-los e ao passar por debaixo deles, mas ainda sobrou neve no casaco. Limpei tudo.

— Esse casaco é da Li? — Ele deu a volta nas árvores sem dificuldade.

— Eu não roubei.

— Não foi isso que perguntei.

Encolhi os ombros.

— E quanto às botas? Foram passadas para você também?

Qual era o problema dele? Parei e dei meia-volta, mas não havia palavras duras o suficiente para o que eu queria dizer. Por isso, murmurei:

— Uma sem-alma não precisa ter as próprias coisas. — Baixei o rosto.

— Como assim?

— Eu disse — ergui os olhos para fitá-lo — que uma sem-alma não precisa ter as próprias coisas, se ela apenas vai viver uma vida.

— Uma almanova. — Sua expressão era misteriosa. Li costumava passar da raiva à repugnância e, embora ele tivesse erguido as sobrancelhas e franzido a testa, não parecia prestes a me trancar no quarto por uma semana. — E não seja ridícula. Você deve ter suas próprias coisas. Seu corpo ainda é único, e essas roupas velhas não só não cabem em você, como são... velhas. Estão em trapos.

Velhas. Ele devia saber.

— Não me importo. Ela não faz mais parte da minha vida. Nunca mais. — Voltei a caminhar na direção que estávamos seguindo. — Não vou perder meu tempo ficando zangada com coisas que não posso controlar. Se tenho apenas uma vida, tenho que aproveitar ao máximo.

Sam e Felpudo me alcançaram.

— Muito sábio.

— É o que Li repetia sempre que eu dizia que a odiava. — Talvez ele não fosse como Li, mas certamente não era como eu. Afinal, ninguém era. Eu estava sozinha. — Ela dizia que eu não deveria perder meu tempo odiando a ela, a Menehem ou a qualquer outra pessoa. É a sabedoria dela. E eu concordo.

Ele hesitou e baixou a voz, como se não quisesse que o vento ouvisse.

— Da última vez que me senti um lixo foi quando disse a Moriah que a ideia de marcar o tempo usando engrenagens, em vez do sol e de um bloco de pedra, era uma bobagem. E então descobri que ele havia construído um imenso relógio na Casa do Conselho e ia apresentá-lo em seguida.

Está certo. Eu, de repente, até podia perdoá-lo.

— Não se preocupe.

Ele parecia mais cauteloso quando voltou a falar.

— Saber que pode não voltar assusta você?

— Não muito. A morte parece tão distante. — Apesar de ontem à noite.

Subi num tronco coberto de neve, prestando atenção para não escorregar com as botas. Foi aí que avistei minha mochila, uma coisa marrom e cinza presa em um emaranhado de galhos de pinheiro. Pulei do tronco, caminhei até os arbustos e a recuperei. Antes que pudesse colocá-la nas costas, porém, Sam a pôs sobre Felpudo, como se não acreditasse que eu fosse forte o bastante para carregar meus pertences.

Ou talvez ele apenas estivesse sendo gentil, pois eu *realmente* estava dolorida depois do salto no lago.

— Obrigada — murmurei. — Então, você ficaria assustado se soubesse que era sua última vez?

Caminhamos em silêncio, enquanto ele refletia e o sol alcançava seu zênite. Eu murmurava, repetindo melodias cantadas por picanços e cambaxirras. O céu era de um azul-claro perfeito sobre as montanhas. Mal se podia ver uma nuvem. A noite anterior poderia ter sido apenas um sonho ruim, a não ser pela presença de Sam, que insistia em me vigiar como se eu pudesse fazer uma loucura.

Depois de cruzarmos uma ponte sobre o rio e as sombras que se estendiam por causa do sol poente, Sam disse:

— Eu viveria de modo diferente, imagino.

Levei um segundo para entender que ele estava respondendo à minha pergunta.

— Como? — Eu gostava mais quando podia deixá-lo pouco à vontade, em vez de ser o contrário.

— Se eu soubesse que não havia muito tempo de sobra, faria as coisas com mais rapidez. Ver mais lugares, terminar todos os meus projetos. Não ia perder tempo sonhando acordado ou começando coisas novas. Afinal, setenta anos não é tanto tempo assim.

Setenta anos parecia uma eternidade para mim. Não podia me imaginar com setenta anos.

— Mas isso não é ter medo.

— Eu teria medo do que ia acontecer depois. Aonde eu iria? O que faria? Não quero deixar de existir. — Ele não se moveu, apenas parou na trilha, com as costas voltadas para uma clareira e um terreno cheio de pedras, com cercas de ferro. Seu olhar se fixou no meu, como se houvesse algo que eu devesse ler em sua expressão; mas, para mim, ele só parecia cansado.

— Provavelmente, isso é a coisa mais assustadora que sou capaz de imaginar.

O capuz escorregou quando mudei de posição, e meu rosto ainda estava erguido, fitando-o.

— Pelo menos, você nunca vai ter que se preocupar com isso. — Estremeci com um calafrio e a ideia de ter apenas uma vida. Senti uma pontada na queimadura da sílfide na minha bochecha.

De tanto pensar, brotou um vinco entre os olhos dele. Ele parecia disposto a dizer alguma coisa quando uma sombra solitária na clareira chamou minha atenção.

Dei um passo para trás, e a palavra desceu como uma avalanche.

— Sílfides.

Será que ele me trouxera até aqui só para alimentá-las?

— O quê? — A voz dele falhou, confusa.

Ele também estava surpreso.

Tirei as luvas e agarrei o ovo de sílfide no bolso do casaco. Me senti como uma garota feita de gelo ao passar por ele na direção da clareira.

— Corra. — Eu ia me vingar pela marca na minha bochecha esquerda, na noite anterior.

A sílfide gemeu, uma sombra com o dobro da minha altura e mais escura por causa de toda a brancura à minha volta. O vapor sibilava sob o local em que seu fogo derretera a neve. Girei o ovo de sílfide e o estendi na direção da sombra.

— Pare! — gritou Sam ao mesmo tempo que cascos batiam no chão e uma garra de sombras emergia da criatura. O ovo voou das minhas mãos e gritei por causa do calor em meus dedos. Cambaleei para trás enquanto a sílfide se agigantava acima de mim como uma noite em chamas.

Estava no chão antes que me desse conta, e Sam rolava comigo para longe dela. Nossos joelhos e cotovelos bateram um contra o outro, o que foi amenizado pelas roupas. Sentei-me e ergui as mãos vermelhas e raladas.

Eu ia morrer em breve.

— Cuidado! — Sam me empurrou para longe dele quando a sílfide atacou novamente, guinchando.

Eu me recuperei, mas oscilei com uma dor aguda demais para compreender. Então voltei à realidade quando Sam gritou.

— Vá para trás da cerca! — Aos tropeções, ele saiu do caminho da sílfide.

Ferro. Certo. Corri até o cemitério, mas Sam ainda estava próximo de um bosque de árvores cobertas de neve. Ele me salvara, e eu não podia simplesmente abandoná-lo...

A sílfide ficava cada vez mais densa, mais escura que a meia-noite, e uma cabeça gigante, semelhante a de um dragão, moveu-se de um dos lados, como se estivesse tentando escapar de uma bolha. Ela o atacou, e Sam ficou sem expressão. Como se estivesse em outro lugar. Outro tempo, como eu me sentira ao ver o lago novamente na noite passada.

Não. Eu tinha de ajudá-lo. Minhas novas queimaduras iam me matar, de qualquer forma.

Procurei em meio à neve fumegante e recuperei o ovo de sílfide. Pelo canto do olho, vi Sam retornar a si mesmo (retornar ao presente) e começar a lançar bolas de neve na criatura. A cabeça de dragão desapareceu, mas as bolas de neve derreteram segundos depois de passar pela sombra.

— Ana!

Faixas de sombra forçaram Sam a desviar-se e se inclinar. A clareira fedia a cinzas. A sílfide voltou a atacá-lo, encurralando-o contra uma árvore.

Fechei o punho ao redor do ovo; eu mal podia segurá-lo com as mãos queimadas pela criatura. Era liso, escorregadio demais, mas dei um último giro no dispositivo e abri a tampa bem na hora em que ela atacava Sam com um grito dissonante.

Enfiei o ovo na sombra em chamas, e a fumaça correu para dentro do metal quando eu o derrubei. O calor percorreu meu corpo e todo o meu mundo ficou quente demais para se viver. Eu me senti como a fênix lendária, consumida nas próprias chamas para poder renascer.

Mas eu não era uma fênix.

Apenas uma sem-alma com mãos escurecidas.

Do outro lado do ovo de sílfide, um jovem que parecia ter a minha idade, mas que não tinha. Talvez ele tivesse dito meu nome de novo. Eu não podia ouvir por causa do barulho em meus ouvidos enquanto corria até o monte de neve mais próximo e afundava a mão nele.

Eu não ia chorar. Não ia.

Um instante depois, Sam ajoelhou-se na minha frente.

— E aí?

— Vá embora. — Cerrei os dentes, tentando não olhar para a expressão de pena que Sam trazia no rosto. Certamente, ele sabia sobre as queimaduras de sílfide. Sabia que elas se espalhariam e me engoliriam viva, e que logo eu estaria morta. Provavelmente para sempre. Pelo menos, estava perto de um cemitério.

— Me deixe ver suas mãos. — Falou em voz baixa, como se isso fosse me fazer mudar de ideia. — Por favor.

— Não. — Me afastei correndo, e encostei as mãos em um novo monte de neve. Por mais neve que deixasse sobre elas, continuavam ardendo. Quando eu tirava as mãos, elas estavam pretas e descamavam feito carvão. A queimadura na minha bochecha reproduzia a sensação. — Me deixe em paz.

— Eu quero ajudar.

Ele não ia me ouvir. Não ligava para o que *eu* queria.

— Não! Vá embora. Não preciso de você. Preferia que você nunca tivesse me encontrado. — Eu sentia calor e frio, e estava exausta, cansada de ser ferida. Para alguém que havia morrido centenas de vezes, ele não tinha uma ideia muito boa da situação. — Nos últimos dois dias, minha mãe me deu uma bússola escangalhada para que eu fosse na direção errada, fui atacada *duas vezes* por sílfides, fui queimada e quase me afoguei em um lago congelado. Você devia ter me deixado lá. Todos ficariam mais felizes se esquecessem que eu existo. — Desabei ali mesmo e chorei. — Odeio você. Odeio todo o mundo.

Finalmente, ele foi embora.

4
FOGO

DEPOIS DE CHORAR tudo o que podia, ouvi barulho de cascos batendo no terreno atrás de mim, então, parei. Sam me ergueu nos braços. Nevava demais. Tentei me agarrar à neve, mas fechar as mãos doía muito. Quando meti o cotovelo no peito dele, ele apenas me girou e carregou até o portão de ferro do cemitério.

— Vá embora. — Minha garganta doía por causa do frio e do choro.

— Não. — Ele limpou a neve de um banco de pedra e me sentou; em seguida, sentou-se ao meu lado. — Você devia ter entrado aqui quando eu mandei.

Fechei bem os olhos, e abracei as pernas contra o peito, enterrando o rosto nas mangas da blusa. O calor e o frio nas minhas mãos faziam com que me afogar no lago parecesse uma brincadeira de verão.

— Você não me ouve, não é? Vá embora.

— Chega de bobagem! — Mãos geladas fecharam-se sobre minhas bochechas ao mesmo tempo que ele virava meu rosto em sua direção. No entanto, eu não consegui fitá-lo; mantive os olhos baixos. — *Você* é que não me ouve.

Por que ele simplesmente não ia embora? Eu ia queimar, de qualquer forma, com o fogo subindo pelos meus braços e me consumindo. Meus olhos doíam com lágrimas novas. Eu odiava chorar.

— Mas, se você tivesse me ouvido — murmurou —, eu estaria morto.

Ergui o rosto, e ele parecia falar sério. As feições gentis se deformaram por causa da preocupação, enquanto eu ficava sentada ali, com as mãos tremendo. Minha vontade era arrancá-las fora.

— Obrigado por me salvar. — Ele falou com sinceridade na voz, como se eu realmente tivesse feito algo bom e importante. Mas agora eu ia ter uma morte lenta e horrível. Isso não parecia incomodá-lo.

— Você teria voltado. — Meu cérebro e minha boca não pareciam ligados. Não era hora de ser má. Devia ter me desculpado por gritar com ele. — Quero dizer, fico feliz que esteja bem.

Um canto de sua boca ergueu-se, e passou os polegares sob os meus olhos, desviando da queimadura na bochecha.

— Suas mãos devem estar doendo de verdade. Vai me deixar ajudar?

— Não é por isso que estou chorando. — Hum. Queria pôr a culpa na neve. — É só que essa história toda está me enlouquecendo. As sílfides. Li. Você.

— Por que eu? — Ele soltou meu rosto e remexeu dentro da mochila em seu colo. Seria ótimo se eu tivesse visto antes as ataduras, pomadas e analgésicos. — Até onde sei, apenas tentei manter você longe de encrencas.

— Exato. — Deslizei os calcanhares para fora do banco, e me sentei em posição normal. Sam estava segurando meu ombro, caso eu me desequilibrasse, mas isso não aconteceu e olhei para ele de cara feia.

Minhas mãos estavam vermelhas e lotadas de bolhas, como se eu as tivesse deixado no fogo. Talvez tivesse evitado um dano permanente aos músculos, porque todos os meus nervos obedientemente enviaram sinais de pânico e dor, mas não importava. A carne queimada e os ossos pulverizados de uma imensa queimadura de sílfide uma hora apareceriam.

— Eu vou morrer por sua culpa. — Fiquei imaginando as queimaduras se espalhando pelos meus pulsos e braços até me consumirem.

— Um dia você vai morrer, mas não vai ser por enquanto, desde que pare de se meter em encrenca todos os dias.

Eu estava *morrendo* e ele tinha coragem de fazer piada? Fiz um esforço para escolher uma resposta mal-humorada, mas tudo o que consegui foi:

— Li disse que as queimaduras de sílfide não cicatrizam. Elas vão piorar.

Sam franziu a testa ao retirar um pacote de dentro da mochila e abrir.

— Ela mentiu.

— Sério? — É claro que mentiu. Sempre fazia isso. As visões da minha morte desapareceram. — E quanto às minhas mãos?

— Vão cicatrizar para você poder machucá-las de novo. Vamos ver como estão. — Ele virou as palmas das mãos para cima, como se fosse segurar a carne queimada, mas, na verdade, não me tocou. Minhas mãos estavam horríveis, completamente vermelhas e bolhosas. — Enfiá-las na neve provavelmente não foi a melhor ideia.

A dor que se irradiava fez com que eu não me importasse com aquela censura. Cerrei os dentes para me impedir de emitir qualquer som quando ele colocou uma gaze sobre o que restara da pele. Uma coisa tão delicada não deveria machucar tanto, e eu queria que a dor parasse. A tontura me envolveu feito uma névoa escura sobre meus olhos e ouvidos.

Uma eternidade depois, a voz grave de Sam me trouxe de volta:

— Acabamos.

Voltei à consciência com lágrimas congeladas em meu rosto, e as mãos enroladas em camadas de gaze. A dor irradiava pelos meus antebraços, e mesmo a pressão das ataduras era difícil de suportar.

— Você foi corajosa. Acabamos. — Ele puxou o capuz sobre as minhas orelhas e ajeitou os cabelos embaixo dele. O frio tingira seu nariz e as bochechas de vermelho, enquanto ele pegava alguns comprimidos de dentro do kit de primeiros socorros. — Estes aqui são para a dor. Não tenho nada forte o suficiente para fazer outra coisa além de diminuí-la, mas é melhor que nada.

Cinco comprimidos brancos se encontravam na palma de sua mão. Ele levou um cantil aos meus lábios e bebi.

— Minha cabana fica do outro lado do cemitério. Consegue andar? — As coisas voltaram para a mochila, e ele passou a alça pelo ombro. — As paredes têm ferro dentro para que nenhuma sílfide possa entrar. — Ele falou baixinho. — Range é dinâmica. Nem sempre foi grande como é agora, e as fronteiras podem mudar de estação para estação. Essa área nem sempre esteve livre das sílfides, mas eu pensei... — Fixou os profundos olhos castanhos em mim. — Pensei que estivesse tudo bem agora. Me desculpe.

Não fazia sentido desculpar-se por algo que ele não podia evitar. Tentei me erguer e perdi o equilíbrio. Ele segurou meu cotovelo.

Uma dezena de trilhas com calçamento de pedras contorcia-se através do imenso cemitério, levando a mausoléus com portões de ferro fundido, estátuas de calcário que fitavam as lápides espalhadas e bancos de pedra com armação de metal. Conforme o dia esquentava, a neve sobre o rosto de estátuas solenes derretia feito lágrimas.

Eu conseguia imaginar como o lugar devia ser na primavera ou no verão, com flores de cores vivas ou trepadeiras descendo de enormes cálices de pedra, hera subindo pelos muros e lajes nas sepulturas, ou ainda as folhas de outono cobrindo as trilhas. Havia uma beleza melancólica aqui, um silêncio antigo e esgotado. Algumas das estátuas tinham instrumentos — uma mulher com uma flauta, um homem com uma harpa —, como se o escultor os tivesse captado entre uma nota e outra. Um cervo de pedra pastava no outro extremo, enquanto um par de tâmias fora capturado em uma posição de ruína eterna. O silêncio era estranho.

— O que é isso tudo? — perguntei ao passarmos por uma treliça de ferro com gavinhas de metal em forma de flores e folhas. A geada reluzia. — Quem está enterrado aqui?

Sam inclinou a cabeça.

— Eu.

Não consegui interpretar seu tom de voz, mas eu ficaria triste se alguma dessas sepulturas fosse minha.

Obeliscos com corvos no topo guardavam o centro do cemitério, um bloco de pedra coberto de neve, percorrido por veias douradas. O calcário tinha frases entalhadas, mas o gelo e a neve tornavam as palavras indistintas. Sam me conduziu ao redor dele.

— O que é isso?

— Meu primeiro túmulo. O material original estava ruindo, como ocorre depois de tantos anos. Eu não quis escavar sozinho, mas também não queria perdê-lo.

Então todos eram responsáveis pelos próprios cemitérios.

— Por que homenagear o antigo corpo, se você vai voltar? — Me concentrar em outra coisa, além da dor, estava ajudando, embora, depois de alguns passos, a tontura me forçasse a parar.

— Não é questão de homenagear a antiga carne, mas de reconhecer as vidas e as realizações passadas. É um modo de lembrar. Depois de viver por tanto tempo, é fácil esquecer o que aconteceu e quando. Nem todos cuidam tanto dos próprios cemitérios, e muitos fazem até mais. Não sei das razões de cada um por trás disso, só das minhas.

Por um momento, fiquei me perguntando o que Li fizera com os antigos corpos. Provavelmente os deixou onde caíram. Mas eu não tinha mais que pensar nela.

— Você tem medo de esquecer suas realizações? — Procurei no pátio congelado um sinal do que poderiam ser, mas somente pude ver a morte. — Pode me falar sobre elas?

— Mantenho diários. A maioria das pessoas mantém, e então os entrega à biblioteca da Casa do Conselho para os arquivistas copiarem e guardarem. Você pode dar uma lida neles, se quiser. — Ele me conduziu por outro caminho que ia até o portão dos fundos, com metal preto sobre branco, verde e marrom.

A cabana prometida ficava protegida sob os abetos. Era menor que o Chalé da Rosa Lilás, mas havia janelas com cortinas e uma chaminé. Parecia aconchegante.

— Você gosta de dormir perto dos seus cadáveres?

O riso abafado misturou-se com o ar.

— É uma longa viagem de Heart, todas as manhãs, só para trabalhar numa estátua.

— Vocês fez todas elas?

— A maioria. — Ele empurrou o portão, abrindo-o, e fez sinal para que eu entrasse. — Ontem foi a última noite da minha viagem de Heart para cá. Gosto de trabalhar no inverno. É calmo. Pacífico.

— Desculpe por atrapalhar seus planos. — As ataduras ao redor de minhas mãos pesavam uns quatrocentos quilos.

Ele apenas deu de ombros.

— Terei muito tempo para isso, mais tarde. Não é todo dia que conhecemos alguém novo. — Ele olhou para o outro lado, mas não antes de eu vê-lo encolher-se. Pelo menos, sabia que dissera uma tolice. — Vamos entrar em casa.

— E quanto ao Felpudo?

— Ele ficará no estábulo dos fundos. Vou acomodá-lo. — Sam empurrou a chave na fechadura e abriu a porta.

Enquanto ele estava cuidando de Felpudo, examinei a cabana. Como imaginava, ela era pequena e empoeirada, mas, de fora, o que eu pensei que fossem rachaduras nos painéis de madeira, eram, na verdade, animais de Range entalhados: cervos, águias, bisões, raposas, antílopes e dezenas de outros.

Era uma sala aberta, com uma área para a cozinha de um lado e uma área para dormir do outro, todas aquecidas (supostamente) por um fogão a lenha perto do centro. Apenas um pequeno banheiro fora separado. Apesar da aparência rústica, a cozinha tinha todos os utensílios modernos, como uma cafeteira, além de pia, armários e uma despensa, e eu não tinha como abrir nenhum deles sem ajuda.

Antes que tivesse a chance de me lamentar, andei até a parte da frente da cabana e encontrei estantes entalhadas na própria parede do lado direito. Centenas de volumes com capas de couro nos nichos escuros. Eu não fazia ideia de quais histórias ou informações continham. Mas não importava. Queria absorver tudo o que eles tinham a dizer.

Não. Minhas mãos. Eu nem podia me imaginar segurando um livro sem a dor se espalhando pelos meus braços.

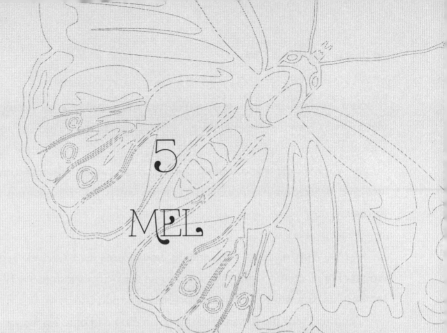

5
MEL

NÃO SEI DIZER quanto tempo fiquei parada no centro da cabana, fitando livros que não podia tocar, cercada pelo frio e a poeira, e pela vida de outra pessoa. Além dos mortos à minha direita, do lado de fora. Desde que eu não me movesse, desde que não pensasse em nada, além do ponto bem na minha frente — a lombada de um livro vermelho —, eu não sentiria dor.

— Ana.

Minha visão se desviou, e a sala voltou a entrar em foco. Assim como a ardência em minhas mãos e pulsos. Um gemido percorreu meu corpo.

Sam estava parado diante de mim, e a preocupação escurecia seu rosto.

— Venha. Você ainda está em choque. — Ele me conduziu até uma cadeira próxima ao fogão, que agora estava aceso, e retirou minhas botas e o casaco, tomando um cuidado redobrado quando as mangas passaram pelas minhas mãos. — O que posso fazer por você?

Só queria que parasse de doer. Olhar para os livros fora melhor. Eu me virei para eles, me perdendo em meu próprio torpor. A dor era intensa demais, muito mais do que eu podia suportar.

Ele atravessou meu campo de visão, parando diante da estante.

— Você gosta de ler.

Eu havia dito isso? Ele adivinhara? De qualquer maneira, não me mexi na cadeira. Uma hora, eu *ia* voltar para o estado-do-nada-sem-dor.

Sam escolheu um livro e o trouxe para mim, como se eu conseguisse fazer alguma coisa com ele. No entanto, ele se sentou no braço da cadeira, ao meu lado, e abriu a primeira página.

— Você já sabe que os quinze anos recebem o nome de acontecimentos ou atos que ocorreram nas primeiras gerações, antes de criarmos um calendário formal?

Não me mexi.

— No Ano da Seca, obviamente, houve uma seca terrível. Seguido pelo Ano da Fome, quando todos passaram fome até o ano seguinte. — Ele ergueu a sobrancelha para mim. — Então? Você sabe de tudo isso?

Continuei sem me mexer. Estávamos no Ano da Fome 331 agora. Talvez eles o passassem a chamar de Ano do Congelamento, Depois da Queimadura, No Qual Você Lutou por Sua Vida. Por minha causa, claro.

— Minha segunda história favorita é o Ano dos Sonhos, quando começamos a tentar entender os poços de lama quente, e todos tiveram alucinações ao inalar a fumaça ao redor de um deles. — Sam folheou as páginas do livro com mãos firmes, cheio de si. Tentei não sentir inveja do fato de que ele não tinha queimaduras. — Vamos ver. O Ano da Dança. — Ele folheou mais algumas páginas. — O Ano dos Sonhos. — Sua voz ficava mais baixa enquanto lia. — Organizamos uma expedição para nos certificarmos de que as características geotérmicas ao redor de Heart não eram perigosas em curto prazo. Claro, ficamos muito surpresos quando descobrimos...

Ele continuou a ler por mais uma hora, mudando a voz para corresponder ao tom do trecho. Era bom nisso, e nunca ninguém havia lido para mim. O modo como falava foi me envolvendo até que finalmente relaxei.

A dor diminuiu.

Flutuei no local enevoado, entre o sono e a vigília, sonhando acordada com um sussurro profundo. Então o fogo em minhas mãos retornou, e quando gemi e abri os olhos, o único som era o da caneta riscando o papel.

— Acordei você? — Sam ergueu os olhos das anotações em um livro.

Sim.

— Não. — Não importava. Minhas mãos não iam parar de doer tempo suficiente para que eu descansasse bem.

Estava deitada na cama, embora não me lembrasse de ter mudado de lugar. Será que ele tinha me carregado? Com certeza, ele havia puxado os cobertores para cima de mim. As queimaduras doíam demais para segurar a lã grossa.

Tive um pensamento terrível. O que ia acontecer quando tivesse que usar o banheiro? Eu me retesei e olhei para as minhas mãos; a esquerda não estava péssima. Podia aguentar um pouco de dor para salvar a dignidade que me restava.

Tranquila, olhei novamente para Sam, que voltara a escrever no livro.

— O que você está fazendo?

A caneta hesitou sobre o papel, como se eu o tivesse feito perder o fio da meada.

— Tomando notas. — Ele soprou a tinta, fechou o livro e pôs as coisas de lado. — Quer ler um pouco mais?

— Só se você quiser. — Quando ele desviou o olhar, tentei me erguer. Mas, sempre que me apoiava nos cotovelos para tomar impulso, esbarrava no cobertor. Continuei me segurando na cama. Me recusando a deixar um cobertor idiota ganhar, chutei para empurrá-lo. Com ele fora do meu caminho, tomei impulso novamente com os cotovelos. Calculei mal e o mesmo problema, o cobertor, me jogou para trás.

Bati na cama para manter o equilíbrio...

Uma dor infernal percorreu meu braço e gritei, apertando a mão contra o peito.

Num instante, Sam estava do meu lado, e seus braços me envolviam.

Presa. Gritei e lutei para escapar, mas ele não ia me soltar. Incapaz de usar as mãos para empurrar, tentei mordê-lo com a boca cheia de lã. Um soluço feio escapou.

— Sinto muito — murmurou ele, tremendo como se pudesse estar tão perturbado com isso quanto eu. — Sinto muito.

Ele não estava me prendendo. Ele estava... me abraçando? Eu já vira Li abraçar os amigos durante as raras visitas. Ninguém me abraçava, claro. Aparentemente ninguém dissera isso a Sam.

Quando ele parou de me abraçar, examinou a palma da mão para checar se eu havia produzido um novo machucado. Eu tivera sorte.

— Tome esses.

Ele pegou um monte de comprimidos de uma mesinha e me ofereceu água.

— Diga se precisar de mais alguma coisa.

Engoli os comprimidos.

— Está bem.

Os olhos dele fitaram os meus, e pareciam me procurar.

— Você tem que me dizer. Não me faça adivinhar.

Baixei o olhar primeiro.

— Está bem.

Ele não acreditou em mim. Era a mesma expressão de Li quando ela não acreditava que eu realmente limpara as gaiolas dos porquinhos-da-índia ou que havia preparado uma nova composteira. Mas ele não tinha me pedido para fazer nenhuma tarefa doméstica, só queria que eu lhe dissesse se precisava de alguma coisa.

Está bem. Se eu *precisasse* de alguma coisa, eu lhe diria.

— Você quer ler mais? — perguntou, depois de alguns instantes me irritando por sentar-se perto demais.

Fiz que sim com a cabeça.

Ele suspirou e me livrou dos cobertores.

— A recuperação já vai ser difícil, mas não precisa ser terrível. Peça-me tudo que necessitar.

Quem me dera fosse fácil.

Nos dias seguintes, Sam contou histórias até ficar rouco. Recordou-se de como aprendera a entalhar a rocha, as artes têxteis, a soprar o vidro, a carpintaria e a fundir o metal. Ele passara vidas cultivando e criando gado, aprendendo o máximo possível.

Ele me contou tudo sobre os gêiseres e as fontes quentes ao redor de Heart, as terras desertas ao sul de Range, e o oceano além delas. Eu não podia nem imaginar o oceano.

Eu gostava de ouvi-lo, e ele havia parado de me pedir para dizer a ele se eu precisava de alguma coisa. Pelo menos, eu achava que estava segura até que ele fechasse o livro que estivera lendo e dissesse: "Não aguento falar mais nada."

Ele *realmente* falava com a voz mais rouca, mas eu tentava não me sentir culpada, pois, na verdade, nunca pedira que lesse até perder a voz.

— Você... — engoli e tentei novamente. — Você pode virar as páginas para que eu possa ler? — O peso do olhar dele desceu como nevoeiro. — Por favor — murmurei.

— Não.

Senti um aperto no coração. Não devia ter perguntado.

— Não até me dizer alguma coisa sobre você.

Ninguém queria ouvir o que uma sem-alma tinha a dizer. Todas as histórias dele haviam sido tão interessantes, cheias de pessoas e eventos com os quais eu nem podia ter sonhado. Eu não vivi nada que se comparasse a isso.

— Não posso.

— Pode sim. — Ele me estudou, como se, ao lançar um olhar muito severo, encontrasse todas as coisas que eu não estava lhe contando. Mas eu não tinha nada. — O que te faz feliz? Do que você gosta?

Por que ele se importava? Pelo menos, não esperava que eu lhe contasse sobre uma grande aventura. E, se eu lhe dissesse alguma coisa da qual gostava, ele ia virar as páginas para que eu pudesse ler. Uma troca justa.

— Música me deixa feliz. — Mais do que feliz. Mais do que jamais poderia explicar a ele. — Encontrei um toca-fitas na biblioteca do chalé e descobri como ligá-lo. E lá estava: a Sinfonia Fênix, de Dossam. — Com facilidade, pude recordar o aperto que senti no estômago quando tocaram as primeiras notas, e então me senti... inflada. Plena. Como se algo dentro de mim finalmente tivesse acordado. — Eu o amo, assim como a música dele.

Não. Isso não estava certo. Uma sem-alma não poderia amar.

Cambaleei ao ficar de pé e saí tropeçando pelo cômodo, mas não havia lugar para ir nem para correr. Li ia me encontrar. Ela *saberia* o que eu dissera. E ia me bater e gritar que uma sem-alma não podia amar. Eu fora tola e descuidada com as palavras, pois pensar na música me fazia relaxar. Eu tinha de ser cuidadosa. Sem mais deslizes.

— Me desculpe — murmurei. — Não quis dizer que amava.

Passos se aproximaram, fazendo meu coração bater forte contra as costelas quando me protegi com os braços, esperando um golpe que nunca veio.

— Ana. — Sam parou bem perto de mim, mas não me tocou. Provavelmente temia que eu fosse surtar se ele fizesse isso. — Você realmente se sente assim? Sente que não pode ter certas emoções?

Eu não conseguia olhar para ele.

— Você não é uma sem-alma. Você é capaz de sentir o que quiser.

Então ele continuou falando, e eu queria acreditar mas...

— Acho que deveríamos conversar sobre isso.

Minha garganta doía enquanto eu tentava segurar as lágrimas.

— Eu não quero. — Suas boas intenções só tornavam tudo mais confuso.

Ele tocou nas minhas costas. Me sobressaltei, mas ele foi muito delicado.

— Uma pessoa sem-alma não teria arriscado a própria vida para salvar a minha, sobretudo, como você disse, porque eu acabara de reencarnar.

Dei um passo para trás.

— Não quero falar sobre isso.

— Está bem. — Ele arriscou um sorriso. — Pelo menos, aprendi uma coisa sobre você.

Estremecendo, tentei não contar o número de coisas que ele havia aprendido: eu afirmava que sentia emoções que não podia sentir, me sobressaltava e corria mesmo quando ninguém estava atrás de mim...

— Você gosta de música. — Ele sorriu com brandura. — Tenho meu DCS aqui. Podemos ouvir música. Fico satisfeito em emprestar, se você pedir.

Se eu pedisse?

Minha confusão devia ter ficado evidente, pois ele tirou o cabelo dos meus olhos e comentou:

— Diga as palavras. Peça.

Minhas mãos e o coração doíam. Eu queria correr para fora e me esconder, e nunca mais ter que me preocupar com isso de novo. Quando pedir. Quando não pedir. Se Li ia aparecer e me castigar por achar que eu não podia ter esse tipo de felicidade. Simplesmente havia *coisas demais*, e era como se estivesse me afogando, como se estivesse queimando. Mas correr não ia adiantar.

Sam se oferecera para me levar para Heart, passara os últimos dias lendo até ficar rouco, e ia me deixar ouvir música, desde que eu pedisse. Sem dúvida, umas poucas palavras não eram muita coisa para lhe dar.

Engoli o bolo na minha garganta.

— Sam, posso ouvir música, por favor?

— Claro. Vou pegar para você. — A tensão percorreu os ombros dele, como se realmente estivesse preocupado se eu ia perguntar. Como se ele se importasse.

Talvez se importasse.

A música fez pressão nos meus ouvidos, me dominando completamente. Um piano, uma flauta e cordas graves que eu não podia identificar.

Eu nunca tinha ouvido essa música antes, e queria explicar a Sam o quanto eu a apreciava, que *presente* ela era, mas não conseguia encontrar as palavras. Em vez disso, quando ele se sentou na cadeira, apoiei-me no braço dela, como no dia em que ele começara a ler para mim.

Com um sorriso misterioso, ele retirou o DCS que estava preso na minha cintura e tocou em uma tela. Havia músicos, sentados, formando uma meia-lua, e tocando instrumentos que eu vira em desenhos, mas nunca na vida real. O palco projetava o som para um público na penumbra, e para meus fones de ouvido.

A Sinfonia Fênix, minha favorita. Talvez Dossam estivesse regendo a orquestra ao piano. Os livros na biblioteca do chalé não tinham fotos dele nem, às vezes, dela. Mesmo aqui era difícil de ver. A tela era pequena e a imagem estava desfocada. Mas eu gostava do modo como ele acariciava as teclas do piano e dirigia os outros vinte membros da orquestra, como se, verdadeiramente, extraísse música deles. Sem ele, só haveria silêncio.

Impressionante.

— O DCS de Li não tinha vídeo. Acho que Cris deve ter abandonado lá. Ou será que só era velho?

Sam assentiu.

— Provavelmente, Li tinha um mais novo que não deixava você ver. Todos usam o novo design de Stef agora.

Olhei de cara feia para a peça, que provavelmente se ajustava com perfeição na palma da mão de Sam, mas a minha mão era pequena demais. Não que eu pudesse pegar algo agora.

— O Stef das suas histórias?

— O próprio. Ele adora esse tipo de coisa, mas, por muito tempo, ninguém usou nenhuma das tecnologias que ele desenvolveu. Era muita coisa para ficar carregando por aí. Por fim, ele decidiu juntar tudo: a captura de imagem, o playback, a comunicação por voz e um bilhão de outras coisas, num dispositivo só.

— Muito inteligente.

— Diga isso a ele e terá feito um amigo para a eternidade. — Sam deu um sorriso. — Melhor ainda, diga que gosta do nome.

— DCS? Por quê?

— Significa Dispositivo Completo do Stef. — Ele fez uma pausa, enquanto a música crescia nos meus ouvidos e eu sorria. — Agora o Conselho faz questão que todos tenham um DCS, pois assim podem ser chamados durante as emergências. Stef deve estar *um pouco* orgulhoso demais disso.

— Com razão, porque agora eu tenho a música. — Fechei meus olhos durante o solo de flauta, e desejei poder me envolver no som nítido ao meu redor como em uma armadura. Quando o restante dos músicos voltou a tocar, virei o rosto para Sam, para que, talvez, ele pudesse ver em meus olhos o que aquilo significava para mim. — *Muito* obrigada.

— Eu ainda quero saber mais sobre você.

De novo. Ao ver os músicos na tela, refleti se havia algo digno de ser contado. Mas talvez ele não ligasse se era digno. Talvez, por alguma razão insondável, ele apenas quisesse saber sobre qualquer coisa.

— Uma vez, encontrei um pote de mel no armário da cozinha. Peguei uma colher e comi metade. Li nunca mais me permitiu nem provar. — E me deixou sem comida durante os dois dias seguintes.

— Então, você gosta de coisas doces. Você voltou a comer mel depois disso?

— Não. Ela passou a esconder melhor depois. Em lugares altos. — Fiquei paralisada ao perceber que tinha confessado que roubava de Li. — Mas não se preocupe. Eu era mais nova e imatura. Eu não vou tirar nada de você.

O que eu queria dizer era: por favor, não me mande embora.

— Além disso — acrescentei, girando as palmas das mãos enfaixadas para cima —, não posso pegar nada sem pedir.

— Suas mãos vão melhorar logo. — Ele deu um meio sorriso malicioso. — E, na minha casa, você pode ter todo o mel que quiser. Sou amigo do apicultor.

— Vou ao Chalé da Rosa Lilás — avisou Sam, em nossa segunda semana na cabana. — Estamos com pouco analgésico e gaze.

— Não! — Fiquei de pé tão rápido que derrubei o DCS, interrompendo a música. — Não vá.

Sam ajoelhou-se na minha frente, segurando o dispositivo.

— Ou eu consigo os suprimentos ou suas mãos voltarão a doer.

— Não vá. Ela saberá que estou com você e fará algo terrível. Nenhum de nós estará seguro. — A adrenalina tomou conta de mim, me fazendo tremer. — Prefiro sentir dor. Não vá.

— Não vou deixar você sofrer. — Ele voltou a ligar o DCS nos meus ouvidos, e a sinfonia recomeçou. — Voltarei antes do cair da noite.

E voltou. Eu não tinha certeza da distância da cabana ao chalé. Nunca havia encontrado esse lugar durante minhas explorações, mas ele voltou pouco antes de escurecer. Talvez tivesse corrido. Fiquei feliz por vê-lo novamente.

— Ela foi cruel? — perguntei de onde estava sentada na cadeira com o DCS. Agora tocava um piano com um ritmo estranho e alegre.

Ele deixou a sacola de suprimentos cair no balcão, e os comprimidos fizeram barulho, junto com a *pancada* do vidro.

— Ela não estava, mas a porta se encontrava aberta.

— Então você simplesmente pegou as coisas? — A ideia me fez sorrir.

— Você não precisava delas? — Franziu a testa na direção do fogão, apesar de nossa boa sorte. Li não estava lá. Ela não viria atrás de mim. Ele deveria parecer aliviado, mas seguia pensativo. — Fico me perguntando aonde ela foi.

— Talvez tenha ido enfrentar dragões, e eles a tenham devorado.

Sam balançou a cabeça.

— Tenho boas notícias.

A ausência de Li, por si só, era uma boa notícia. Se isso não era bom para ele, eu queria muito descobrir o que *seria*.

Ele retirou da bolsa um pote de vidro cheio de um líquido âmbar.

— Descobri onde ela guarda o mel.

As emoções se emaranharam dentro de mim, como vinhas. Com cuidado, tirei o DCS do colo e coloquei-o sobre a cadeira. Em seguida, tirei os fones.

Sam observava enquanto eu me movia e caminhava em sua direção.

— Ana?

Pelo modo como dizia meu nome, dava a impressão de que eu era uma criatura misteriosa; ele havia acreditado que conhecia meus hábitos, mas agora eu o envolvia com meus braços e o apertava com toda a força que tinha. Estremeci de nervoso com o fato de tocar em alguém por vontade própria, de deixá-lo me prender em seu abraço, e estremeci por causa da confusão e da gratidão conflitantes.

Por que ele faria uma coisa tão boa?

Não entendi. Se fosse Li, já teria usado meus desejos contra mim, de alguma maneira, mas sempre que eu lhe contava alguma coisa a meu respeito ele me dava algo em troca. Música. Mel.

Era bom abraçá-lo, representava segurança, mas durou tempo demais. Demais? Ele se afastou primeiro, e começou a examinar minhas mãos.

— Parecem bem melhores. — Um canto da boca se ergueu. — Você acha que pode segurar uma colher?

— Quem sabe. Por quê?

Ele ergueu uma das sobrancelhas, lançando um olhar para o pote de mel sobre o balcão.

— Você não está falando sério. Está?

— Só se você puder segurar uma colher. — Ele me lançou um olhar que não consegui decifrar. Diversão? Desafio? Não era como os olhares provocadores de Li. — Mas... se você não puder...

— Oh, eu posso. Só não tenho certeza se vai sobrar para você.

Ele sorriu e procurou um par de colheres na gaveta.

— Vamos comer até enjoar.

— Vai ser divertido. — Testei a mão direita. Embora ainda não estivesse curada, quando Sam me ofereceu a colher, consegui segurá-la.

Pouco depois, estávamos empoleirados junto ao balcão, com o pote entre nós, tentando desesperadamente não deixar o mel escorrer nas roupas. Ele contava histórias e dizia todas as coisas que deveríamos fazer ao chegar a Heart, e eu não consegui me lembrar de já ter sorrido tanto.

6
BORBOLETA

BEM NO INÍCIO da terceira semana, abandonamos a cabana antes do amanhecer. O tempo estava mais quente e o céu azul-escuro quando começamos a percorrer o cemitério, o silêncio tão delicado quanto a geada. O ar da madrugada era fresco, agradável. Cervos surgiam na floresta, enquanto águias e falcões demarcavam os limites de seu território uns para os outros. Eu só fazia murmurar, enquanto cruzávamos a ponte sobre o rio.

— Você é uma tagarela. — Sam puxava Felpudo pelos degraus entalhados da trilha; o pônei resfolegou e balançou a cabeça na direção da cabana e do estábulo aquecido e cheio de comida.

— Eu sei. — Finalmente, estávamos indo para Heart, a grande cidade branca da qual eu ouvira falar desde criança. — A ideia de descobrir o que eu sou — falei, girando os ombros para evitar que as alças da mochila deslizassem — é apavorante, porque pode ser que eu não goste do que vou encontrar. Mas é emocionante também.

— Você sempre terá a opção de decidir por si mesma quem você é e o que se tornará.

O céu adquiria tons mais claros de azul, enquanto caminhávamos. Eu não podia pedir que ele compreendesse a *necessidade* de saber o que tinha acontecido, a razão de Ciana ter desaparecido para sempre. Ele não podia entender a culpa de saber que todos queriam que eu fosse ela.

Ajustei a gaze.

— Durante um ano, após a visita do conselheiro Frase, eu me convenci de que era Ciana. Eu me chamava de Ciana mentalmente, e dizia para mim mesma que, de alguma maneira, perdera a memória entre as vidas. Na biblioteca do chalé, lia tudo sobre ela; tentava me imaginar tecendo e inventando meios de produzir vestimentas em larga escala. Mas a verdade é que eu não tinha ideia de como isso ia funcionar, e menos ainda como descobrir meios de sintetizar a seda para evitar as amoreiras e os bichos-da-seda. Além disso, os Contadores de Almas nunca cometem erros.

— Não nos dias de hoje, por assim dizer.

— Como assim?

Ele deu uma risadinha.

— Nem sempre os testes foram tão precisos, mas desconfiamos quando as crianças começaram a xingar os Contadores de Almas. Foi necessário certo esforço para lembrar que Whit era, na verdade, Tera, e que deveríamos chamá-lo assim. Alguns de nós talvez tivessem lembranças imperfeitas durante os anos seguintes só para zoar.

Antes que pudesse disfarçar, dei um sorriso.

— Você tem sorte por ainda ter amigos, se trata a todos dessa maneira.

— Por isso tive de sair e encontrar uma almanova. Todos os outros me abandonaram. — Ele piscou antes que eu pudesse me perguntar se estava falando sério. — Quando chegarmos a Heart, vou apresentá-la a todos que quiser conhecer. Até aos amigos que não mereço.

— Vou pensar em algumas pessoas. — Enrubesci, recordando a confissão sobre Dossam, mas Sam gentilmente não fez comentários. Isso era parte de uma conversa que eu não estava preparada para ter.

Seguimos a trilha ao redor de abetos e troncos em decomposição, até a estrada que nos levaria a Heart.

Pouco antes do meio-dia, Sam voltou à nossa conversa de antes, como se não tivéssemos mudado de assunto.

— Parece que você está numa situação única de ser o que quiser.

— Duvido.

— Você tem a vantagem de aprender com a experiência de outras pessoas. Não tem que cometer os mesmos erros que cometemos no início; ou os que ainda cometemos. — Ele conduziu Felpudo até o acostamento e amarrou a corda ao redor de um galho baixo de álamo, deixando folga suficiente para o pônei revirar a folhagem esparsa com o focinho. — E *quem você é* não está estabelecido aos olhos de todos. Ninguém sabe o que esperar de você. Alguns diriam que a sociedade caiu na rotina. Que está estagnada. Graças ao fato de ser nova, você tem a capacidade de nos tirar disso.

Ele havia pirado se via isso em mim. Uma sem-alma não poderia fazer essas coisas.

— E se eu não quiser? Quero dizer, desestagnar vocês.

— Você não é obrigada a fazer algo que não queira. — Ele estendeu um cobertor na estrada e fez um gesto para que eu me sentasse. — Mas não acredito que queira ser apenas outra pessoa, e fazer a mesma coisa geração após geração. Você tem mais poderes que qualquer um, Ana. Cabe a você decidir usá-lo ou não.

— Não me sinto muito poderosa. — Minhas mãos doíam, eu mal podia me alimentar, e Sam continuava me resgatando. — Eu me sinto pequena e insignificante.

— Pequena, talvez. Definitivamente, você não é insignificante. — Ele se sentou ao meu lado e fitamos a estrada vazia. — Todos sabem quem você é.

Isso não parecia uma coisa boa. Eu era *aquela* Ana.

— Além de você, ninguém faz questão de falar comigo. Nem mesmo Li.

— Na última vida, ninguém conseguia fazê-lo calar a boca.

Eu quase o corrigi, "fazê-la", mas mordi meu lábio. Era difícil lembrar que minha mãe, que definitivamente era uma mulher, fora homem antes. Um corpo diferente. Uma vida diferente. Em vez disso, falei:

— E quanto aos outros? Li os proibia? Ou não queriam se dar ao trabalho?

Sam pegou uma faca e um pedaço de queijo duro na bolsa, e começou a cortar.

— Sinceramente? Eu acho que as pessoas não têm certeza se vale a pena conhecê-la. É como decidir se vale a pena fazer amizade com uma borboleta, já que ela não estará ali de manhã.

Até respirar doía.

— E quanto a você?

— Sem dúvida, já sabe agora.

Não sabia, mas não queria admitir.

— Nada impediu você de me ver antes. Eu podia ter tido — não um amigo, era familiar demais — alguém com quem conversar.

Ele me deu um daqueles esboços de sorriso.

— Li me impediu. Há muitas vidas que não nos damos bem. E eu não sabia como ela estava tratando você. Não posso dizer que teria conseguido fazer algo, mas poderia ter tentado.

Poderia. Não importava o que ele dizia sobre eu ter poderes. Era apenas uma borboleta para todos, e por que alguém em sã consciência salvaria uma borboleta de ser desprezada por um gato?

Ele ofereceu uma fatia de queijo, mas eu não estava mais com fome.

— Você tem que comer.

— Olha quem fala, o garoto que acaba de me contar que posso fazer o que eu quiser. — Eu me encolhi. Li teria me dado um tapa por causa disso, mas ele simplesmente se virou para o próprio almoço.

— Muito bem, então. — Ele comeu toda a refeição sozinho e não me ofereceu mais nada. Quando terminou, dobrou o cobertor e jogou a bolsa por cima do ombro. — Hora de partir.

Parte de mim achava que eu deveria me desculpar, sobretudo, porque eu não queria que ele me ignorasse, mas nenhum de nós fizera ou dissera algo errado. Apenas havíamos... trocado farpas. Suspirei e mexi nas ataduras pelo quilômetro seguinte, antes de apoiar a palma da minha mão em seu ombro com delicadeza para não irritar a pele que cicatrizava.

— Sam?

Ele parou de caminhar.

— Está com fome agora?

Balancei a cabeça.

— Fico feliz por falar comigo. — Especialmente, na cabana. Talvez ele só tivesse perambulado durante horas para evitar que eu chorasse agoniada. Ou só quisesse poupar os próprios ouvidos, mas ele *havia feito* isso, e fora cuidadoso e gentil. Significou muito para mim. Se, ao menos, contar isso a ele não significasse *contar* a ele. — Não esperava encontrar alguém como você.

— Ninguém sabe se você vai ficar por aí por muito tempo. Se as pessoas não foram receptivas o suficiente, quem sabe essa é a razão.

— Ficarei por aí minha vida inteira — murmurei, pouco acima da brisa na floresta, das batidas do meu coração e do bater de asas invisíveis e incorpóreas. — É tempo demais para mim.

Ele afastou o cabelo do meu rosto e assentiu.

7
MUROS

QUANDO AVANÇAMOS através da floresta, um muro branco ergueu-se bem alto no ar, como nuvens macias sob o céu azul-cobalto. Estendia-se em ambas as direções, até onde eu conseguia ver, correndo feito água nos declives e cumes do planalto que sustentava a cidade de Heart.

Portões de ferro e latão guardavam o Arco Sul da cidade, mas, por mais ampla que fosse a entrada, eu não podia distinguir nada além dela. Só a escuridão.

— Olhe para cima. — Sam parou ao meu lado, com uma das mãos enrolada nos arreios de Felpudo e a outra remexendo no bolso.

As bochechas dele estavam brilhando por causa do frio, mas o sorriso era largo e tranquilo. A barba por fazer escurecia seu queixo como se fossem sombras, e os lábios estavam cortados por causa do frio. Fora uma longa caminhada, e ele havia falado o tempo todo. Apontara ruínas, em sua maior parte, cabanas abandonadas, mas havia uns poucos montes de pedra misteriosos. Percorremos cinco cemitérios imensos, parando para observar por algum tempo, enquanto ele me contava histórias sobre as pessoas enterradas lá.

Aparentemente, eu não havia reagido rápido o bastante. Ele me fitou com uma expressão que era uma mistura de zombaria e curiosidade.

— Não olhe para mim. — Ele me deu uma cotovelada. — Olhe para Heart. Lá em cima.

Acima do muro, uma enorme torre se projetava na direção do céu, mais alta que uma centena de antigas sequoias empilhadas uma sobre a outra. Desaparecia em uma nuvem, e a rocha branca fazia o vapor parecer sujo, em comparação com o restante.

— O que é aquilo? — Senti um aperto muito forte no peito, como se algo me espremesse, recordando que eu era uma sem-alma. Resisti à vontade de correr para longe dali, para que não pudessem me ver.

— O templo. — Agora ele me fitava com preocupação, algo que fazia com excessiva frequência. — Você está bem?

Sem dúvida, ele não via nada de errado naquela torre, nem sentia que algo estava errado. Então, provavelmente era um efeito colateral por eu ser nova ali.

— Sim, claro. — Cruzei os braços, tomando cuidado com as ataduras. Era uma camada mais fina hoje; as queimaduras já não doíam tanto, e uma generosa aplicação de creme ajudava. — Então, é um templo? Para quê?

Ele voltou a caminhar, com o olhar fixo na cidade. Ou no templo.

— É uma lenda antiga. Muitos deixaram de acreditar nela milhares de anos atrás.

A observação foi como uma bofetada. Ele era *velho*. Apenas parecia ter a minha idade.

— Por quê?

— Porque nada aconteceu, nem uma vez, desde que descobrimos Heart e a transformamos em nosso lar.

Busquei em minha memória alguma lembrança sobre isso, mas a biblioteca de Li era muito pequena. E, se Sam já havia lido alguma coisa assim na cabana, deve ter sido em uma das vezes em que cochilei.

— Que tal começar do início? Qual é a sua primeira lembrança?

— Si... — Ele sorriu e afastou o cabelo do meu rosto. — Talvez mais tarde. Para ser sincero, algumas das lembranças mais antigas estão perdidas, e por essa razão começamos a escrever diários. A mente pode guardar muita coisa, mas, depois de um tempo, os fatos menos importantes desaparecem para que haja mais espaço. Afinal, você não tem lembranças cristalinas de tudo o que aconteceu na sua vida. Ou tem?

Balancei a cabeça. Também havia certas coisas que eu não queria lembrar. Quantas lembranças Sam deixara para trás por vontade própria?

— Todos concordamos que começamos em tribos pequenas, espalhadas por Range. Alguns dizem que aparecemos ali já adultos. Outros insistem que foram apenas alguns, e que os demais nasceram. — Ele me olhou de esguelha. — Não me lembro disso. A verdade se foi para sempre.

— Ninguém escreveu sobre isso?

— Ainda não havia escrita. Tínhamos uma linguagem, mas imagino que não falássemos sobre isso porque todos estavam lá. Boa parte das nossas vidas primitivas se voltava para a sobrevivência. Precisamos de tempo para aprender o que se podia e o que não se podia comer, que não podíamos beber nem tomar banho em todas as fontes quentes, e que os gêiseres... Me lembre de lhe contar depois sobre a vez em que um deles entrou em erupção quando Sine estava de pé sobre ele. — Sam começou a rir, mas outras lembranças escureceram o que havia de tão engraçado no azar de Sine. — Também tínhamos que nos concentrar em ficar longe de dragões, centauros e... outras criaturas.

— Sílfides.

Ele concordou com a cabeça.

— Fizemos desenhos na terra e nas paredes, mas eles não eram permanentes e nem sempre podíamos traduzir as obras de arte, por falta de palavras adequadas. As informações se perderam e foram interpretadas de maneira equivocada. Acredito que desistimos.

— Entendo. — Quando nos aproximamos da cidade, distingui pequenos tubos metálicos se projetando da parte sudeste da cidade. Provavelmente, antenas ou painéis solares. Ou, talvez, ambos. — Então todos estavam andando por aí um dia e se depararam com Heart?

— Mais ou menos. Brigamos durante algum tempo por causa do lugar, antes de nos darmos conta de como era imenso. Há espaço mais do que suficiente para todos.

— Vocês nunca acharam estranho? Que uma cidade estivesse esperando por vocês, com um templo bem no centro? — Eu me encolhi, temendo o que ia acontecer, mas Li não estava aqui para me bater por causa de minha curiosidade. Sam não percebeu ou era bom em disfarçar.

— Deveríamos ter achado, mas estávamos tão ocupados agradecendo por ter abrigo, que nem pensamos nisso. E quando começamos a pensar, qualquer vestígio de uma civilização primitiva já havia sido destruído simplesmente por vivermos ali. As pessoas ainda buscam evidências, mas não há quase nada em Heart.

— Quase.

— Bem, tem o templo, que, na verdade, foi onde descobrimos a escrita.

— Mas os livros dizem...

— Que Deborl inventou o sistema? Não é mentira, mas também não é uma informação precisa. Ele o decifrou. Sempre foi bom com padrões. Ao redor do templo, há palavras entalhadas que falam sobre Janan, um grande ser que criou a todos nós e nos deu almas e a vida eterna. E Heart. Ele deveria nos proteger.

Olhei para o templo que se projetava no centro da cidade.

— Não tinha nada disso nos livros de Li.

— Deborl tomou a liberdade de editar umas poucas coisas. — Ele virou a cabeça, seguindo meu olhar. Ao nos aproximarmos, o muro bloqueou ainda mais o horizonte. — De qualquer forma, Janan nunca se revelou para nós, nem ajudou durante os tempos difíceis.

— Como a época da seca e da fome, ou algum dos outros nomes dos anos?

Sam assentiu.

— Exatamente. O Ano das Trevas recebeu esse nome por causa de um eclipse solar que aconteceu no início do ano. Parecia que todo o sol desaparecera. E Janan não estava aqui para nos ajudar quando tivemos medo.

Até pouco tempo atrás, ninguém estivera por perto para me ajudar quando eu senti medo, por isso não me doía tanto ser enganada. Mas talvez tivesse sido diferente se alguém tivesse feito uma promessa e não tivesse cumprido.

— O templo nem tem porta. Algumas poucas pessoas acreditavam piamente em Janan, e que ele voltaria um dia para nos salvar dos horrores deste mundo, mas a maioria de nós chegou à conclusão, muito tempo atrás, que ele nem mesmo era real.

— Mas se o que está escrito no templo é verdade... sobre ter almas, renascer... não significa que ele também é real?

— Talvez há muito tempo. Algumas histórias dizem que sacrificou a própria existência para nos criar, e que por essa razão não há porta. — O céu desapareceu ao nos aproximarmos de uma faixa de terra árida que se estendia até os muros da cidade. O vapor soprava de um buraco próximo no chão. Seria um gêiser?

— Quando chegou a hora de escrever novas cópias das histórias, algumas coisas foram deixadas de fora porque o povo decidiu que não eram reais nem importantes, por isso você nunca ouviu falar de Janan.

— Mas você falou o nome dele. Você o usou como um xingamento?

Ele fez uma careta.

— Algumas pessoas se sentiram traídas quando Janan não as salvou do ataque dos grifos ou dos centauros. Mas isso já tem cinco mil anos.

Provavelmente, eu também desistiria de esperar alguém depois de tanto tempo.

— Começou como um simples juramento, não como uma blasfêmia, mas cresceu e se tornou um hábito que alguns de nós assimilamos.

— As pessoas que ainda acreditam nele provavelmente não gostam disso.

Sam deu uma risada.

— Não. Nem um pouco. Tente não pegar meus maus hábitos, se quiser ficar no lado bom do Conselho. Meuric acredita *de verdade*.

Quando saí da estrada, minhas botas esmagaram o terreno, uma mistura estranha de cinzas e seixos. O vapor com cheiro de enxofre fez cócegas no meu nariz. Soprava na direção da floresta, deixando depósitos brancos de geada nos galhos. Caminhei até o gêiser, pois queria olhar em seu interior, mas Sam tocou em meu ombro, recordando-me silenciosamente de suas advertências ao entrarmos na imensa cratera: o terreno era pouco espesso em alguns lugares e poderia rachar, derrubando você na lama escaldante antes que pudesse fugir.

Como ele tinha tendência a ficar em silêncio quando eu fazia coisas possivelmente tolas, como tentar escalar paredes de rochas antigas para ter uma visão melhor do entorno, eu tinha dado atenção à advertência sobre o terreno.

— *Você* se sente traído? Por Janan, quero dizer. — Me desviei para o muro, como se estivesse seguindo naquela direção desde o início.

— Um pouco. Queria acreditar que estávamos aqui por alguma razão.

— Sei como é essa sensação. — O muro não tinha rachaduras nem manchas coloridas, e se mostrou duro como mármore quando retirei as primeiras ataduras para sentir se era tão liso quanto parecia. A pedra aquecida pelo sol não opôs resistência à palma macia da minha mão.

— Espere — falou Sam quando eu ia retirar o resto. Ele estava parado de uma maneira irritantemente próxima. — Só um momento. — Então sua mão descansou sobre as costas da minha, com os dedos entrelaçados nos meus, com cuidado. — Você está sentindo? — Era mais um sopro que um sussurro.

Sentindo o quê? Seu toque? O calor irradiando de seu corpo? Senti tudo de uma vez.

O muro de pedra pulsava, como se o sangue fluísse através de uma artéria.

Recuei, me afastando do som e do muro. A luz do sol não tinha aquecido a pedra; o calor emanava de seu interior.

— Como isso acontece? — Senti vontade de esfregar a mão na calça, mas a pele que nascia era delicada demais para arriscar. Em vez disso, voltei a enrolar as ataduras, desajeitada, como se quisesse interromper a circulação do sangue nos dedos.

Seu olhar acompanhou as minhas mãos.

— Sempre foi assim. Por quê?

— Não gosto da sensação. — Eu me afastei lentamente, embora não soubesse aonde ir. Só *me afastei*.

Ele seguiu minha retirada não-tão-sutil-assim, olhando para mim e para o gêiser às minhas costas.

— Por quê?

Parei e me obriguei a respirar quando o terreno fez um barulho seco a meus pés; era fino demais para ficar parada com segurança. Depois de tantas semanas, finalmente, eu estava em Heart e agora queria sair correndo? Não. Eu viera até aqui para descobrir por que havia nascido e não ia deixar um *muro* idiota me assustar.

Sam estendeu a mão, ainda lançando olhares preocupados para o terreno.

— Vamos. Estamos quase em casa.

A casa dele. Certo. Onde eu ficaria até o Conselho decidir o que fazer comigo.

— Vamos. — Não peguei a mão que ele estendia.

Sam me estudou por mais um segundo, mas fez que sim com a cabeça.

— Não vai demorar. Posso abrir o portão, mas suspeito que eles vão querer registrar a sua entrada. — Deu um sorriso em tom de desculpas, por isso não reclamei da parcialidade. Desta vez.

— Por que vocês os mantêm fechados?

Ele caminhou entre mim e o muro enquanto voltava até Felpudo, que balançava a cauda e olhava com expressão ansiosa para a arcada.

— Sobretudo por causa da tradição. Não tivemos problemas com gigantes nem com trolls nos últimos séculos, mas houve anos em que tivemos que nos entrincheirar. Centauros, dragões. Todo tipo de criaturas costumava nos atacar, sem mencionar as sílfides. Agora as fronteiras de Range estão mais protegidas, mas só porque não tentaram não significa que não tentem de novo. Não queremos ser pegos de surpresa.

Havia desenhos das batalhas em alguns dos livros do chalé, a maioria envolvendo o uso exagerado de tinta vermelha. Se eu tivesse morrido em inúmeras guerras contra outros habitantes do planeta, também manteria as portas fechadas.

O arco era alto, largo e profundo o suficiente para dez pessoas, uma ao lado da outra. Ainda caminhava assustada por causa da pulsação no muro, cruzei os braços no peito e me mantive no centro.

Além das barras de ferro, a arcada se abria em uma ampla câmara.

— O posto da guarda — explicou Sam. — E este é um escâner de almas, assim o Conselho sabe quem entra e quem sai. Há alguns arsenais e locais por aí aos quais os conselheiros não acham que *todos* devam ter acesso. Normalmente, você tem que tocar nisso também, mas imagino que não esteja na base de dados, então não aconteceria nada. — Sam pressionou a palma da mão sobre um pequeno painel próximo ao portão. O equipamento emitiu um bipe, e uma parte do portão se abriu quando a luz amarela se espalhou pelo chão, e passos ecoaram.

Um homem esguio, talvez na casa dos trinta anos, apareceu.

— Oi, Sam. Eu até teria vindo para cá antes, mas Darce acaba de dar à luz Minn, que, desta vez, é uma menina, e alguns de nós tiveram que impedir

Merton de se vingar dele enquanto ainda é tão jovem. Dela. Acho que vamos precisar nos acostumar. Há dez gerações Minn não era uma menina.

Sam entrou primeiro com Felpudo. Eu os acompanhei quando os cascos saíram do caminho e nem mesmo tive tempo de admirar a mobília, antes que todos os olhos estivessem sobre mim.

— E por falar em se acostumar. — O estranho lançou um olhar a Sam, depois, voltou a me fitar. Ele vestia calças largas e uma camisa social marrom e grossa. A tarde estava quente para usar roupas pesadas. — Ana?

Como se isso fosse uma pergunta. Ele soubera porque eu não tinha tocado o escâner de almas, então começou a cochichar para fazer eu me sentir excluída. Ergui o queixo como se estivesse prestes a dar uma resposta brilhante, ou como se Sam pudesse dizer alguma coisa. Nada disso, porém, aconteceu, e o estranho e eu nos encaramos, e nossos olhares lentamente se transformaram em caretas.

Felpudo quebrou o silêncio com um longo suspiro.

O guarda virou-se novamente para Sam.

— Ainda não fala, é? Triste. — Ele se retirou para uma escrivaninha de madeira apoiada contra o muro da cidade. Uma tela fina, que piscava, se encontrava em seu centro. Estava em branco. E algumas pilhas bem organizadas de papel descansavam a seu redor. Ele acendeu o abajur e se inclinou sobre a mesa, criando sombras.

Sam tirou as bolsas de Felpudo, resmungando algumas palavras; ainda assim, seu tom de voz era ameno.

— Na verdade, acho que ela estava esperando que você se apresentasse.

— Na verdade — repeti —, pouco me importa. — Peguei uma das bolsas de Sam, transferindo-a para o meu ombro quase sem usar as mãos. A última atadura estava se desprendendo do local em que eu a amarrara de qualquer jeito. — Mas eu sei falar, e há algum tempo.

Sam virou o rosto como se quisesse disfarçar o riso.

— Bem, então, fico feliz em ouvi-la. Sou Corin. — O guarda estendeu a mão, que eu não apertei, apenas ergui a atadura. — O que aconteceu com suas mãos?

— Queimei.

— Ela me salvou de uma sílfide. — Sam não disse que ele me resgatara de uma também, e do lago antes disso, nem que havia cuidado de mim por quase três semanas. Era gentil da parte dele me fazer parecer corajosa.

Corin assobiou.

— Impressionante, mas você sabia que ele voltaria, não é?

No fim das contas, sim, mas não a tempo de me salvar de todos que me tratavam como Corin. Ergui a nova bolsa no ombro e me virei para Sam.

— Daqui a pouco é hora do jantar.

Ele tinha poucos motivos para bancar meu aliado, considerando que conhecera Corin há cinco mil anos e que o "resgate" dele era coisa boba; no entanto, por alguma razão, ele o fez, e eu podia tê-lo abraçado por isso.

— Você tem razão. Foi uma longa caminhada desde a fronteira. Podemos conversar outro dia, Corin? Ana e eu ainda temos que arrumar as coisas.

O guarda balançou a cabeça.

— Lamento. Quero dizer, você pode ir, Sam — ele apontou o queixo para a porta aberta no fim da comprida sala —, mas Ana ainda não foi aprovada.

— O quê? — O tom de voz de Sam subitamente se tornou menos agradável. A bolsa extra afundou dolorosamente no meu ombro.

— Pensei que você só tivesse que escrever meu nome num registro ou coisa assim. O que você quer dizer com aprovada?

— Para entrar na cidade. Você não é uma cidadã.

— Eu nasci aqui. — Sem dúvida, sabiam disso. Li me dissera que todos tinham vindo para ver a sem-alma, e que essa fora uma das razões para ela me levar embora. Não apenas esconder a vergonha, mas, como insistira, me proteger.

— Você não tem documentos que comprovem ser uma residente legal de Heart.

— Mas eu nasci aqui!

— Ela vai ficar como minha convidada. — Sam chegou mais perto de mim, como se a proximidade fosse convencer alguém. — Vamos resolver a questão da cidadania amanhã cedo.

— Lamento, mas não há nada que eu possa fazer. — Corin cruzou os braços. — Você sabe que eu faria se pudesse, mas é contra as regras.

— Que regras? Não há regras sobre quem entra em Heart.

Corin remexeu em alguns papéis na mesa e jogou-os em cima de Sam.

— O Conselho aprovou há alguns anos. Não prestou atenção? Para entrar em Heart, é necessário ser cidadão e, para ser cidadão, é necessário ter tido um lar na cidade pelos últimos cem anos.

Sam jogou as bolsas no chão (eu baixei as minhas com um pouco mais de cuidado) e segurou os papéis, lendo rapidamente.

— Isso é ridículo. — Jogou os papéis com violência no outro lado da sala. Eles flutuaram e roçaram uns nos outros, antes de caírem no chão liso. — Chame Meuric. Chame todo o Conselho. Diga-lhes para virem aqui imediatamente.

— Eles estão em sessão. Ana é livre para ficar no posto da guarda por essa noite; temos um beliche bem confortável. — E apontou para algum lugar além de mim. — Duvido que alguém vá reclamar.

A última coisa que eu queria era passar a noite toda no posto da guarda. Eu me sentiria mais segura dormindo perto do gêiser. Eu me sentiria mais segura no fundo do lago Rangedge.

— Sam...

Ele balançou a cabeça.

— Você vai para casa comigo, não importa o que digam.

Eu poderia correr para a porta e tentar me perder nas ruas (provavelmente, não muito), mas as chances de duas em um milhão não eram muito boas. Sam e eu seríamos capturados e postos na prisão, portanto, minha única boa opção era deixar que ele lidasse com isso. Odiava essa opção.

— Sam — falou Corin. — Não é nada de mais.

— Não é nada de mais uma ova! — Sam puxou a manga de Corin e o levou para o outro lado da sala. Eles estavam fora do meu alcance, se quisessem conversar em voz baixa, e foi o que fizeram. Eu odiava isso também, mas não queria criar problemas para Sam indo até eles e exigindo ser incluída na conversa.

Enquanto Sam, com toda certeza, dizia a Corin que eu precisava de ajuda e que não confiava em ninguém, fiquei sentada na escrivaninha e desamarrei as ataduras. Minhas mãos haviam melhorado bastante. Rosadas, com a pele sensível, mas tínhamos tomado cuidado em mantê-las limpas enquanto viajávamos, especialmente depois que as bolhas estouravam. Eu me sentia uma tola por ter acreditado na mentira de Li sobre queimaduras de sílfides nunca cicatrizarem. Em breve, estaria bem o suficiente para atirar pedras nela, se voltássemos a nos cruzar.

Sussurros irritados agitaram a sala da guarda, indistintos demais para que eu pudesse entender. Remexi os papéis na escrivaninha de Corin, e encontrei horários de turnos e outras trivialidades. Parecia que quem morava mais perto de cada um dos postos da guarda era responsável pela vigilância quando estivesse em sua residência. Eles revezavam; no entanto, em geral, não parecia um trabalho difícil, desde que você pudesse se lembrar da regra: todos, menos a Ana, poderiam entrar na cidade.

— Sozinha nos bosques? Mas estamos em pleno inverno. — O sussurro surpreso de Corin me fez enrijecer, e não olhei para trás. Sam não precisava saber que eu ouvira parte de sua reunião secreta.

A pilha de papéis no fundo da escrivaninha tinha listas de arsenais em toda Heart, com seu conteúdo. *Isso*, sim, era interessante. Antigas catapultas e canhões, modernos veículos blindados e veículos aéreos. Pistolas de laser. Não tinha ideia do que era metade das coisas, mas folheei as páginas. Talvez Sam pudesse me dizer, ou talvez eu pudesse encontrar alguma coisa na biblioteca. Se eu conseguisse ir além do posto da guarda.

— Muito bem. — Corin parou atrás de mim e tomou o papel das minhas mãos. — Isso não é para você.

— Não se preocupe. — Fiquei de pé e lancei um olhar a Sam, que estava procurando o DCS na bolsa. — Li nunca me ensinou a ler.

Sam resfolegou e caminhou até o outro lado da sala para chamar o Conselho.

Esperamos meia hora até as pessoas começarem a aparecer. Corin levara Felpudo e os mantimentos da viagem para o estábulo próximo e pedira que Sam e eu não saíssemos dali. E obedecemos, porque eu sabia que Sam não iria a parte alguma, e eu não ia perambular pela cidade sem ele.

A primeira pessoa a chegar foi uma mulher com uns oitenta e tantos anos. Como Li me mantivera afastada de todos, tudo o que eu tinha eram as fotos de pessoas de diversas idades; portanto, adivinhar era complicado. A mulher tinha cabelo grisalho, preso num coque esticado. Rugas superficiais se espalhavam pelo rosto, mas isso lhe emprestava mais dignidade que velhice. Ela se apresentou como Sine e sentou-se numa das cadeiras na lateral do posto da guarda.

A tal Sine... da história com o gêiser. Hum.

Meuric veio em seguida. Parecia mais jovem que seus quinze anos, mas, a não ser em emergências, você deveria ter passado do primeiro quindec para ter um emprego, por causa da estatura e dos hormônios. Pelo menos, era o que eu tinha ouvido falar.

Embora Meuric tivesse apenas a minha altura e fosse meio desajeitado com aquele queixo e os cotovelos, os olhos profundos mostravam sua verdadeira idade. Ele me lançou um olhar, e eu nunca me senti tão insignificante. Sam dissera que Meuric era o líder do Conselho, então era a ele que eu devia impressionar.

Frase, que fora quem contara a Li sobre Ciana, e Antha, se juntaram ao grupo.

Sam disse:

— Sem dúvida, essa regra foi criada para manter Ana fora de Heart. É cruel e injusto excluí-la simplesmente porque ela não vive há cinco mil anos.

Meuric coçou o queixo, pensativo.

— Se bem me lembro, isso aconteceu porque ninguém sabia ao certo se mais almasnovas iam nascer. O que aconteceria se Ana não fosse a única? Será que íamos encontrar abrigo para todas elas? Será que nossa comunidade suportaria isso?

Sam me lançou um olhar de advertência, antes que eu pudesse abrir a boca.

Eles. Cruzei meus braços e fiquei parada ao lado das bolsas. Não havia *eles*. Havia apenas *eu*.

— Não fizemos isso para segregar Ana, mas para proteger a cidade.

Antha passou os dedos pelo cabelo.

— Você se lembra de como éramos ineptos com Heart quando viemos para cá pela primeira vez? Éramos muito jovens, como Ana é agora.

— Eu não vou destruir a cidade de vocês — respondi, fazendo uma careta e ignorando o olhar de apelo de Sam. — Não quero mudar nada nem interromper a rotina.

— Você já fez isso — respondeu Frase. — Simplesmente por existir.

— Culpe Li e Menehem. Eu não tive nada a ver com isso. — Tentei parecer mais alta, mas ficar de pé ao lado de Sam tornava isso inútil. — Parece que vocês estão modificando e interrompendo as próprias vidas por causa da minha existência mais do que eu. Fiquei afastada por dezoito anos, e vocês estão fazendo leis enquanto estou fora da vista...

— O que acho que Ana está tentando dizer — interrompeu Sam — é que, salvo por ter nascido, coisa que não pôde evitar, ela não incomodou ninguém.

— Exceto Li — observou Antha.

Sine fez que sim com a cabeça.

— Li preferiu encarar a responsabilidade, ao contrário de Menehem. Isso foi nobre da parte dela.

Essa *não* foi a história que ouvi.

— Se Li não tivesse feito — continuou Sam —, outra pessoa teria. Talvez alguém que percebesse que, dali a alguns anos, Ana cresceria e se tornaria membro da nossa comunidade. Ela tem habilidades próprias e úteis, mas não pode contribuir a menos que a deixem fazer isso.

— Você teria ficado com ela? — refletiu Meuric. — Não. Você era um bebê também. Foi um ano e tanto, se me lembro bem. Você, no primeiro dia, e Ana, algumas semanas depois. Dois nascimentos naquele ano. Recordo-me disso porque morri três dias depois do nascimento de Ana. O choque é ruim para os velhos corações.

Olhei para Sam; ele tinha dito que nosso aniversário era no mesmo dia, não tinha? Por que Meuric diria algo diferente?

Sam não pareceu notar.

— Eu teria ficado, se pudesse, mas, como você disse, era incapaz de cuidar de alguém. Estou me oferecendo para isso agora.

— E o fato de que a lei impede que ela more na cidade? — indagou Meuric.

— Quantas almasnovas nasceram nos últimos dezoito anos? — A voz de Sam era fria como gelo. — Ela é a única. A lei foi feita contra ela. Na melhor das hipóteses, é hostil, e, na pior, é uma sentença de morte, sobretudo, por não sabermos se ela reencarnará. E acredito que haja outra lei a respeito disso.

Observei Sam, esperando que houvesse respostas para um milhão de perguntas: havia uma lei sobre a minha morte? Mas ele não deu importância ao meu olhar.

Os conselheiros se entreolharam. Sine foi a primeira a encolher os ombros.

— Para começo de conversa, não fui favorável à lei. Se Sam quer cuidar de Ana, deve poder fazer isso. Ela não está fazendo mal a ninguém. — Ela me deu um sorriso afetuoso, mas não consegui retribuir.

Meuric assentiu.

— Imagino que seria uma oportunidade de a jovem Ana ter um pouco mais de orientação. Sem dúvida, Li foi uma professora competente, mas talvez Sam seja capaz de ajudá-la a descobrir quem ela é para que possa, como ele disse, tornar-se um membro produtivo da comunidade.

— Não preciso de outro pai — comecei, mas Sam me interrompeu novamente.

— Então vocês vão revogar a lei? — Se não estivesse do meu lado, eu bateria nele por me interromper sempre. Como eu poderia ter *minha própria personalidade*, se não tinha uma voz a respeito da minha própria vida?

— Frase? Antha? — Meuric lançou um olhar aos outros dois conselheiros. — Precisamos de uma votação unânime, pois os outros não estão aqui.

— Desde que ela obedeça a um toque de recolher e se sujeite a aulas e testes. — Frase ergueu o olhar para Sam. — Certamente, para garantir que Ana tenha uma educação de qualidade. Se ela reencarnar após a morte, então, teremos adquirido uma nova voz de grande valor. Se não reencarnar, bem, todos sabemos que Sam gosta de assumir novos projetos. Isso deve mantê-lo ocupado durante toda a vida, e, caso apareçam outras almasnovas, ele terá experiência para ajudá-las também.

Apertei as mãos atrás das costas. A pontada da carne viva era a única coisa que mantinha meus pés no chão. Eu não era um *projeto* nem um *experimento*. E também não era uma droga de *borboleta*.

— Parece razoável para mim. — Antha ergueu o queixo e olhou nos meus olhos. — Você vai se sujeitar a essas condições?

Meu maxilar doía de tanto trincar os dentes, mas não me permiti olhar para Sam e ver o que ele pensava. Não precisava de sua *orientação*.

— Claro que vou.

— Então está combinado. — Meuric usou os braços da cadeira para tomar impulso. — Ana ficará como aluna de Sam. Relatórios com o progresso dela serão recebidos e analisados pelo Conselho todos os meses. Por que vocês não vão até a Casa do Conselho de manhã? Na décima hora. Apresentaremos todos os outros e terminaremos de acertar os detalhes.

Nem uma pergunta nem sequer um convite.

Depois de uma rodada de boas-vindas excessivamente educadas ("bem-vinda à casa" e "bem-vinda a Heart"), os Conselheiros foram embora, Corin saiu, e Sam e eu pegamos nossas bolsas.

Ele olhou nos meus olhos rapidamente, antes de me levar até a porta, e eu não podia saber se estava satisfeito ou não com o veredicto até ele dizer:

— Eles planejaram isso.

8
CANÇÃO

— O QUE VOCÊ quer dizer? — Dei um passo para fora, para Heart, entrando em uma avenida ampla. Coníferas e trechos de casas de pedra branca cobriam o lado esquerdo da via. Ruas menores cortavam por entre as árvores, dando uma ilusão de privacidade, embora eu tivesse a sensação de que os lotes sobre os quais se encontrava cada casa fossem enormes.

Sam caminhou na direção de um estranho conjunto de edifícios à direita, que se estendia até o limite da cidade, visível apenas porque o muro era muito grande.

— Este é o bairro industrial. Armazéns, moinhos, fábricas.

— Quem faz todo esse trabalho?

— Os que necessitam produzir e consumir. Ou, por exemplo, se você quiser rolos de tecido, pode comprá-los no dia do mercado, pois tem umas poucas pessoas que *gostam* de trabalhar nessas coisas, e fabricam mais do que podem usar. É o trabalho delas e a maneira pela qual adquirem crédito suficiente para comprar comida.

— E aquilo? — Apontei para um labirinto de canos imensos que percorria os edifícios. — Dá para enfiar uma pessoa neles.

— São usados para conduzir a energia geotérmica. Esta parte de Range se encontra no topo de um imenso vulcão; há muita energia no subsolo. Passamos a usar a energia solar há um século, porque é menos potencialmente destrutiva, mas mantemos os canos no local por segurança.

— Entendo. — Ergui o olhar para os moinhos de vento que se estendiam acima do muro. E, acima de tudo, o templo apontava para o céu. Eu não podia esticar tanto a cabeça para trás para ver seu topo. Estremecendo, voltei minha atenção para Sam. — Por que vocês precisam de tanta energia? Parece que há mais dela entrando do que mesmo um milhão de pessoas pode consumir.

— Muita energia é usada para os sistemas de manutenção automática da cidade e para os veículos mecânicos que não precisam de ninguém para controlá-los. Como os veículos para limpar a neve ou o sistema de esgoto. — Ele deu um breve sorriso. — E, quando você se mete em encrenca com muita frequência, como o Stef, se familiariza com a monitoração e a limpeza desses sistemas como castigo.

— E se ninguém fizer alguma coisa errada?

Ele resfolegou.

— Sempre tem alguém. Mas, nas raras ocasiões em que não tem, temos que nos revezar.

— Eca. — Eu decidi me comportar. Não queria passar minha primeira (e, possivelmente, única) vida chafurdando no esgoto.

— Estou surpreso que ninguém venha cumprimentá-la — murmurou Sam.

— Ficar encarando com cara de bobo. Não cumprimentar. — Eu o segui pela avenida com calçamento de pedras, fazendo um esforço para não derrubar as bolsas enquanto ainda observava os arredores. Minha primeira vez em Heart desde que eu nascera, e o lugar estava morto. — O que você quis dizer antes, quando falou "Eles planejaram isso?" — Ele não podia evitar minha pergunta para sempre.

— É o que parece. Enquanto iam bem devagar até o posto da polícia, estavam decidindo o que ofereceriam. Fizeram parecer que estavam lhe fazendo um favor.

Murmurei porque não havia entendido isso, mas, ao reconsiderar a conversa, concordei.

— Eles não parecem respeitá-lo muito. Além de me insultar, o que queriam dizer com "projetos"?

Ele deu um risinho seco.

— Simplesmente que eu tendo a experimentar algo novo a cada vida. Muitas pessoas aprendem apenas porque é necessário saber como fazer. Perceber que o encanamento está quebrado e que as únicas duas pessoas em Heart que saberiam consertá-lo estão longe da cidade ou entre as vidas é um problema sério.

— Então você sabe consertar o encanamento. Isso não é um crime.

— Mas como decidi aprender algo novo a cada vida e tentar... algumas vezes, sem conseguir... dar seguimento a projetos antigos de outras vidas, me faz parecer sem rumo. Eles pensam que assumi responsabilidades demais e que acabo não concluindo boa parte dos projetos.

— É muito contraditório. — Fiz um esforço para acompanhar as passadas longas dele, sobretudo, porque eu estava carregando o dobro do que estivera antes. Não o culpava pela pressa agora que estávamos tão perto, mas o dia estava consideravelmente mais quente que nas últimas semanas. Minha cabeça zumbia por causa do esforço.

— É a vida.

Aparentemente.

— O que você disse a Corin para fazê-lo mudar de ideia quanto a chamar Meuric?

Sam não conseguiu dar de ombros por causa das bolsas.

— Falou que eu era inútil? Que preciso de ajuda e que morreria se fosse deixada por conta própria? — Provavelmente era tudo verdade. Eu quase não durei um dia depois de deixar a casa de Li.

— Não. Nada disso. — Ele olhava para a frente.

Após quinze minutos marchando atrás de Sam em silêncio, falei:

— Não gosto de Corin.

— Ele não é má pessoa. Apenas é rígido e segue regras demais. Não o culpe pelo que aconteceu hoje.

Viramos numa rua ampla o suficiente para cinco pessoas andarem lado a lado. Arbustos e folhagens altas ladeavam o caminho. Outras ruas e calçadas saíam dela, mas todas as coisas ainda estavam bem distantes. Metade da população da cidade vivia nesse bairro, mas eu duvidava que pudessem ouvir umas às outras, se gritassem das janelas.

Avistei umas poucas casas, pois a maioria era protegida pelas árvores e pela distância. Todas eram feitas da mesma pedra branca do muro da cidade e do templo, mas o exterior fora decorado de maneira diferente. Algumas eram simples, com venezianas ou vidros meramente funcionais. Outras eram mais opulentas.

— Todas as janelas e portas ficam nos mesmos locais, em cada casa? — Falei em voz alta, tentando acompanhá-lo à medida que ele caminhava ainda mais rápido. Talvez, se eu o fizesse falar, ele diminuísse a velocidade.

— Ficam. Como disse, a cidade estava esperando por nós. As casas já estavam construídas, mas eram conchas com aberturas para as portas e as janelas. O interior era oco. Tivemos que construir paredes, escadas, os diferentes patamares, tudo. Você vai ver.

Parei de caminhar. Ou melhor, de correr. Tentando inspirar, me apoiei nos joelhos e deixei a bolsa pesada na rua. Ela devia ter, no mínimo, metade do meu peso. Meu coração estava disparado, e uma cãibra me fazia sentir dor do lado do corpo.

— Ana? — Sam deu meia-volta e finalmente percebeu que eu não estava lá. Caminhou de volta na minha direção e se abaixou. — Você está bem?

— Não. — Fiz uma careta e apertei a palma das mãos no meu rosto, úmido com o suor frio. — Não. Eu fui perseguida em um lago, queimada e mimada durante semanas, depois, percorri metade de Range para chegar até aqui, e um bando de gente que não conheço quer controlar minha vida, e agora você está praticamente correndo de mim. — Bati na bolsa, encolhendo-me ao sentir o choque nos pulsos e antebraços. A escuridão tingiu os contornos da minha visão, retrocedendo à medida que eu inspirava fundo. — Você tem todo esse tempo. Não dá para andar mais devagar?

Sua expressão perdeu a máscara, quando revirou o bolso à procura de um lenço. Passou o pedaço de pano pela minha testa e bochechas.

— Desculpe, não estava prestando atenção.

— Você está preocupado. — Eu já vira isso antes, algumas vezes, na cabana, enquanto conversávamos sobre as sílfides ou sobre Li. Não que ele fosse admitir.

— Animado por voltar para casa. — Ele guardou o lenço.

Mentiroso. Bem, talvez não fosse um completo mentiroso, mas eu não era burra. A máscara estivera lá desde que deixáramos o posto da guarda. Não, antes disso. Em algum momento entre me defender (e me interromper) e o Conselho decidir o que fazer. Talvez do mesmo modo que eu não quisesse outro pai, ele não queria um filho. Embora tivesse dito que assumiria a responsabilidade...

Mas eu não era uma *criança*.

Eu me pus de pé, com a bolsa balançando no meu ombro, e fiz um gesto com a cabeça para que ele continuasse. A máscara voltou, mas, desta vez, ele mantinha um passo mais lento. Não conversamos ao virarmos mais algumas ruas e nos dirigirmos para uma longa calçada, até que avistei pela primeira vez a casa de Sam.

Como todas as outras, era alta e larga, com um exterior branco, e portas e janelas dispostas exatamente como as demais. Não parecia em nada com o Chalé da Rosa Lilás, que era de madeira, pequeno e estava sempre empoeirado.

As venezianas eram pintadas de verde-escuro e embaixo de cada uma havia um arbusto denso. Rosas, talvez. Olhei para as minhas mãos, pensando nas cicatrizes deixadas pelas rosas lilás. Agora elas se foram, queimadas pelo fogo das sílfides.

O lado externo tinha um jardim generoso, algumas árvores frutíferas sem folhas e pequenas construções espalhadas pelas laterais e a parte de trás. Galinhas cacarejavam próximas, e capivaras faziam sons de assovio e ruídos de borbulhas em outro edifício.

Sam caminhou a meu lado quando nos aproximamos da porta verde como as venezianas.

— O que você acha?

— Linda. — Mas as paredes e o telhado de pedra, o gramado perfeitamente conservado... Tudo parecia frio. Antigo e vigiado. Quando olhei sobre o ombro, o templo se erguia na direção do céu, ainda mais sinistro que antes.

Sam não percebeu minha falta de entusiasmo, apenas encontrou a chave (o que ele fazia com ela entre as vidas?), e abriu bem a porta para me deixar entrar primeiro.

O interior era frio e sombrio, apenas faixas de luz infiltrando-se entre as rachaduras nas sombras. Além da escada e de um segundo cômodo nos fundos (uma cozinha?), a sala de estar ocupava todo o primeiro andar. Lençóis brancos esvoaçavam acima de imensas peças de mobília, muito mais do que uma sala de estar deveria possuir.

Comecei a fazer perguntas sobre ela, mas Sam acendeu um interruptor e a luz desceu sobre o chão de tábuas de madeira corrida, fazendo com que eu piscasse e apertasse os olhos para me adaptar.

— Tire os lençóis e coloque-os num canto por enquanto — falou. — Vou ver se há um quarto para você no andar de cima. — Ele deixou as bolsas grandes na entrada e subiu a escada em espiral com a minha mochila. Um patamar em forma de 'L' erguia-se acima deste lado da sala de estar, protegido por um corrimão fino talhado na madeira. Ele lançou um olhar na minha direção antes de desaparecer além da minha linha de visão.

Com cuidado, caso houvesse algo frágil escondido sob os lençóis, puxei metros de seda sintética, revelando estantes e prateleiras, cadeiras e suportes de algum tipo. A mobília era toda de madeira sólida e polida, e a decoração era entalhada em peças de obsidiana, mármore e quartzo. Sam havia falado sobre aprender essas técnicas, e eu não tinha muita certeza do motivo de ele se importar. Parecia muito trabalho. Mas agora que eu via as curvas polidas de um picanço de pedra, com as delicadas penas gravadas, compreendi.

Era belo, e se eu vivesse num lugar por cinco mil anos, também ia querer olhar para aquilo.

Por outro lado, ele havia dito que algumas pessoas faziam essas coisas como trabalho. Ele poderia comprar, se quisesse. Ou será que era o trabalho *dele*? Eu ia perguntar quando ele voltasse.

Assim que os cantos do cômodo estavam descobertos, voltei para todos os itens no meio, começando por uma forma particularmente estranha.

O lençol enrugava sobre um grande plano de madeira de bordo, acima de uma extensão de teclas, e descia sobre um banco.

Um piano. Um piano de verdade.

Senti um aperto no peito, e queria chamar Sam e perguntar por que ele não me dissera, mas ainda tinha que terminar a minha tarefa. Poderia haver mais tesouros.

Em uma confusão vertiginosa, percorri a sala de estar revelando objetos que eu vira apenas em desenhos nos meus livros favoritos. Uma grande harpa. Um órgão. Um cravo. Uma pilha de estojos com diversos instrumentos entalhados em madeira polida. Ao vê-los, não reconheci a maioria, mas pude identificar o violino, outro instrumento — imenso — de cordas e um objeto comprido com uma palheta e teclas de metal intrincadas. Uma clarineta?

Isso era maravilhoso demais. Será que ele tinha avisado, e um amigo os trouxera para cá, simplesmente porque sabia que eu ia gostar?

Não podia imaginar o motivo, mas parecia algo que Sam faria. Ele era muito bom para mim, pois sempre fazia coisas só para me deixar feliz.

Virei-me para o piano no centro do cômodo. A madeira entalhada emoldurava o instrumento e o banco, e fileiras de teclas de ébano e marfim amarelado reluziram sob a luz. Estiquei os dedos para tocá-las, mas elas não eram minhas. No último minuto, retirei minha mão, apertando a palma contra o coração que disparava.

Um piano de verdade. Era a coisa mais bonita que eu já vira.

— Você não gosta dele? — A voz de Sam, contrariada, veio da direção do patamar. Dei um pulo e ergui os olhos até ele, fazendo um esforço para controlar as perguntas que invadiam minha boca. — Será que também parece errado?

— Impressões digitais. — A primeira coisa que me veio à mente. — Não queria manchar nada.

O tom de voz suavizou quando ele desceu as escadas, com os dedos percorrendo o corrimão.

— Toque alguma coisa. — Ele tinha lavado o rosto e trocado a camisa, mas ainda estava corado por causa da caminhada. Ou talvez por causa de outra coisa, pois não fora ele quem ofegara do lado de fora. — Você não vai machucá-lo. — Talvez não fosse contrariedade, afinal, mas não baixei a guarda.

Escolhi uma tecla no meio. Uma nota límpida ressoou no cômodo espaçoso. Centelhas percorreram minhas costas, e apertei outra tecla e mais outra. Cada nota era mais baixa que a última, à medida que meus dedos deslizavam até o extremo esquerdo do piano. Tentei uma do lado direito, a nota era mais alta. Afinal, não era uma música, mas, ao ouvir o som ecoar através da pedra polida e da mobília, minhas bochechas ficaram doloridas de tanto sorrir.

Sam sentou-se no banco, deslizando as pontas dos dedos pelas teclas, sem pressionar nenhuma; em seguida, escolheu as minhas quatro notas. Elas foram tocadas separadamente. Sem melodia.

Mas havia alguma coisa no modo como ele se sentava ali, algo familiar. Não era um piano emprestado.

Provavelmente muitas pessoas tinham pianos.

As quatro notas soaram novamente, desta vez, num ritmo lento, e quando ele me fitou, uma expressão indecifrável percorreu seu rosto.

Eu não podia deixar de fitar suas mãos nas teclas do piano, o modo como elas se adaptavam com tanto conforto.

Ele tocou minhas notas mais uma vez, mas, em vez de parar depois, tocou a coisa mais incrível que meus ouvidos já tinham ouvido. Como ondas nas margens de um lago, e vento entre as árvores. Havia raios, trovão e o tamborilar da chuva. Calor e raiva, e a doçura do mel.

Nunca tinha ouvido essa música antes. Parecia não haver espaço para respirar ao redor do meu coração inchado conforme a música crescia, fazendo-me sentir dor por dentro.

Ele continuou por um longo tempo e, ainda assim, não foi tempo suficiente. Então minhas quatro notas voltaram, lentas como antes. Fiz um esforço para respirar conforme o som ecoava contra os meus pensamentos. E silenciosamente cobria a sala de estar.

— Sam, você é... — Engoli o nome. Se estivesse enganada, sentiria muita vergonha. Mas eu já estava no chão, a música ainda densa dentro de mim como da primeira vez em que eu roubara o toca-fitas da biblioteca do chalé. Porém, cem vezes mais.

Isso era aqui. Real. Agora.

— Você é Dossam?

As mãos dele estavam apoiadas nas teclas, à vontade. Queria que ele voltasse a tocar.

— Ana — falou, e meus olhos encontraram os dele. — Eu queria lhe contar.

— Por que não fez isso? — Se apenas eu pudesse parar de pensar na confissão da minha paixão, feita sob o efeito dos medicamentos. Se tivesse um buraco no qual eu pudesse me enterrar, eu teria feito isso.

Ele acariciou as teclas mais uma vez, com uma expressão estranha no rosto.

— No início, não achei que fosse importante. Depois — falou, balançando a cabeça —, você sabe. Eu não queria que se sentisse diferente perto de mim.

Isso não era nem gentil da parte dele nem era uma completa idiotice.

— Você me disse que seu nome era Sam. Todos os outros o chamaram de Sam também. — Eu tinha certeza de que teria percebido se as pessoas o chamassem de Dossam, de qualquer forma.

Ele ficou vermelho.

— É mais curto, e todos têm me chamado assim há tanto tempo. No lago, quando eu lhe falei meu nome, não sabia que você não sabia. Eu teria explicado, mas...

— Está tudo bem. — Fiquei de pé e tentei me recompor, mas *Dossam* estava *bem aqui* e como eu poderia voltar a olhar para ele, sabendo que ele me vira na pior? Como ele poderia voltar a ser Sam, agora que era Dossam?

Era isso que ele tinha tentado evitar ao não me contar sobre sua verdadeira identidade. Se eu não me controlasse, ele pensaria coisas terríveis a meu respeito.

Eu me forcei a olhar para ele, ainda sentado ao piano, com as palmas das mãos nos joelhos. Ele ainda parecia o Sam que me tirara do lago, e o Sam que enrolara minhas mãos depois de serem queimadas.

— O que foi que você tocou? — Me aproximei. Do piano. De Sam.

Os mesmos olhos afastados, os mesmos cabelos pretos despenteados. O mesmo sorriso hesitante.

— É sua música — falou. — E pode ter o nome que você quiser.

Dei um passo para trás. Para que pudesse retomar o controle.

— Minha?

Ele segurou meu ombro, impedindo-me de bater em alguma coisa.

— Você não ouviu? — perguntou, buscando meus olhos. — Usei as notas que você escolheu, coisas que me fazem lembrar de você.

Minhas notas. Coisas que o faziam lembrar-se de mim. Dossam pensou em mim, a sem-alma.

Ele não achava que eu era uma sem-alma.

Alheio a meus pensamentos, continuou:

— Não é sempre que tenho o prazer de tocar para alguém que não me ouviu tocar mil vezes. Acho que Armande e Stef estão cansados disso.

— Não posso imaginar que algum dia vou me cansar disso. Poderia ficar ouvindo para sempre. — Mordi o lábio. Por que eu não conseguia dizer algo minimamente inteligente? Mas ele sorriu. — Você fez isso? Neste minuto?

— Uma parte dela. Andei pensando na outra parte por algum tempo. Terei que começar a anotá-la antes que me esqueça. — Ele estendeu a mão, a qual simplesmente fiquei olhando, porque, havia um minuto, aquela mão estivera no piano, criando uma melodia *para mim* e, subitamente, eu deixara de ser ninguém. Era a Ana que Tinha a Música.

Eu tinha a melhor música.

— Você está bem? — Ele me segurou pelos cotovelos, como se eu estivesse prestes a cair por causa do peso de todos os meus pensamentos.

— Ótima. — Impressionada. Confusa. Mas eu não queria que ele percebesse que eu dava mais importância ao presente dele que o que ele pretendia. Não sabia nem como agradecer-lhe.

— Está tarde. Vamos nos limpar e descansar. O que você acha?

Sem dizer nada, assenti e deixei que ele me conduzisse escada acima e pelo corredor até um quarto decorado com tonalidades de azul.

Rendas pendiam das venezianas da janela, cobriam a cama e ocultavam uma alcova com roupas penduradas. As paredes eram cobertas por lençóis com prateleiras feitas à mão fixadas em ambos os lados. Alguns cubículos tinham cobertores dobrados e objetos, enquanto outros tinham livros ou pequenos instrumentos entalhados em chifres de antílope. Uma das paredes fora transformada em escrivaninha. Somente a parede externa era de pedra, mas estava coberta com pinturas de gêiseres em erupção, florestas cobertas de neve e ruínas antigas.

— Veja se tem alguma coisa que lhe serve. Tenho certeza que tem algo, mesmo que seja antiquado. — Ele fez um gesto com a mão, e apontou para a outra porta, feita do mesmo modo que as paredes. — Tem um lavatório. Tudo o que você precisar deve estar aí.

— Você tem todas essas coisas, caso uma garota apareça e fique por uns dias?

Sam mudou o corpo de posição, e se afastou de mim.

— Na verdade, são minhas.

Fiquei imaginando Sam com um vestido, antes de me lembrar que ele já fora uma garota em outras vidas. Não era ele o esquisito.

— Claro, desculpe. — Era um pedido de desculpas sem graça, mas eu não podia pensar em nenhum melhor. Estava cansada e dolorida, e ecos da música — da minha música! — estavam na minha mente. Sentia o peito apertado por causa da necessidade. — Sam, você vai tocar mais vezes o piano?

A expressão do rosto dele ficou mais branda.

— E qualquer outra coisa que você queira ouvir.

Tudo o que eu sentira no andar de baixo, todas as minhas ridículas fantasias infantis retornaram, atingindo-me com força.

Como eu podia estar tão tensa e, ao mesmo tempo, tão relaxada por dentro? Depois de uma vida esperando para encontrá-lo, imaginando como ele seria, ele não era o que eu esperara, sobretudo, porque tinha paciência comigo.

9
REPETIÇÃO

ELE ESTIVERA CERTO sobre as minhas necessidades serem atendidas.

Em um dos cubículos, encontrei camisetas e calças confortáveis, feitas de lã e seda sintética. Eu as deixei sobre a cama para depois que eu estivesse limpa. Ele tinha roupa íntima feminina também, mas isso era muito estranho e deixei para lá.

Depois de uma chuveirada rápida para remover o pior da sujeira da estrada, tomei um banho de banheira quente para imergir os músculos. Quando fechei a torneira, trechos de música flutuaram até o andar de cima. Ele estava tocando novamente a minha canção. Mas, quando relaxei, a música parou no meio da melodia; em seguida, recomeçou. Ele continuou assim; algumas vezes, eram apenas umas poucas notas. Talvez ele as estivesse anotando, como dissera.

Fechei os olhos e escutei até a água esfriar; em seguida, me sequei, me vesti e trancei os cabelos.

Quando olhei por cima da sacada, ele ainda não tinha tomado banho, simplesmente estava sentado ao piano com uma pilha de papéis com linhas e um lápis. Ele murmurava enquanto traçava círculos e pontos através das barras e voltava a testar as notas com as teclas.

Tentei descer a escada em silêncio e ir até uma cadeira ampla e macia, com almofadas e uma colcha de renda.

Ele não percebeu a minha presença, absorto demais no trabalho. Deixei meu olhar vagar pela sala de estar com todos os instrumentos e a música ecoando. Não havia divisórias de seda aqui embaixo. O tecido absorvia o som. Eu havia lido isso em um dos livros dele.

As prateleiras dividiam a cozinha, embora poucas tivessem realmente livros. Estavam cheias de flautas de osso, uma coisa feita de penas de águia-pescadora e chifres de antilocapra, e caixas de madeira de diversos formatos. Era difícil de dizer na luz pálida, mas acreditei ter distinguido águas-fortes de animais na madeira, como na cabana.

Havia poucas portas na casa (nenhuma entre a sala de estar e a cozinha), o que provavelmente significava que somente os quartos e banheiros eram privados. Provavelmente, Sam nunca teve de se preocupar com pessoas estranhas perambulando pela casa.

A luz diminuiu. Adormeci, e um cobertor mais pesado me cobriu até o queixo.

Sam não estava sentado ao piano; o silêncio deve ter me despertado. A água gorgolejava através dos canos e parava. Novo silêncio, mais profundo, feito o silêncio na neve. Na sala de estar sombria, prestei atenção em passadas, rangidos no teto, mas ou a casa era muito mais sólida que o Chalé da Rosa Lilás (o que era muito provável) ou ele não estava se movendo no andar de cima. Talvez tivesse decidido tomar um banho de banheira, como eu.

Pisquei para afastar imagens dele reclinado na banheira, com as pernas compridas esticadas e a água nos cabelos.

Não, não, não. Fiz um esforço para sair da cadeira, com os músculos gemendo, e acendi uma lâmpada próxima ao piano. A luz perolada iluminou o mármore e o ébano, e o papel espesso com a música escrita com pontos e traços e outras coisas indecifráveis. Sentei-me no banco, com o cobertor bem apertado nos ombros, e estudei as páginas.

— Entendeu? — Aparentemente, Sam não ficava satisfeito se não estivesse me espionando. Suas centenas de vidas anteriores devem ter sido frustrantes.

— Talvez. — Deslizei para o lado para lhe dar espaço; em seguida, apontei para a primeira folha. — Até agora, estive pensando sobre os pontos aqui.

Ele assentiu.

— É um bom começo.

— Eles são o que aparece o tempo todo, como as notas da música. Sobem e descem feito música também, então, estou imaginando que indicam que tecla tocar.

— E por quanto tempo apertar. — Ele riu e balançou a cabeça, como se não pudesse acreditar que eu fosse mais esperta que um esquilo que aprendera a roubar a comida sem disparar a armadilha. — Se eu a tivesse deixado aqui por uma hora, você estaria tocando sozinha.

Cerrei os dentes e deslizei para fora do banco. Justamente quando pensei que estávamos nos dando bem.

— O que foi? — Ele tinha coragem de parecer confuso.

— Você continua me tratando feito idiota. — Desviei o olhar dele e cruzei os braços. — Continua dizendo coisas assim, agindo como se eu devesse apreciar seus elogios porque você é muito melhor que eu. Afinal, você não é novo e está tentando acompanhar todos os outros como eu...

— Ana. — A voz dele era tão suave que quase não ouvi. — Não é isso. De modo algum.

— Então, é o quê? — Meu queixo doía, junto com o peito e a cabeça, e eu estava cansada da longa viagem, e de tentar me proteger.

— Eu não estava tratando você feito idiota. Falei sério cada palavra.

— Você riu de mim.

— De mim, ao perceber que você falou sério ao dizer que aprendera a ler sozinha. Porque você estava prestes a ler música há um minuto, e só esteve aqui há, hum, cinco minutos?

Não consegui falar por causa do nó na minha garganta.

— Ana — murmurou ele. — Nunca vou mentir para você.

E como eu ia saber que ele não estava mentindo agora? Sobre isso? Talvez me observar fosse como observar um gatinho recém-nascido, cego e miando, pedindo ajuda, comida e amor. Bonitinho, mas inútil. Pequenas vitórias, como encontrar o leite da mãe, recebiam elogios. Pequenas vitórias, como descobrir quais marcas eram notas musicais recebiam elogios.

— Há muito, muito tempo, antes do Conselho, antes de percebermos que íamos continuar a renascer, não importa o que acontecesse, houve uma guerra.

Lutamos uns contra os outros, milhares contra milhares. — Subitamente, ele parecia velho, como se milênios pesassem sobre suas palavras. — Eu não tinha muito interesse na guerra, e não queria lutar. Fiquei afastado a maior parte do tempo, mas tinha amigos no campo de batalha. Um dia, enquanto estava testando diferentes sons, percebi que uma corda esticada em um galho curvo dava um belo som, e diferentes comprimentos davam notas diferentes. Se você usasse alguns deles juntos, descobriria a música. Corri para mostrar aos meus amigos o que descobrira, acreditando que poderiam dar uma pausa na guerra.

Sem dizer uma palavra, voltei a me sentar na beirada do banco, mas ainda não tinha coragem de fitá-lo.

— Eles ficaram muito satisfeitos, e como o tiro ao alvo acabara de ser inventado, havia muitas cordas em galhos curvos para pegar por aí. Mas, quando pensaram que eu estava longe deles, ouvi todos começarem a rir e a tocar as cordas dos arcos em uma melodia. Eles estavam praticando havia semanas.

Deixei minhas mãos descerem sobre o colo.

— Não é a mesma coisa. — Minhas palavras não soaram tão resolutas quanto eu pretendia.

— Sem dúvida, não neste caso, porque fiquei realmente impressionado. Mas imagino como é crescer numa situação dessas. Aprender a ler, e alguém rir de você porque há milhares de anos as pessoas sabem fazer isso. Descobrir um modo mais eficiente de executar as tarefas domésticas, e perceber que outra pessoa sempre fez isso do modo simples, mas decidiu não lhe contar.

— Imaginar que algo tenha dado terrivelmente errado, mesmo quando isso é normal e ninguém me disse. E… — Balancei a cabeça. Com ou sem vidas passadas, eu não queria contar-*lhe* sobre a minha primeira menstruação, espinha ou coisa que o valha.

— Rirem de você. — Ele tocou umas poucas notas no piano e murmurou. — Você tem amigos?

— Já li sobre eles, mas não acredito que existam.

— Seu ceticismo é incrível.

— Mesmo se outras crianças tivessem visitado o Chalé da Rosa Lilás, não seriam como eu. Elas não iam querer fazer as coisas que fiz. Estavam esperando até serem grandes o suficiente para sobreviver por conta própria e ter as vidas de volta. Não gostar de explorar a floresta ou catar pedras brilhantes, nem ler livros sobre grandes feitos e descobertas. Elas estavam *lá*. Não teríamos nada em comum.

— Acho que você e eu somos amigos.

— Uma sem-alma não tem amigos. Assim como as borboletas. Você não sabia?

— Então todo o tempo que passamos juntos na cabana não significou nada para você?

Lembrei-me de ouvi-lo lendo em voz alta para mim, de contar-lhe sobre as rosas que havia trazido à vida, de adormecer apoiada em seu ombro.

— Significou tudo — murmurei, torcendo para que ele não ouvisse.

Quatro notas soaram ao piano.

— Eu vi como você ficou observando antes e, há poucos instantes, você se levantou para estudar as páginas. Sozinha. Porque gosta da música.

Encolhi os ombros.

— Isso não significa que somos amigos.

— Isso nos dá um ponto a partir do qual começar. — As quatro notas voltaram a encher o ar. — Em minha experiência, a amizade acontece naturalmente: conversando, fazendo as coisas juntos, aprendendo. — Não me dei tempo para perguntar o que ele poderia aprender comigo. — Gosto da sua companhia, o que é bom, pois agora estamos morando aqui. A amizade não está reservada para as pessoas que sempre reencarnaram. Mesmo uma almanova tem direito de ser feliz.

Ainda havia muitas perguntas, como por que ele deveria se incomodar com uma sem-alma e por que isso era tão importante para ele, mas simplesmente baixei a cabeça.

— Se você acha que vale a pena, podemos tentar.

Sam tocou meu ombro, deslizando a mão até o cotovelo.

— Hora de ir para a cama. Amanhã será um dia cheio.

Estremeci ao recordar que acordei, depois de quase me afogar, com o corpo dele atrás do meu, e sua mão sobre o meu coração. Provavelmente, não era isso que ele queria dizer com "ir para a cama". O que era bom. Era bom.

— Toque para mim, primeiro. — Alguma coisa estava errada comigo, com o modo como meu estômago se comprimia quando ele estava por perto. Fiquei muito ereta no banco, perto dele, e apoiei minha mão nas teclas. — Por favor.

— Claro. — Ele ajustou as páginas no suporte acima do teclado; havia muitos vazios. — Mas preste atenção. Você vai aprender música. Espero que não seja um problema.

Provavelmente, era a luz, ou o cansaço, mas embora a voz dele soasse como sempre, pelo canto do meu olho, ele parecia nervoso. Minha réplica morreu antes de sair da boca.

— Por favor — disse novamente e, antes que ele pudesse desviar o rosto, vi o alívio nele.

Quando a música veio, tentei combinar os sons com os pontos e barras no papel, mas passou rápido demais para que eu pudesse acompanhar. E ele elevou a voz acima da música:

— Página dois, e então, por um momento, página três, e ouvi a música combinar o que eu vira por um momento, antes dos pontos voltarem a ser apenas pontos.

A música tomou conta de mim, encharcando minha pele feito água. Não tinha palavras para os floreios e travessões nas páginas, nem para o modo como os dedos dele se esticavam nas teclas e faziam meu coração disparar. Se eu pudesse ouvir apenas uma coisa pelo resto da vida, era isso que eu ia escolher.

Ele deixou as mãos apoiadas sobre as teclas enquanto a música desaparecia do cômodo.

— Você a modificou. Não é a mesma de antes. — Vi sua sobrancelha erguida e lutei para encontrar as palavras certas. Eu *realmente* precisava de aulas se quisesse parecer que sabia alguma coisa. Ou, ao menos, descrever o que ele fizera com a música. — Está mais suave. Não tem tanta raiva no fim.

— Tudo certo?

Apoiei minha mão sobre a dele.

10
IMPULSO

SAM ME LEVOU de volta ao andar de cima quando o sono ameaçou me engolir.

O muro externo me deixava ansiosa, por isso, ele arrastou a cama por todo o quarto até ela se encontrar na quina entre duas paredes. Então eu me deitei, enquanto ele tentava (sem sucesso) disfarçar a poeira no chão no lugar em que a cama estivera.

— A primeira coisa que quero que você saiba sobre música é que tem que ouvir tudo. — Ele se sentou numa cadeira perto da escrivaninha, enquanto eu me empoleirava no canto da cama. — Eu comecei a fazer isso a cada vida para me reciclar. Feche os olhos e ouça todos os sons ao mesmo tempo, especialmente aqueles difíceis de ouvir.

Como se eu fosse fazer isso na frente dele. Só fiz que sim com a cabeça.

— Você pode ouvir as capivaras e as galinhas, o barulho que fazem. Pode ouvir o vento nas árvores e todas as coisas na casa. Preste atenção em todos os sons ao mesmo tempo. E a um de cada vez.

— Isso *soa* como muito trabalho.

Ele sorriu.

— Bem, é. Mas ter um bom ouvido é uma parte importante da música e é mais fácil treinar quando se é jovem. — Ele caminhou pelo quarto até mim. — Sempre gostei do modo como tudo é um pouco diferente em cada vida. Mais áspero ou profundo, cálido ou agradável. Alguns corpos eram mais difíceis de treinar. Outros tinham melhor audição.

Eu torcia para ter essa experiência.

— Uma vez, eu não era capaz de ouvir nada.

Mas eu não queria assim. Quase perguntei como ele havia lidado com isso — uma vida sem música —, mas ele bocejou, recordando-me que provavelmente também estava cansado. Deslizei para debaixo das cobertas.

— Boa noite — murmurou ele, quando meus olhos se fecharam. Ele se inclinou na minha direção, tão perto que eu podia sentir o calor de sua respiração na minha pele, e aguardei pelo que aconteceria em seguida.

Nada aconteceu.

Ele suspirou e saiu do quarto, e eu fiquei lá, subitamente muito alerta para dormir. Não havia razão para imaginar que ele fosse beijar minha testa nem para recordar o modo como ele tocou no meu braço no piano. Ele era Sam.

Era isso. Ele era *Dossam*. Claro que eu ia pensar coisas tolas agora.

Fiquei deitada na cama, ouvindo-o mover-se pela casa e, depois de um tempo, ele fez uma pausa no lado de fora do quarto. Seu vulto escureceu a divisória de seda por um momento, antes de descer as escadas, praticamente em silêncio, e a porta da frente bater. Trancada.

Sentei-me e lancei um olhar à janela, mas ela dava para a direção errada. Havíamos caminhado durante todo o dia. Certamente *eu* não queria ir a parte alguma, embora estivesse estranhamente tentada a ir atrás dele. Eu precisaria de uma lanterna; ele me avistaria e ficaria zangado.

Sam retornou depois de meia-noite, murmurando alguma coisa (fiz um esforço para ouvir) sobre perder tempo com genealogias. Eu não sabia muito sobre elas, pois os livros antigos de Cris não eram explícitos, e Li não se incomodava em responder às minhas perguntas. Eu sabia que as genealogias eram os livros mais bem guardados na biblioteca, pois era necessário que fossem consultados com muita frequência. O Conselho era cuidadoso em aprovar quem podia ter filhos — tinha algo a ver com defeitos genéticos e a constante ameaça de casamentos consanguíneos. Bleh. Não era algo sobre o qual eu quisesse saber.

Nada disso explicava por que Sam fora à biblioteca no meio da noite. Se é que ele fora até lá. Talvez ele tivesse se esquecido de quem eram seus pais nesta vida, e apenas precisasse dar uma olhada. Não conseguia imaginar como era ir atrás dessas informações.

Perdida em pensamentos, entrei em um sono inquieto, embora, depois de uma semana, fosse minha primeira noite numa cama de verdade; e a primeira noite da minha vida numa cama que fora consertada no último século. Eu devia tentar aproveitar, mas só conseguia pensar em todas as coisas estranhas que haviam acontecido desde a chegada a Heart; e em Sam.

De manhã, me vestir deu um pouco de trabalho. Sam deve ter sido uma mulher mais alta que eu e com mais busto. Um vestido que, provavelmente, ficava na altura dos joelhos para ele, descia até o meio das pernas em mim. Usando um pequeno kit de costura da escrivaninha, ajustei os ombros e apertei em alguns lugares para dar conta de meus dotes menos generosos.

Roupas limpas e um banho faziam maravilhas. No entanto, meus ossos pareciam ranger quando desci, na ponta dos pés, e peguei o bule de café.

A cozinha de Sam era grande; bem, era pequena se comparada à sala de estar. Havia amplos balcões de pedra em um dos lados, e uma mesa de pau-rosa, do outro. Embora tudo ainda tivesse uma aparência delicada, provavelmente tinha centenas de anos, e era muito sólido.

A porta de trás revelava diversos anexos para capivaras e galinhas, uma pequena estufa e barracões para armazenagem. O nascer do sol era... diferente. Primeiro, o céu se iluminou, junto com as copas das árvores e pareceu levar um longo tempo até os raios se inclinarem sobre a parede. Mais dourado aguado, menos dourado da cor do mel. Outra coisa não tão certa sobre Heart.

Se Sam não tivesse suspirado, eu não o teria ouvido na entrada da cozinha, atrás de mim. Girei para vê-lo me fitando, como se não tivesse esperado me encontrar ainda aqui. Ou... Era difícil dizer. Eu ainda não podia interpretar muito bem as expressões dele.

— O que foi? — Fingi que imaginaria uma coisa totalmente diferente. — Surpreso que eu saiba fazer café? Observei você fazendo muitas vezes.

Isso parecia tê-lo arrancado do estupor.

— De modo algum. — Ele se arrastou na direção da cafeteira, esfregando a bochecha. A pele estava lisa agora, recém-raspada, e o fazia parecer mais jovem. — É que a luz refletiu em seu cabelo. Parecia vermelho, feito chamas.

Era estranho que ele dissesse isso, e não necessariamente bom ou ruim. Por que não podia apenas falar de um jeito que eu entendesse?

Fechei a porta e me apoiei contra ela enquanto ele passava o café para nós dois, acrescentando colheradas generosas de mel. Depois me estendeu uma caneca, como se nós fizéssemos isso todas as manhãs.

Mas, na verdade, todas as nossas manhãs, até começarmos a caminhar para Heart, tinham sido com ele me alimentando e me ajudando a tomar banho.

Eu lhe contara sobre minha paixão por Dossam. Por ele.

Engoli o café torcendo para que ele pensasse que minhas bochechas estavam vermelhas por causa da bebida. Todas as vezes, ele me ajudou a me limpar, a cuidar das coisas embaraçosas, e eu torcera para que beijasse minha testa na noite passada.

Eu me sentei com uma pancada na cadeira mais próxima. Sam me seguiu, e havia apenas a largura da mesa entre nós. Ele mantinha o rosto abaixado, mas eu podia entrevê-lo me observando através das mechas escuras do cabelo. Quando percebeu que não me enganava, desviou o olhar para fora da janela, para que a luz descesse sobre sua pele.

Queria perguntar aonde ele fora na noite passada. Em vez disso, as palavras que saíram foram:

— Você parece pensativo. — Como se minha boca estivesse me salvando no último segundo. Se ele havia agido furtivamente, eu não deveria saber.

O olhar severo se aprofundou.

— Como você sabe?

— Tem uma ruga. Bem aqui. — Passei o dedo indicador entre os meus olhos. — Se você ficar fazendo isso, seu rosto vai acabar assim. — Coloquei as mãos sobre a boca, afinal, ela havia me traído. — Acho que você não se importa com as rugas.

Ele tomou o café.

— E agora você está pensando com cuidado sobre como responder à minha tolice. Você tem que ser educado, não é?

— Você realmente está agressiva esta manhã. O café a deixa malvada. — Ele se recostou na cadeira, e a madeira rangeu com o peso. — Ou será que fiz alguma coisa ofensiva?

— Não. Só estou aborrecida. — Parei e cruzei os braços. — Eu disse uma besteira, e você nem reagiu. Você não liga. É calmo demais, mesmo quando deveria ficar com raiva ou feliz.

Sam ergueu uma sobrancelha.

— Calmo demais?

— É! — Caminhei ao redor da cozinha, olhando para toda parte, menos para ele; ele só tornava as coisas piores. — Quando alguma coisa acontece, você se recosta e medita sobre isso. Não age.

— Às vezes, ajo. — O tom de voz mudou, ficou mais leve, como se ele se divertisse em me atormentar. — Acho que você é que é a impulsiva.

Parei e olhei para ele com cara feia.

— Impulsiva?

— Você conhece essa palavra, não é?

— Conheço. — Ele realmente acreditava que eu era idiota, não é?

— É só que — continuou ele como se eu não tivesse dito nada — você é muito jovem e, às vezes, esqueço o que você sabe e o que não sabe.

Meu peito doía, como se ele tivesse me atingido bem no coração.

Dei meia-volta e marchei até a porta de trás. Sam fez um esforço para pôr-se de pé e segurou meu pulso, minha cintura e, embora o aperto fosse de leve, não tive força para me soltar.

— Viu? Impulsiva. — Ele sorriu e não soltou as mãos. — Mas não quis forçar a barra.

Mordi o lábio, tentando acompanhar. Sempre tentando acompanhar.

— Então você não quis dizer isso?

— Oh, claro que quis. Menos — acrescentou, quando me afastei — a parte sobre você conhecer as palavras. Só falei da parte da impulsividade.

— Sou uma pessoa passional. É isso.

A boca se transformou num sorriso malicioso.

— Se eu tiver uma única vida, não quero perder tempo hesitando. — Dei um passo para longe dele e suas mãos desceram para os meus quadris.

— Afinal, Sam, qual foi a última vez que você cedeu às suas paixões?

— Sempre que eu toco música ou escrevo uma nova melodia.

— Qual foi a última vez que você fez alguma coisa que o deixou assustado? — Balancei a cabeça. — Quer dizer, além de resgatar garotas que se afogavam ou salvá-las de sílfides. Outra coisa. Alguma coisa assustadora de verdade.

Ele estava com aquela linha que sempre tinha quando pensava, durante tempo suficiente para me fazer imaginar todos os segredos que ele não ia me dizer. Segredos que eram seus medos reais, e qualquer coisa que ele dissesse em seguida seria para me animar.

— Noite passada — sussurrou ele. — Quando você viu tudo na sala de estar, e eu toquei para você.

Como se alguém como ele ficasse nervoso ao tocar música para uma sem-alma.

— Você já sabia como eu me sentia sobre a música. Que tal sobre algo em que você não sabia que era perfeito ou como seria recebido? — Dei um passo para mais perto dele, tão perto que meu pescoço ficou doendo ao olhá-lo nos olhos, e tão perto que podia sentir o calor de seu corpo. — Qual foi a última vez que você foi impulsivo, Sam?

Eu queria que ele soubesse o que eu queria, e me concentrei tanto nisso que, por um momento, acreditei que ele já estava me beijando. Não me importava onde ele estivera na noite passada nem que ele havia desistido de beijar minha testa. Se me beijasse agora... Ele não me havia dito que era Dossam até poder me mostrar. Isso podia ser assim, se ele sentia alguma coisa por mim. Eu imaginava que a expressão dele refletia a minha.

Nesse momento, parados tão próximos que eu podia praticamente ouvir as batidas de seu coração, eu não queria mais nada além de que ele me beijasse.

A luz mudou, assim como algo em seu olhar. Decisão. Uma decisão que o fez recuar para longe de mim e baixar os olhos.

— Sam? — Virei-me quando a visão ficou embaçada. — Você pensa demais.

— Eu sei.

11
DANÇA

FICAMOS PARADOS NO meio da cozinha sem falar pelo que pareceram séculos. Meus olhos ardiam e me faziam fitar as xícaras de café sobre a mesa, com o vapor subindo, e Sam provavelmente percebeu. Se tivesse alguma decência, pediria licença para ir ao banheiro ou coisa parecida, e me daria uma chance de dominar a vergonha.

Eu acreditara, bem, pelo modo como ele havia tocado meu braço na noite anterior, que era a minha chance de descobrir se ele me via como algo mais que uma borboleta.

Talvez eu já tivesse descoberto.

A porta da frente se abriu e fechou, e passos ressoaram através da sala de estar. Rapidamente, esfreguei a ponta dos dedos sob meus olhos. Lágrimas idiotas. Sam idiota. Ainda podia sentir o eco das mãos dele nos meus quadris.

— Dossam? — Uma voz feminina e melódica veio da sala de estar, e a mulher parou na entrada. Alta, magra, com cabelos louros perfeitos que emolduravam o rosto bronzeado. Um vestido na altura dos tornozelos moldava suas curvas, fazendo com que eu ficasse ainda mais preocupada com o fato de que meu vestido não se ajustava direito ao busto nem à cintura. — Soube que você voltou cedo e que trouxe uma amiga. — O sorriso dela se desviou de mim e parou em Sam enquanto ela circulava a cozinha, com a meia-calça sintética roçando suas pernas.

Ele a abraçou e beijou na bochecha como se nada tivesse acabado de acontecer. Quase acontecido? Não, na verdade, não havia rolado nada.

— Stef, esta é Ana.

Ela era mais velha que nós, com uma delicada teia de linhas ao redor dos olhos e da boca, por causa de anos sorrindo. Minhas bochechas ardiam por pensar em beijá-lo antes, e na facilidade com que ele ficava ao lado dela agora. Eles formavam um lindo casal.

— Olá. — Fiz um esforço para falar. — Ouvi falar muito sobre você. — O melhor amigo de Sam, criador do DCS e de outros equipamentos eletrônicos e adorado encrenqueiro, que passava boa parte do tempo catando cadeados de prisão depois das últimas confusões. Podia ser errado odiar Stef por ser uma mulher desta vez, mas ver Sam abraçá-la como nunca iria me abraçar...

Não me importava.

Antes que pudesse impedi-la, ela passou os braços a meu redor e também beijou minha bochecha.

— Alguma coisa errada, querida? Você está um pouco vermelha ao redor dos olhos.

— Não. Nada. Só uma longa noite. — Eu me afastei na direção do meu café. Subitamente, a cozinha tinha encolhido, pois a presença de Stef enchia o cômodo, sem deixar espaço para mais ninguém.

— Aposto que sei. — Stef passou pelo armário e pelo bule para servir-se. — Será que Sam pisou no seu pé?

— Como é que é?

Ela piscou para mim.

— Tenho *histórias* para lhe contar, Ana, de todas as vezes que ele pisou no meu pé. Ou você vai se acostumar com a falta de jeito de Sam ou vai desistir de dançar com ele.

Sam repetiu a minha pergunta.

— Do que é que vocês estão falando?

— Você *estava* ensinando-a a dançar, não estava? Não é por isso que vocês dois estavam de pé, no meio da cozinha, enquanto o café esfriava? — Ela tomou um gole da caneca, erguendo as sobrancelhas. — Imaginei que tivesse algo a ver com a rededicação de Tera e Ash em breve.

— Oh, isso. Certo. — Sam voltou a se recostar na cadeira com o café. Os cabelos escuros cobriam parcialmente os olhos, e ele teve que balançar a cabeça para ver melhor. — É só daqui a algumas semanas.

Stef revirou os olhos de modo dramático.

— Isso. E por isso você estava ensinando Ana a dançar. Mas evidentemente estava fazendo um serviço terrível. Olhe para ela!

Ambos me fitaram.

Evitei os olhos de Sam.

— Não é culpa dele. — Sem dúvida, era culpa dele, mas tive que mentir, pois, na verdade, não sabia que tipo de dançarino ele era. — Eu não estava conseguindo dançar direito. Meus pés e a cabeça não estão conectados.

Stef deu uma gargalhada e voltou a pôr o café sobre o balcão.

— Claro que estão. Você só precisa da professora certa. Então, o que ele estava tentando ensinar?

Como se eu tivesse alguma ideia.

— Ah, percebo que o Sam nem sequer se incomodou em lhe contar. — Ela piscou de novo, virando-se para ele. — Querido, toque um pouco de música. Vamos dar um jeito nisso.

Ele tomou um último gole do café antes de largá-lo.

— Tome cuidado com as mãos dela. Ainda estão cicatrizando.

Ela segurou meu pulso tão rápido que não tive tempo de recuar; suas mãos eram macias e frias, diferentes das minhas, que estavam suadas.

— Estou segurando-as aqui. Não se preocupe, Dossam. Tomarei cuidado com ela. — E, então, quando Sam deixou a cozinha, ela se inclinou para mais perto e murmurou: — Não deixe que ele parta seu coração, docinho. Ele nunca sossega.

Antes que eu pudesse dizer outra coisa além de "O quê?", Sam começou a tocar e Stef me conduziu pela cozinha. Para uma pessoa tão ágil, ela era *forte*.

— A primeira coisa — falou Stef, elevando a voz acima do piano — é relaxar. Você está fazendo isso para se divertir, não para se machucar.

Eu já tinha ouvido uma gravação daquela música na cabana de Sam, então quando Stef disse para dar um passo no ritmo dela, eu sabia do que estava falando. Quando ela disse para rodopiar, e demonstrou como fazer, imitei isso também.

A música encheu a casa, e as notas com a velocidade de um relâmpago me fizeram *querer* dançar. Fiz tudo o que Stef fez, e quando fazia errado, ela segurava meus braços, colocando-os onde eles deveriam estar ou empurrava meus pés com os dela.

Quando terminou a primeira peça, Sam emendou na seguinte. Também era rápida, mas as batidas ocorriam em tempos diferentes da primeira.

— Conte — falou Stef. — Um, dois, três. Não o quatro. Não nesta música.

Minha mente se conectou e, quando tentei imitar os movimentos dela, meu corpo obedeceu. Quadris, braços, pernas. Ponha o pé aqui, aqui e aqui. Uma leveza me invadiu quando terminamos a primeira dança, e ela pediu que ele tocasse de novo a música.

— Você se lembra? — Sorriu, quando a música começou. — Você pode dançar dessa maneira com qualquer música que tenha o mesmo ritmo. Basta se ajustar ao andamento. Pronta? — Ela não esperou a minha resposta, simplesmente começou a dançar, e cada movimento era fluido, mas preciso. Os cabelos esvoaçavam enquanto eu a acompanhava, lampejos de fios louros e vermelhos nos cantos dos olhos. Nossos vestidos ondulavam enquanto rodávamos e traçávamos círculos uma ao redor da outra. Era difícil ficar aborrecida ou sentir ciúmes assim. Talvez ela não fosse tão ruim.

Quando a música terminou, eu estava suada e com dificuldade de respirar, mas sorria. Stef parecia satisfeita.

— E agora? — Sam enfiou a cabeça no cômodo, com uma expressão cuidadosamente indefinida ao nos observar. — Mais uma?

Stef lançou um olhar na minha direção, enquanto ajeitava os cabelos; ela nem estava suando.

— Acho que já chega por hoje. Voltarei amanhã, então, melhor abrir espaço na sala de estar, porque a cozinha não é lugar para dançar. Tentaremos uma música diferente. Mais lenta, talvez. É uma dedicação de almas, sabe. Não tem nada a ver com ficar girando até não aguentar ficar de pé. Ana poderia encontrar alguém interessante com quem dançar.

— Hum. — Sam voltou para a cozinha, sem olhar para mim.

Respirei fundo várias vezes, antes de voltar a me sentar, deixando que a euforia provocada pela dança diminuísse aos poucos.

— O que é uma dedicação de almas?

— Ah, vou deixar para o Sam se esquecer de explicar. — Ela continuou com o enigma, embora eu tivesse certeza de que estava se vingando por alguma coisa. Por que viera tão cedo? — Algumas pessoas acreditam que as almas foram feitas aos pares. Pode levar tempo para que percebam ou cresçam em seus papéis de amantes, mas, um dia, os pares se encontram. E dedicam as almas um ao outro por todas as vidas. E como todo mundo gosta de festas, renovam a dedicação sempre que renascem.

— Isso é muito lindo. — Tomei um gole do café frio, tentando imaginar como é amar tanto alguém a ponto de querer passar milhares de anos com essa pessoa.

— É. Algumas pessoas acham isso. — Ela deslizou para uma cadeira entre mim e Sam. — Mas a verdadeira graça da rededicação é o baile de máscaras. Sabe, a ideia é que, quando você ama alguém com paixão e sente que suas almas formam um par perfeito, vai ser capaz de encontrar essa alma e amá-la, não importa em que corpo esteja. Certamente, todos nos dizem quem é quem ao renascer, mas, no momento da rededicação, as pessoas se fantasiam.

Assenti devagar.

— Porque você deveria conseguir encontrar seu par, mesmo quando não pode saber se está olhando para ele.

— Exato.

— Você não deve dizer a ninguém como vai se vestir — completou Sam —, especialmente se vai fazer a dedicação. Mas normalmente as pessoas dizem. Seria uma vergonha se você terminasse dançando com a pessoa errada.

— Tenho certeza que sim.

— Pelo menos, não vai ter que esperar a parte dos discursos, se dançarem com a pessoa errada. — Stef deu um sorriso.

— Adivinhe qual a parte favorita de Stef? — murmurou Sam. — Mas há mais que simplesmente dançar e duas almas perseguirem o par. Há...

— Não estrague a surpresa, Dossam. — Stef deixou as palavras dele no vazio. — Todos estão convidados. Deixe que ela veja ao chegar lá.

Bem, eu não tinha sido convidada para dentro da cidade. O Conselho poderia dizer que não haveria nenhum baile de máscaras para mim, e eu ficaria presa aqui dentro, enquanto todos os outros iam se divertir. Mordi o lábio.

— Vocês já fizeram uma cerimônia dessas?

— Não — responderam ambos, e Stef prosseguiu —, é muito raro, e a maior parte das pessoas nem tem certeza se os pares de almas são reais. Mas gostam da festa. Sempre tem muita comida e bebida, e é uma ótima desculpa para se fantasiar.

— Vocês costumam ir?

— Stef dança. Eu toco.

Tentei não sorrir ao pensar em Sam tocando música. Como na noite passada.

— Você ia voltar da cabana para tocar?

— Depende da quantidade de trabalho que eu tivesse terminado. — Ele encolheu os ombros, falando praticamente para a janela. — Tem um monte de gravações que eles poderiam ter usado. Porém, como estou aqui, talvez leve o grande piano do depósito, ou possa pedir a Sarit, Whit e alguns dos outros que toquem comigo. Sei que você não vai tocar. — E fez um gesto de cabeça, apontando Stef.

— Deixe que usem as gravações. — Ela tomou o restante do café. — Vista uma fantasia e dance. Talvez você se divirta.

— Não sei. Talvez. Não gosto da ideia de pedir às pessoas que provem amor eterno por alguém.

— Faça isso por Ana. Você não quer que ela se divirta? — Havia um tom em sua voz, não era a mesma provocação de antes, o que me fazia pensar que ela não estava realmente pedindo por mim.

Se Sam percebeu, não demonstrou reação. Ele me estudou, e eu olhei para a xícara de café; depois de um minuto, falou novamente:

— Talvez.

— Bem, Ana vai dançar. — Stef sorriu para mim. — Dizem que, quando você encontra seu par, costuma ser numa dedicação, porque você não vê o corpo em que ele está. Você é atraído pela alma. Talvez alguém esteja esperando por ela.

— Improvável. — Fiz um esforço para sorrir, tentando manter meu tom de voz agradável. — Parece divertido, mas... é só divertido.

Stef fez beicinho, e Sam falou, rindo:

— Ana é a pessoa mais cética que já conheci. — Então, por um minuto, as coisas estavam bem entre nós.

— Mas você vai? — perguntou-me ela, e fiz que sim com a cabeça. — Você sabe costurar? Todos são responsáveis pelas próprias roupas, e você não deve dizer a ninguém qual é a fantasia, mas, se precisar de ajuda, é só pedir.

— Eu sei costurar. — Passara tempo suficiente modificando as roupas velhas de Li para caberem em mim.

— Excelente. Bem, então, é melhor eu ir. Tenho certeza de que vocês têm muito o que fazer. Ouvi sobre o incidente no posto da guarda ontem.

— Sim — respondeu Sam, olhando a hora —, precisamos resolver umas coisas na Casa do Conselho.

Levantei-me, feliz de ter uma desculpa para sair de lá.

— Melhor eu vestir alguma coisa menos suada. — Depois de nos despedirmos, e de Stef prometer (ou ameaçar) vir me ver no dia seguinte para outra aula de dança, fui para o andar de cima e parei no patamar ao ouvir a voz baixa de Sam.

— Você não sabe o que aconteceu.

— Não tenho que saber os detalhes quando reconheço esse olhar. Já o vi muitas vezes.

— Não é justo. — Os ombros dele se encolheram quando me estiquei para dar uma olhada por cima do corrimão do patamar, e quase lamentei por ele. Stef devia ser a pessoa mais incrível que eu já conhecera, depois de Li. — Eles me fizeram o guardião dela. Nenhum de nós queria, mas havia tanta coisa acontecendo...

— Pense bem, Dossam. Não quero vê-la daquele jeito de novo. — Ela apertou o braço dele e saiu.

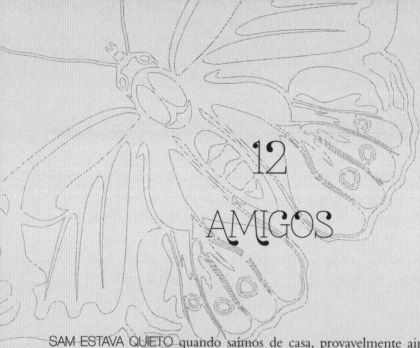

12
AMIGOS

SAM ESTAVA QUIETO quando saímos de casa, provavelmente ainda dolorido por causa das cutucadas de Stef. Tinha que haver algo que eu pudesse dizer para fazê-lo sorrir de novo. Não que quisesse fingir que nada acontecera na cozinha, mas, além da aliança provisória com Stef, Sam era meu único amigo. Eu precisava dele.

O dia estava começando a esquentar, mas fiquei grata por vestir o suéter que encontrara no quarto; puxei as mangas sobre as mãos para evitar que congelassem.

— Está com frio? — Pelo menos, ele não estava correndo desta vez.

— Agora não. — Saímos da calçada na direção da rua.

A cidade era um caos de rodovias e cruzamentos, todos amplos e sociáveis, a não ser pelo fato de não haver placas e nenhum modo de uma pessoa estranha saber onde estava.

— Deveria haver um meio mais rápido de andar por aí — murmurei. — Sei que tem veículos em alguma parte. Eu os vi numa das listas de Corin, no posto da guarda.

— Nós costumávamos dirigir, mas o cheiro do escapamento era terrível e eles acabaram com as rodovias. A conservação era cara e desgastante, e algumas pessoas — ele tossiu — ganharam peso de modo perceptível.

Eu não podia imaginar Sam sem ser alto, magro e jovem.

— Os veículos não deviam ser o único motivo.

— Não, mas não ajudaram. Finalmente, o Conselho decidiu guardá-los. As pessoas muito velhas ou doentes podem usá-los, e as com crianças muito pequenas também podem utilizá-los para viagens longas.

O que significava que Li pegara um ao fugir da cidade, humilhada.

— E eu que pensei que nunca tinha entrado num deles.

— Espero que você não precise entrar de novo. Que sempre seja forte e saudável. — Ele nos levou por outras ruas, parando para explicar quem vivia onde, e a que distância da Casa do Conselho nós estávamos. — Sem dúvida — falou, apontando para cima —, se você se perder, pode encontrar o caminho até o templo, atravessando alguns quintais. Não aconselho a fazer isso, a menos que não possa evitar. Tem algumas cercas, e as pessoas gostam de privacidade.

Parei no meio da rua e inclinei a cabeça para trás, com os pulsos ainda enrolados nas mangas do suéter. O templo desapareceu nas nuvens fofas da manhã.

— O que poderia ter ali que ocupa tanto espaço?

— Nada. Está vazio.

Joguei a cabeça para trás e procurei os olhos dele.

— Você já esteve ali? Pensei que não houvesse entrada.

— Não há. — A linha se formou novamente entre os olhos, e duas outras se somaram ao redor da boca. — Apenas sei que está vazio. Mas ninguém nunca esteve ali dentro.

— Isso é estranho. — Como os batimentos cardíacos das paredes brancas, e a sensação de náusea só de olhar para o templo. — Você não acha que tem algo errado?

— Nunca pensei sobre isso antes. — Ele ergueu os olhos e fez uma careta. — Não em cinco mil anos.

Odiava quando ele fazia isso, me lembrando de como era velho.

Fomos na direção da avenida da véspera, e Sam apontou para os moinhos e fábricas diferentes, no bairro industrial.

— A cidade é um círculo, com o templo e a Casa do Conselho bem no centro. Quatro avenidas seguem os pontos cardeais e a dividem em bairros. Nas regiões sudoeste e nordeste ficam os bairros residenciais, na sudeste, o bairro industrial e, na noroeste, o agrícola. Da praça do mercado, dá para ver os lagos para peixes e os pomares além, mas duvido que se divirta explorando as lavouras de grãos.

— Talvez. — Definitivamente, não ia me divertir, mas tinha que fazê-lo pensar que sim. — Se eu estivesse procurando por pistas sobre quem criou Heart, é ali que eu ia começar.

— Os historiadores começaram por ali, e encontraram alguns esqueletos e artefatos, mas ninguém conseguiu dizer de onde vieram. — Ele deu aquele meio sorriso engraçado que dava quando eu dizia coisas inesperadas. — Por que você pensa tanto sobre o passado?

Dei de ombros.

— Porque eu não estava nele.

Ele balançou a cabeça e deu um risinho, então apressou-se em explicar.

— Não estou rindo de você. É só que... acho você incrível.

A ironia escapou antes que eu pudesse controlar.

— Antes você disse que eu era impulsiva. — Não tinha sido inteligente. Ele devia ter acrescentado imprudente e idiota à lista.

Ele parou de andar.

— Ana.

Eu queria ignorá-lo, mas o tom tenso não era um bom presságio de amizade no futuro.

— Sam. — Mantive a voz baixa, para não chamar a atenção; havia pessoas por perto, olhando para nós. — Eu não devia ter dito isso.

Ele estava pensando muito de novo. E assumiu um olhar distante, enquanto eu prendia a respiração, depois virou-se para mim.

— Você tem todo o direito de ficar irritada. O que aconteceu antes...

— Não aconteceu nada — falei depressa. Antes que pudesse ficar esquisito. Antes que ele pudesse se desculpar por não sentir o que pensei que sentia.

Não tinha necessidade de se desculpar pela ausência de sentimentos, e eu sabia que ele gostava bastante de mim. Ele cuidara de mim quando eu não podia cuidar de mim mesma; levara-me para sua casa quando eu não tinha uma. Escrevera uma canção para mim. Dossam, a única pessoa que eu sempre quis conhecer. Sem dúvida, eu sentia... Bem, claro que eu pensava sentir algo pelo meu herói, que também mostrou ser um bom homem. Eu não deveria ter esperado outra coisa.

— Não aconteceu nada — murmurei de novo. Dizer isso, decidir isso, fez a dor diminuir.

Seus lábios se abriram, mas ele parecia indeciso. Talvez fosse discutir; em vez disso, fez um breve gesto com a cabeça.

— Está bem. Provavelmente, é a melhor coisa.

Suspirei e apertei as mãos nas mangas.

— Então você acha que eles vão me deixar usar a biblioteca? — Voltamos a caminhar. A tensão entre nós não tinha se dissipado, mas era mais confortável.

— Por sua própria ordem, eles têm que deixar. De que outro modo você vai aprender tudo o que exigem?

— E quanto a todas as coisas que quero aprender e que eles não vão aprovar? — Como o que aconteceu a Ciana, de onde eu vim, e se havia outras almas não nascidas lá fora, por que *eu*? Por que foi que eu nasci? Sorte? Ou eu deveria ter nascido cinco mil anos atrás com todos os outros e acabei ficando presa pelo caminho? Isso parecia algo que aconteceria comigo. — Para descobrir o que aconteceu, terei que compreender por que todos reencarnam. Duvido que gostem que eu olhe para essas coisas.

— Confie em mim. Você vai ter acesso a tudo o que precisar. Mesmo se eles tirarem coisas da biblioteca, vou encontrá-las para você. De alguma maneira. Tudo foi arquivado digitalmente há duas ou três gerações. Por conveniência, disseram. — Ele revirou os olhos. — Talvez eu até me lembre de como ir atrás dessas informações, mas, com certeza, Whit ou Orrin saberão. São os arquivistas da biblioteca.

Minha mão pousou sobre a dele por um momento enquanto nós caminhávamos, mas eu a retirei antes que ele (ou outra pessoa) percebesse.

— Fico feliz que foi você quem me encontrou, Sam — falei. — Eu podia ter me saído muito pior.

— Fico feliz também. — O olhar que ele meu deu era de... carinho?

Eu estava muito confusa, tentando imaginar o que ele realmente pensava a meu respeito. Talvez, quando tivéssemos acabado aqui, ele voltasse a tocar piano para mim. Eu sabia como lidar com isso, pelo menos.

— O que está acontecendo ali? — Fiz um gesto para a multidão ao redor do templo e outro grande edifício abaixo dele. As pessoas caminhavam por ali, conversavam umas com as outras, bebiam em copos descartáveis, embora eu não soubesse dizer onde elas os tinham conseguido. O aroma de pão fresco e café chegou até nós.

— Esta é a praça do mercado — falou Sam ao nos aproximarmos de uma extensão de pedra que circundava o templo. — Uma vez por mês tem um mercado no qual você pode comprar praticamente qualquer coisa de que precise.

Eu nunca vira tantas pessoas na minha vida; elas faziam tanto barulho, gritando e rindo.

— E está acontecendo agora?

Sam aproximou-se de mim, como se eu precisasse de proteção.

— Não, isso é apenas a multidão das manhãs. É o melhor local para encontros. E se você estiver com muita preguiça de preparar o próprio café da manhã, Armande quase sempre tem uma barraca aberta.

Parei quando duas crianças passaram correndo, sem se importar se iam esbarrar em alguém.

— Tem certeza de que isso não é o mercado?

Ele me conduziu ao redor de um grupo de mesas e bancos, para longe de um bocado de pessoas que me observava como se eu tivesse quatro cabeças.

— Isso é apenas uma parte da população. No dia do mercado, estará lotado.

— Durante toda a minha vida, éramos apenas Li e eu. — E visitantes ocasionais, mas eles vinham apenas para ver Li. Não imaginava que existissem tantas pessoas. E tão *barulhentas*. Todas rindo, cantando e conversando.

Sam colocou a mão nas minhas costas, e me levou até uma barraca desmontável que continha bandejas de comida com tampas de vidro.

— Me avise se isso for demais para você.

— Está tudo bem. — No entanto, as palavras soaram falsas. Sempre que passávamos por um grupo de pessoas, elas olhavam para mim. A notícia sobre a chegada da sem-alma se espalhara rápido.

— Quem você acha que vai ser o próximo? — perguntou uma mulher com voz nem-tão-baixa-assim para o homem sentado a seu lado. — Primeiro, Ciana. Qualquer um poderia ser substituído a seguir.

Fiz questão de me recordar que não tive nada a ver com meu nascimento. Nem tinha nada a ver com o desaparecimento de Ciana, o que não me impedia de sentir culpa.

— Alguém disse que o templo ficou escuro quando Ciana morreu — respondeu o homem. — Meuric e Deborl disseram a todos que foi Janan nos punindo, ou talvez estivesse punindo Ciana...

Quando ergui os olhos para ver se Sam tinha ouvido a conversa, ele lançou um olhar severo ao casal.

— Ignore-os, Ana — falou.

Nessa velocidade, eu teria que ignorar todas as pessoas no mundo. Todo o milhão de almas de Heart.

— Todos me odeiam.

— Não vão odiar. — Ele sorriu para mim, mais uma vez, com brandura. Carinho. *Ele* não me odiava, embora eu não soubesse o porquê. — Só tente sorrir bastante. Pareça agradável.

— Humpf.

— Pegue isso. Sei que vai ajudar. — Deu uma olhada no DCS. — Temos um pouco de tempo até a hora em que estão nos esperando.

Nós nos aproximamos da barraca do padeiro, e Sam comprou dois copos de cidra de maçã quente para aquecer as mãos frias, além de uma torta para dividirmos. Sorri então.

— Este é Armande — falou, apresentando o padeiro. — Desta vez, ele é meu pai. E também é o melhor padeiro em Heart.

Enquanto Armande me falava sobre a cozinha e como acordava cedo para preparar os muffins e tortas do dia, examinei suas feições. Ele tinha os mesmos olhos afastados e os cabelos pretos de Sam. A mesma estrutura. Interessante. Eu não parecia muito com Li. Talvez parecesse com Menehem.

Sentada em um banco perto da barraca de tortas, parti um pedaço do pão de massa folhada com mel borrifado por cima. Ele derreteu na língua, e estremeci.

— Nunca comi nada tão bom em toda a minha vida.

Armande sorriu e me abraçou, e não pareceu ter percebido quando me retesei e quase derramei a cidra. Sam esticou a mão, como se quisesse equilibrar o copo, enquanto Armande se afastava.

— Não quis assustar você — falou o padeiro.

— Só estamos tomando muito cuidado com as mãos dela. — Sam recuou, fitando meus olhos por um instante. — Ela queimou ao atacar uma sílfide que tinha me encurralado. Se vou ensiná-la a tocar piano, ela vai precisar dos dedos.

Armande ergueu as sobrancelhas e nos deu um muffin.

— Então eu lhe devo alguma coisa. Estive pensando em ter aulas de canto, mas não ia tê-las se Sam estivesse morto. Você sabe fazer pão, Ana?

— Quem sabe?

Ele voltou a encher o copo com cidra.

— Passe aqui e vou lhe mostrar umas coisinhas. Tentei ensinar ao Sam, mas ele só come a massa.

Sam deu um suspiro exagerado.

— Eu tinha cinco anos e estava estocando comida para o estirão de crescimento. Você quase me matou de fome, me fazendo esperar as coisas assarem.

Armande deu um sorriso amplo.

Quando terminamos o café da manhã e deixamos nossos copos na lata de lixo reciclável, Sam e eu demos a volta no templo, indo até um enorme edifício branco que se encontrava abaixo dele. Uma escada em meia-lua conduzia a um imenso patamar e uma série de portas duplas, que eram guardadas por colunas, estátuas em ruínas e treliças de ferro cobertas por trepadeiras com espinhos. Rosas, talvez.

— É essa a Casa do Conselho?

Sam fez que sim com a cabeça.

— A maior parte do exterior é como as casas ou o muro da cidade. Foi aqui que nós chegamos. Mas outras coisas, como as colunas e o relevo ao redor do telhado — falou, apontando para cima —, foram construídas por nós.

Quando eu havia tocado no muro no dia anterior, a pedra parecera não ter atrito. Eu duvidava que alguém pudesse martelar um prego nela.

— Como vocês conseguiram fazer com que aquela rocha extra ficasse ali? — Sob a luz da manhã, eu só conseguia ver a linha onde a cúpula da Casa do Conselho encontrava o mármore.

— Oh, quando digo "nós", me referia a pessoas com maiores habilidades de construção que eu. Se você realmente quer saber, podemos descobrir.

— Sim, por favor. — Eu queria saber como fazer *todas as coisas*. Enquanto contornávamos uma multidão de pé ao redor de uma dupla jogando algum tipo de jogo, me aproximei de Sam. Nem precisa dizer que eles me odiavam também. No entanto, Armande fora muito simpático. — E, por falar nisso, você vai contar a todo mundo aquela história terrivelmente imprecisa sobre a sílfide?

— Não é imprecisa, e as pessoas precisam conhecer *alguma coisa* a seu respeito. Até agora somente ouviram o que Li disse, e qualquer coisa que Corin e os conselheiros que você conheceu ontem informaram.

— Tenho certeza de que não eram coisas boas. — Suspirei.

— Talvez, mas é exatamente por isso que têm que ouvir essa história muito precisa. E por isso você tem que voltar a sorrir. Não posso imaginar o que está sentindo, conhecendo pessoas que já sabem quem você é, mas precisa causar uma boa impressão.

"Constrangida" deveria resolver.

— Entendo.

— Depois disso, vamos para casa, arrumar as coisas e relaxar.

— Eu nunca tive uma casa antes. — Isso era obra daquele monte de açúcar que eu tinha comido; caso contrário, nunca teria dito isso a ele. — Quer dizer, ficando com a Li, nunca me senti parte daquilo. É isso.

Sam tocou meu pulso, me fazendo estremecer.

— Você sempre terá uma casa comigo.

Antes que eu pudesse responder, um grupo de pessoas nos parou nos degraus, e Sam me apresentou.

Frases como "Ana é minha aluna" foram ditas, além de "Gostaríamos de visitar as lavouras de arroz na época do plantio". Também marcamos visitas ao apiário, aos edifícios de olaria e marcenaria, além das fábricas de tecido.

Uma garota de cabelos pretos, talvez alguns anos mais velha que eu, passou os braços ao redor dos meus ombros e apertou-os.

— Fico feliz que você tenha finalmente decidido vir para Heart — falou. — Diga-me se precisar de alguma coisa. Estou a apenas dez minutos de caminhada da casa de Sam, e prometo que as abelhas não vão incomodar.

Mal tive tempo de agradecer antes que Sam insistisse que o tempo estava acabando. Quando estávamos fora do alcance, perguntei:

— Aquela era Sarit, não é? A garota que me abraçou, com as abelhas?

— Isso. Sempre que você adoçar o café com mel, tem que agradecer à Sarit.

— Gosto mais dela que da maioria das pessoas que conheci.

Sam abriu um sorriso para mim.

— Imaginei que sim.

— Mas, sinceramente, estou um pouco nervosa por encontrar as outras pessoas. — Eu o acompanhei, contornando uma das imensas colunas, que guardavam o patamar no alto da escada. — Poderíamos terminar examinando o esterco dos estábulos dos cavalos.

— E os chiqueiros dos porcos.

— Pelo menos, você vai ter que sofrer comigo.

— Na verdade, você vai sofrer sozinha. Como já paguei meus pecados nessas coisas, vou supervisionar. De longe, e com algum tipo de proteção no nariz e na boca, quando tiver que aguentar a sua presença depois disso. Mas, no restante do tempo, faremos tudo juntos, claro. Você pode até encontrar alguma coisa de que goste. — Ele parecia... ansioso.

— Dossam! — Uma garota que parecia mal ter saído do primeiro quindec se atirou para cima de Sam, e eles se abraçaram. — Você voltou, bem a tempo da rededicação. Então, vai tocar?

Sam olhou para mim.

— Ainda não decidi. Stef está me chateando para dançar. Ana e eu temos aulas com ela todas as manhãs.

A garota finalmente percebeu a minha presença.

— Você é a Ana? — Ela não me deu tempo para fazer que sim com a cabeça. — Espero que esteja planejando dançar na minha rededicação. Talvez você também possa convencer o Sam a não se esconder atrás do piano o tempo todo. Podemos usar gravações.

Sorri, seguindo o conselho de Sam, e a garota pareceu gostar.

— Bem, tenho que correr. Só estava confirmando os detalhes da cerimônia, mas preciso voltar para Tera agora. Ela não está se sentindo bem.

— Espero que melhore — falei, mas a garota (Ash, provavelmente) já estava a meio caminho da grande escada. Acenou e desapareceu na multidão.

Finalmente, Sam empurrou a porta, abrindo-a para mim, e me encolhi e passei sob o braço dele. O corredor de entrada estava frio e silencioso, a não ser pelo eco de passos e vozes atrás das pesadas portas. Resisti ao desejo de desabar de tanto cansaço bem ali. Aquela quantidade de pessoas... bem, talvez eu me acostumasse.

— Você foi ótima. — Sam me conduziu pelo corredor. — Agora eles se lembrarão de que gostam de você...

— Ou de que gostam de você e você não parece se incomodar comigo.

— ... e dirão a todos coisas ótimas a seu respeito. Especialmente, Armande. Acho que ele faria qualquer coisa por você.

— Você apenas me apresentou a pessoas que sabia que se sentiriam assim. Teve aulas com todos também? Talvez eu consiga ouvir histórias embaraçosas do Sam para me ajudar a recuperar a dignidade. *Com certeza*, Armande teria algumas.

A boca de Sam levantou-se no canto, sempre o mesmo. Em breve, ele teria uma linha para se juntar àquela entre os olhos.

— Não posso esconder nada de você.

Não por falta de tentativas.

Eu não podia me esquecer de que ele saíra escondido de casa na noite passada.

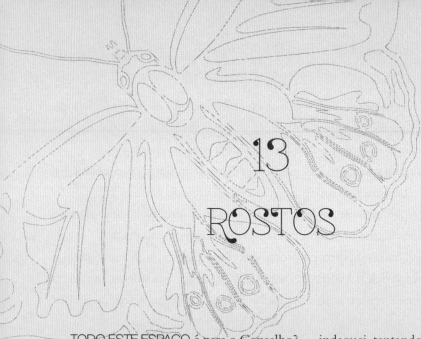

13
ROSTOS

— TODO ESTE ESPAÇO é para o Conselho? — indaguei, tentando acompanhar as passadas compridas de Sam.

— Ah, não. — Ele diminuiu o passo. — A biblioteca está aqui, além da prisão e do hospital. Grandes salas de jantar, uma sala de concerto... que você vai ver depois..., e aposentos inteiros para a preservação de artefatos que o Conselho e os arquivistas consideram importantes demais para serem exibidos.

— Queria poder olhar tudo isso agora. — Pinturas a óleo de lugares distantes cobriam as paredes. Florestas exuberantes com flores de todas as cores, rios com lontras brincando, e desertos com imensos cactos e imensas faixas de areia. — E eu queria poder ver tudo isso de verdade.

— Não há razão para não poder. — Ele me conduziu pelo canto guardado por estátuas. — Depois de completar seu treinamento, nós podemos ir aonde você quiser.

Gostei que ele tivesse dito *nós*. Eu não podia me imaginar explorando sozinha. Embora tivesse visto mapas de Range, nem sequer sabia onde ficavam os oceanos. Não sabia nada sobre o que estava além, a não ser que era perigoso. As pessoas estavam explorando havia milhares de anos; algumas vezes, elas morriam, mas podiam contar a todos sobre isso quando renasciam.

— Você já esteve em todos os lugares?

Ele balançou a cabeça e parou diante de imensas portas duplas com entalhes intrincados; ao que parecia, eram mapas de Heart.

— O Conselho está aqui — falou, com voz baixa. Ele esticou a mão como se fosse tocar meu rosto, mas hesitou. — Você tem uns fios de cabelo no rosto. — A mão dele baixou para a lateral do corpo sem fazer nada.

Com as bochechas ardendo, juntei os cabelos num rabo de cavalo, para longe do meu rosto, ajeitei o emaranhado.

— Que tal? — Alisei o vestido.

— Linda.

Nem "melhor", nem "dá para melhorar", como eu esperava. Antes de poder dar uma resposta, ele abriu uma das portas e me acompanhou até o interior de uma câmara alta e tão grande quanto o primeiro andar da casa dele. As estátuas estavam apoiadas nas paredes feito guardas (e algumas feito guardiãs), além de tapeçarias puídas. Imagens desbotadas de animais e de fontes geotérmicas nos circundavam.

Todos os dez conselheiros estavam presentes. Sentavam-se de um dos lados de uma longa mesa entalhada com uma dúzia de tipos diferentes de madeira, e metais preciosos marchetados em desenhos elaborados e fluidos. Além dos conselheiros, um homem estava sentado a uma escrivaninha num canto do aposento, e teclava em alguma coisa que poderia ser uma versão maior de um DCS.

Meuric ergueu-se no centro da fileira de conselheiros e falou:

— Dossam. Ana. Sejam bem-vindos.

Os outros fizeram saudações com a cabeça, e Sine sorriu afetuosamente para mim.

— Por favor, sentem-se.

Sam puxou uma cadeira e fez um gesto para que eu me sentasse primeiro. Mantive as mãos no colo onde os conselheiros não podiam me ver mexendo-as, impaciente. Eles pareciam ter idades diversas, mas todos tinham aquele ar, e a mesma profundidade nos olhos que Sam tinha, por mais que aparentasse *dezoito anos*.

— Estamos aqui para discutir os termos da estada de Ana em Heart, e os requisitos que ela deve preencher, de modo a permanecer como convidada e aluna de Dossam. Caso nem Dossam nem Ana queiram cumprir as solicitações do Conselho, outros arranjos adequados serão feitos. — Alguma coisa no modo como Meuric disse isso me fez pensar que os arranjos não seriam adequados para mim. — Esta é uma sessão fechada agora, mas os registros se tornarão públicos em um mês.

O anúncio pairou no ar como uma advertência. Os termos de minha estada. Outros arranjos. Ugh. Eu gostava menos de Meuric que dos outros conselheiros, mas ele era o Orador. O líder. Se não gostasse de mim, os outros poderiam não gostar também.

De acordo com a explicação de Sam, os conselheiros se alistavam para servir quando houvesse uma vaga, o que somente acontecia quando alguém morria, e serviam pelo resto da vida. Meuric participava a cada vida. Sua constante associação com o Conselho provavelmente fazia dele a pessoa mais poderosa em Heart.

Sam também tinha dito que Meuric acreditava em Janan. Por que alguém iria acreditar em algo com tanto fervor, sem ter qualquer prova?

— Então, Ana. — O tom de Meuric mudou. Mais simpático, talvez, mas eu ainda não confiava nele nem em ninguém do Conselho. Eles votaram para me manter fora de Heart. — O que você acha de Heart até agora?

— É adorável. — Minha garganta coçava de nervoso, e eu queria ter trazido água. Mas provavelmente beberia tudo de uma vez e teria que ficar me ausentando pelo restante da reunião. — Muito grande.

Sam estava na cadeira a meu lado e deu uma cutucada na minha perna. Como não consegui interpretar o que ele queria dizer, ignorei. Provavelmente não queria que eu mencionasse aquela história com as paredes e o templo. Não que eu fosse fazer isso.

— Não tivemos muito tempo para dar uma olhada — falou Sam, inclinando-se na direção da mesa —, mas já estamos planejando aulas de piano, e Stef também ofereceu seus serviços.

Ah, claro. Tentei parecer agradável, como ele havia sugerido.

— Hoje de manhã marcamos encontros com um monte de pessoas. Armande vai me ensinar a assar pães na próxima semana.

— Isso é maravilhoso. Você deveria vir me visitar também. Se está estudando música com Sam, poderia usufruir de poesia. — Sine estendeu as mãos sobre a mesa. Rugas e veias cruzavam sua fina pele; ela parecia muito velha e frágil.

Meus olhos mentiam. Na verdade, Sine e Sam tinham a mesma idade.

Esse pensamento fez minha cabeça doer, mas consegui assentir quando Sam tocou meu pé com o dele.

— Parece ótimo — gaguejei. — Obrigada.

Não podia imaginar Sam de outro jeito que não fosse como ele era agora, por mais que eu tentasse. Nenhum dos livros que eu vira tinha desenhos ou fotografias dele, e o vídeo a que eu assistira mostrava, sobretudo, suas costas. E, além disso, borrões. Será que eu o reconheceria se o visse numa imagem nítida?

A descrição de Stef da cerimônia da dedicação me fez estremecer novamente. Como alguém poderia continuar assim, arriscando-se a não reconhecer a pessoa que ama? Como poderiam se olhar no espelho e reconhecer-se? Eu parecia comigo. Sam parecia com Sam.

Eu estava usando um vestido que Sam tinha usado em outra vida. Além do suéter.

Alguém do outro lado da mesa inclinou-se e murmurou para o vizinho. Ambos olharam para mim como se pensassem que eu estava prestes a vomitar.

— Ana, você está bem? — Sam tocou meu ombro.

Pisquei. Assenti. Ele estava contando comigo.

— Desculpe.

— Tem sido uma grande transição para ela — explicou ele ao Conselho. — Estamos aqui há menos de um dia e as pessoas já estão falando dela.

— Claro. — Sine sorriu, como se tivesse alguma ideia do que eu estava passando, mas todos os outros conselheiros olharam para mim de maneira estranha.

Um por um, apresentaram-se; eu ouvira falar da maioria antes, e me lembrava de Antha e Frase de ontem. O nome de Deborl era familiar; mas eu não sabia muito sobre ele. Assim como Meuric, ele parecia mais jovem que eu.

Tentei me concentrar enquanto Sam traçava nossos arranjos com os conselheiros, mas era como se muros dentro de mim estivessem desmoronando. Confinada ao Chalé da Rosa Lilás e à floresta que o circundava durante toda a vida, fora fácil *saber* que Heart estava cheia de pessoas tão velhas que eu não podia compreender. Mas eu nunca fora confrontada com a evidência de modo tão claro quanto agora. A vida e as histórias deles eram muito maiores que eu.

Antes de me encontrar com Sam, quando ele era apenas um nome num livro, eu pensara que não importava a aparência dele (dela?). Eu me sentiria do mesmo modo. Mas também havia tanta coisa que era *física* sobre ele: mãos, cabelos, olhos, voz, perfume, e que o tornavam atraente. Eu sentira algo antes, talvez apenas uma reação à música ou ao modo como ele escrevia sobre ela, e que ainda estava dentro de mim. Mas eu desejava sua presença física. *Este* Sam. Estas mãos, cabelos, voz e perfume. Outra encarnação de Sam não seria a mesma coisa.

Provavelmente, esse era o motivo das cerimônias das almas. Talvez o físico não importasse.

Eu queria poder parar de pensar sobre ter visto a sepultura do primeiro corpo de Sam. Agora, talvez, não houvesse nada lá. Provavelmente, só terra.

Estremeci, saindo dos meus pensamentos, quando o assunto mudou.

— Gostaria de discutir os privilégios de Ana na biblioteca. — Sam apoiou as mãos na mesa. Não parecia ancião nem decaído. Quando o sapato dele bateu no meu, ele parecia real e vivo. — Se ela vai ter uma educação completa, precisa de acesso irrestrito à biblioteca.

— Alguém tão jovem não deveria ter acesso a certos livros — falou Meuric. — Tenho certeza de que Ana é muito responsável, mas saber como construir uma catapulta não é uma habilidade necessária para ela.

— Aprender a construir armas não é um de meus objetivos.

— Qual é o seu objetivo então? — indagou Deborl.

Olhei para Sam, que encolheu minimamente os ombros.

— Tinha esperança de descobrir de onde eu vim. — Eu me preocupava por não renascer, mas não queria que esses estranhos conhecessem meu medo secreto. — Percebo que mentes mais sábias, provavelmente, já procuraram e duvido que eu vá descobrir algo novo, mas procurar ativamente por uma resposta traria um grande conforto.

Sine assentiu.

— Imagino que seja muito solitário ser a única almanova em todo o mundo. Em especial quando ela pôs a questão daquela maneira, mas apreciei o fato de que ela não me chamara de sem-alma.

— É. — Fingi não notar o pé de Sam contra o meu. — Gostaria de saber o que aconteceu para ver se há alguma chance de acontecer novamente. — Talvez a existência de outra almanova fizesse com que me sentisse menos um erro, menos solitária.

Antha cruzou os braços e reclinou.

— Da última vez, perdemos Ciana. Não posso dizer que esteja ansioso para que isso aconteça novamente.

Engoli em seco.

— Também não quero perder ninguém.

— Desde que isso não a afaste de seus estudos — disse Frase —, não vejo como buscar as próprias origens possa incomodar. No entanto, creio que alguém deveria supervisionar o tempo dela na biblioteca. Dossam ou outra pessoa com a qual concordemos. Como Meuric disse, há simplesmente coisas demais na biblioteca que poderiam ser perigosas, não apenas para Ana, mas para todos, se ela não for cuidadosa.

— Eu serei.

— Vou acompanhá-la sempre que puder — falou Sam. — Ela é minha aluna.

Sine levantou a mão.

— Quando Sam não puder, ficarei com Ana. Afinal, ele tem outro trabalho.

— Orrin e Whit passam metade da vida na biblioteca — disse outro Conselheiro, cujo nome eu havia esquecido. — Creio que é seguro supor que sempre haverá alguém para supervisionar os estudos de Ana.

— Isso parece razoável para todos? — Meuric lançou um olhar a cada um dos presentes, depois, fez um breve gesto com a cabeça. — Muito bem. Também daremos um DCS a Ana, para que possa chamar alguém, se uma das companhias designadas não estiver lá. Ana, creio que podemos contar com você para fazer isso.

— Claro. — Provavelmente. Eu confiava em uma única pessoa que não me trairia, caso eu fizesse algo que o Conselho não gostasse: eu mesma. Por mais maravilhoso que Sam tivesse sido, com tudo o que ele havia feito por mim, ainda era um deles. Ele os conhecera por quase uma centena de vidas, e me conhecia havia menos de um mês. Não poderia esperar que sua lealdade mudasse tão rápido.

— Muito bem. — Meuric folheou uma pilha de papéis. — O ponto seguinte na lista é o toque de recolher.

Ergui as sobrancelhas.

— Na vigésima primeira hora, todas as noites, você deverá estar na casa de Sam. Estará sujeita a verificações casuais. Se não estiver lá, ou se estiver atrasada, terá de arcar com as consequências.

— E quais serão? — Agora eles estavam interessados em garantir que eu estivesse segura dentro de casa, à noite? Agora, depois de dezoito anos com Li, que não se importava se eu dormia na floresta nem se era comida pelos lobos?

— A gravidade da punição refletirá a gravidade do delito.

Dormir tarde era um crime? Abri a boca para perguntar, mas Sam me interrompeu.

— Certamente serão abertas exceções para as aulas que exigem que Ana esteja disponível à noite. — Sam lançou a Meuric um olhar agudo. — Como astronomia ou observação de animais noturnos.

— Nenhuma dessas coisas estava na sua lista. — Meuric lançou um olhar severo aos papéis. — Mas, sim, se a necessidade surgir, podem ser feitas exceções. Lembre-se de encaminhar-nos uma solicitação, primeiro. Odiaria que Ana se metesse em encrencas sem necessidade.

— Relatórios mensais de progresso. — Frase deslizou uma folha de papel pela mesa até Sam. — Fizemos uma lista de habilidades que Ana deveria aprender, além daquelas que você já programou. Não se sinta obrigado a dar conta de tudo imediatamente, mas tenha em mente que solicitaremos um exame do progresso dela nessa mesma época, no ano que vem. Também incluímos uma lista de possíveis tutores nesses assuntos.

Sam olhou para a lista; o braço dele bloqueava a minha visão.

— Ela já sabe ler.

— Eu descobri como fazer isso há muitos anos — acrescentei.

Frase esboçou uma expressão que podia ter sido um sorriso, mas tudo o que vi foram dentes.

— Então ela não terá dificuldade nessa área. O Conselho ainda exige estudo e exame.

— Metade das pessoas nesta lista manifestou seu — Sam lançou um olhar na minha direção — desagrado com a ideia de almasnovas. É injusto fazer Ana estudar com eles.

— Nem sempre trabalhamos com nossos amigos — retrucou Antha. — Talvez conhecer Ana mude a opinião das pessoas a respeito das almasnovas.

Isso parecia improvável.

— Está tudo bem, Sam. — Fiz um esforço para manter a voz firme. — Vou fazer com que dê certo.

Os músculos do queixo saltaram, mas ele assentiu.

— Muito bem.

— Acho que isso deve abranger tudo por enquanto. — Meuric virou-se para mim. — Você concorda com esses termos?

Temendo perguntar o que aconteceria se não concordasse, fiz que sim com a cabeça.

— Então terminamos. — Ele se ergueu e estendeu a mão para que eu a apertasse. Quanto todos tiveram a sua vez, alguns mais gentis que outros com a minha pele que ainda estava cicatrizando, Sam e eu começamos a deixar a câmara do Conselho.

— Uma palavra, Sam — chamou Meuric.

Sam fez um sinal para mim com a cabeça, dizendo que esperasse lá fora. Assim que a porta fechou atrás de mim, as pessoas começaram a falar em voz baixa e grave. A madeira pesada abafava as palavras, mas de vez em quando eu podia ouvir a voz grave de Sam, e ele não estava satisfeito.

Apoiei-me na parede e temi descobrir sobre o que estavam falando.

Depois de quinze minutos, eu não podia mais continuar a ouvi-los. Afastei-me da parede e voltei pelo caminho por que havíamos entrado. Faltava pouco para dobrar a esquina quando a porta fez um clique e se abriu.

Sam examinou o corredor, e seu olhar severo parou em mim. O queixo estava travado, e os ombros, tensos. A linha era mais como uma fenda entre os olhos quando ele caminhou na minha direção e cresceu diante de meu rosto.

— Tente não se afastar.

Resisti à vontade de dar um passo para trás.

— Eu ia procurar a biblioteca.

— Podia ter esperado cinco minutos.

— Mais pareciam quinze, e você teria sabido aonde eu ia.

— Essa não é a questão. — Ele começou a caminhar ao meu redor, mas não me movi. — Vamos.

— Por que você está com raiva?

Ele me encarou, parecia estar olhando para a pessoa mais burra do mundo.

— Você estava na mesma reunião que eu?

— Sim. — Cruzei os braços.

— Não — resmungou ele —, não estava. Você nos abandonou completamente por um tempo. As pessoas tiveram que dizer seu nome cinco vezes antes de você voltar a se reunir conosco, e, mesmo assim, você mal estava lá. Em que estava pensando? Você sabia que era importante causar uma boa impressão. Da próxima vez que quiser cochilar, faça isso em algum lugar onde o Conselho não esteja decidindo se você pode ou não ficar em Heart.

Dei uns passos para trás, e minhas costas esbarraram na parede enquanto eu olhava para a frente. O rosto dele estava vermelho por causa da raiva e da decepção, e eu não podia pensar em uma boa defesa, além da verdade.

— Você não sabe como é. — Qualquer coisa mais alta que um sussurro faria minha voz começar a tremer. — Você não tem ideia de como é estar cercada por pessoas com mais de duzentas vezes a sua idade, todas julgando e decidindo se você é ou não *digna* o suficiente de viver na cidade que elas simplesmente encontraram por ali um dia. Nenhum de vocês pode entender. Estou *sozinha*, Sam.

A raiva dele diminuiu; a piedade se manifestou, e eu quase fui embora com raiva, mas ele falou.

— Você realmente ficará sozinha, se não tomar cuidado, Ana. — Apesar das palavras duras, seu tom era gentil. Fiquei imaginando qual deles era mentira.

— Já está ameaçando me abandonar? Não pedi para você me aceitar. — Meus olhos doíam, inchados com as lembranças da manhã, e a raiva e a traição de agora. — Não pedi para você fazer algo por mim.

Sua garganta saltou quando ele engoliu em seco.

— Eles ameaçaram levá-la embora. Tirá-la de mim.

A parede às minhas costas me impediu de dar mais um passo para trás.

— Eles não podem.

— Li voltou para Heart.

Eu não conseguia respirar.

— Todos sabem que ela não quer você, então o Conselho não fará nada ainda. Mas, se eu não puder controlar você — nas palavras de Meuric —, eles vão tirá-la de mim. Se você tiver sorte, voltará com Li e continuará o treinamento como planejamos. Mas não poderíamos nos ver.

Eu me senti fraca.

— E se eu não tiver sorte?

— Será exilada, não apenas de Heart, mas de Range. — Ele deu um suspiro profundo, entrecortado. — Isso não vai ser fácil. Nunca disse que seria. De todo modo, você precisa tentar com muita vontade. Não quero perdê-la.

Se a parede não estivesse me sustentando, eu teria caído.

— Não quero ficar sozinha.

— Ninguém quer. — Ele fechou os olhos, e a linha se aprofundou. — Também não quero que você fique sozinha. Sei que não há muito que eu possa fazer. Eu sei que sou mais um…

— Está tudo bem. — Eu queria abraçá-lo, e me desculpar por gritar. Porém, isso não ia ajudar e, depois de perceber que ele tinha mais em comum com Sine que comigo, eu simplesmente… Não podia agora, e abracei a mim mesma.

— Não quero perder você — murmurou ele mais uma vez.

E eu não queria ficar perdida nem ser devolvida para Li nem exilada para onde as sílfides e outras criaturas vivem.

— Vou tentar com muita vontade.

14
RECONHECIMENTO

A BIBLIOTECA OCUPAVA uma ala própria na Casa do Conselho. Se não fosse pela conversa com Sam, eu teria ficado eufórica quando ele fez um esforço para abrir as portas de mogno. Entramos na imensa câmara.

As paredes estavam cheias de estantes, e cada prateleira estava abarrotada.

Não havia salas separadas para as diversas seções, como eu havia imaginado, mas as estantes altas davam a ilusão de privacidade nos cantos ou nos patamares sobre o andar principal. Sólidas mesas de mogno salpicavam os espaços vazios, acompanhadas por abajures delicados com tonalidades de vidro pintado. Pequenos pardais e esquilos brilhavam.

Tapetes macios cobriam os corredores; o piso de madeira, com belos padrões, surgia por baixo dos rodapés. Andei sobre diamantes e flocos de neve, sentindo cheiro de couro, tinta e poeira.

— Talvez — falei, dando meia-volta e me deparando com Sam me observando enquanto eu explorava —, nós pudéssemos simplesmente nos mudar para cá. — O ar pesado cobria minhas palavras, embora a câmara tivesse doze andares de altura. — Podíamos afastar as estantes no centro do assoalho para o piano.

Ele fez um ruído que não era bem uma risada e deixou que a porta se fechasse atrás dele.

— Mas a acústica é terrível. E onde iríamos dormir?

Fiz um gesto com as mãos no ar, na direção das cadeiras e sofás estofados gigantes, dos cobertores dobrados nos braços e espaldares. Esmaecidas, as cores aveludadas combinavam com a madeira por toda a parte. Tudo era tão aconchegante e sonolento; não podia imaginar por que as pessoas não estavam brigando para ficar aqui para sempre.

— Mas a acústica — protestou.

— Nós poderíamos rearrumar as coisas para ajudar. — Deixei a cabeça cair para trás e relaxei. — Onde fica a seção sobre história da música? Vou dormir ali.

Ele me lançou um olhar que eu não podia decifrar.

Eu me encolhi e me afastei para disfarçar o calor no meu rosto.

— Acho que temos isso na sua casa, não é?

— Vamos dar uma volta. Vou lhe mostrar onde ficam todas as coisas para que você não se perca. — Ele estendeu um braço para mim, mas não aceitei, deixando a mão dele baixar como se nunca tivesse tentado.

— Eu poderia precisar de um mapa e de um sinalizador de emergência. — Esfreguei as palmas da mão numa cadeira macia de couro, que sibilou sob a minha pele. A madeira polida estalou quando toquei a escrivaninha que Sam estava abrindo.

Ele retirou um bloco de papel e uma caneta, estendendo-os para mim.

— Você pode enviar um aviãozinho de papel. No entanto, não sei se alguém virá resgatá-la. Você terá que fazer seu próprio mapa.

Com certeza.

Com orgulho exagerado, apontou para o lado oposto da biblioteca.

— Tudo na parede norte e nas estantes próximas são os diários pessoais. Em todos os andares. Os diários profissionais são mantidos nas seções relacionadas aos seus estudos.

Mais uma vez, ergui os olhos. Doze andares abarrotados com cerca de cinco mil anos de diários para um milhão de pessoas. Meu cérebro doía só de pensar nisso.

— Fique à vontade para olhar qualquer um que você queira. Por isso, as pessoas os trazem para cá. Para que outros aprendam com eles. — Ele estendeu a mão para a estante mais próxima e puxou com o dedo a parte de cima da lombada de um livro, retirando-o do local em que estava. — No início de cada nova vida, as pessoas costumam escrever o fim da vida anterior. Em geral, dizem como morreram para que outros possam evitar esse destino. — Ele sorriu e piscou, mas não parecia engraçado para mim. — As genealogias ficam neste andar...

— Podemos olhar alguma coisa primeiro? — Eu preferia tentar sozinha, mas alguém tinha que me dizer se eu estava certa. Se alguém ia me ver passar por idiota, esse alguém poderia muito bem ser o Sam.

Ele esperou, claro, sem dizer nada sobre o modo rude como eu o havia interrompido. Li teria me batido por causa disso.

Deixei a tranquilidade empoeirada da biblioteca me acalmar, antes de fazer um esforço para dizer as palavras:

— Tem fotos ou vídeos seus? De antes?

Silêncio por um batimento cardíaco hesitante, então ele assentiu.

— Alguns.

Minha cabeça oscilou.

— Quero vê-los.

Ele mordeu o lábio (pela primeira vez, eu o via fazer aquilo, e fiquei me perguntando se ele havia pego essa mania de mim), e olhou para a frente.

— Isso vai mudar alguma coisa? Entre nós?

Eu queria lembrá-lo de que não havia nada para mudar. *Nada acontecera* de manhã. Ainda assim, não era exatamente verdade e, depois de todos os meus pensamentos na câmara do Conselho, as coisas já haviam mudado. Era só uma questão de descobrir como.

— Não sei.

Sam inclinou a cabeça, então me conduziu para o andar de cima por um labirinto de estantes abarrotadas com álbuns de fotografias e vídeos de diversas eras tecnológicas.

Entramos numa área isolada, na qual as prateleiras cheias iriam abafar o som. Ele apontou para uma das grandes cadeiras, pediu-me para sentar, enquanto procurava por chips de memória e fotografias nas prateleiras. Ao clicar um botão, um painel deslizou lateralmente, revelando uma grande tela branca. Ele inseriu os chips nos locais apropriados e, enquanto carregavam, colocou um álbum de fotografias na escrivaninha, entre as nossas cadeiras. Um abajur de garça criava uma iluminação alegre sobre o tampo brilhante.

Ele folheou as páginas do álbum e indicou uma fotografia colorida de dois homens de quarenta e poucos anos, com os braços ao redor dos ombros um do outro. Eles sorriam para o observador. Um era grande e estava com a mão na aba do chapéu. O outro tinha um sorriso malicioso que levantava um canto da boca mais que o outro. Não era atraente; a pele era feia, e os cabelos, escorridos, mas o sorriso e a energia que ele irradiava...

— É você. — Apontei.

Sam, o jovem e belo, me olhou de esguelha.

— Tem certeza?

— Absoluta.

Ele assentiu uma vez.

— O outro é Stef. Morreu em um acidente uma semana depois dessa foto.

Por mais difícil que fosse acreditar que o Sam da fotografia era o mesmo Sam sentado ao meu lado, era ainda mais difícil acreditar que a mulher que eu conhecera de manhã também era o cara na fotografia.

Sam folheou até uma foto de dois homens e uma mulher tocando. Um dos homens estava sentado ao piano, e meu primeiro instinto foi dizer que era Sam, mas não parecia estar certo. Examinei-o com mais atenção, procurando algo familiar.

Lancei um olhar a Sam, em busca de uma pista, mas ele simplesmente inclinou o cotovelo na escrivaninha e fixou os olhos na fotografia, sem expressão. Queria poder dizer no que ele estava pensando.

Definitivamente, o homem ao piano não era Sam. Alguma coisa no jeito como ele se sentava. Eu só vira Sam tocar piano algumas vezes, mas ele nunca o dominava. Ele o acariciava. O outro homem segurava uma flauta; não estava tocando, então sua expressão não era fácil de decifrar. Não era a expressão do Sam-que-eu-conhecia. Era muito... era outra pessoa. Voltei os olhos para a mulher com o violino.

Ela era alta, flácida e curvada. Tinha uma expressão melancólica ao segurar o violino. Alguma coisa na postura relaxada e no modo como olhava para o piano ou o músico. Não conseguia dizer ao certo o quê. Toquei no rosto dela.

— Achei você.

— Reconheceu o vestido?

Olhei de novo. Sem dúvida, ela estava usando o vestido que eu havia usado de manhã. Nela — nele — vestia melhor, e tentei não sentir inveja.

— Não. Não tinha percebido.

Os vídeos já haviam sido carregados, e a tela brilhava, aguardando as instruções. Sam executou-as, e observamos um grupo de pessoas conversando na área do mercado. As imagens eram de baixa qualidade, mas os rostos eram bastante claros.

— Isso foi pouco depois de aprendermos como gravar vídeos. *Uma pessoa*, não vou dizer quem, saiu por aí gravando tudo o que podia. Temos o equivalente a anos de vídeos como esse. Ninguém assiste, mas ninguém os recicla também.

Eu podia assistir. Mas não falei isso em voz alta.

Parecia que tínhamos ficado sentados ali por horas, assistindo a vídeos antigos e olhando os álbuns de fotografia. Eu o encontrei nas multidões da área do mercado, pois Heart não mudara nos últimos trezentos anos. Em grupos de músicos, ou fazendo gestos rudes para quem quer que estivesse filmando, enquanto ele limpava as cocheiras. Eu o descobri abraçando alguém durante uma tempestade, ou sendo abraçado, e inclinando-se para um estranho com um sorriso. Duas vezes, eu o vi beijando um homem ou uma mulher, e minha garganta se fechou, então, assenti, dizendo que o vira, e ele acreditou em mim.

A tela escureceu, e o abajur de vidro pintado era a única iluminação em nossa alcova. Eu o ouvi cantar, eu o vi se afastar quando alguém se aproximou com uma câmera de vídeo — os amigos costumavam segurar seus braços para fazê-lo ficar — e o observei rindo até o rosto corar. Eu o vira velho e jovem, magro e gordo, homem e mulher, feio e bonito. Nenhum daqueles Sam parecia com o meu Sam. Eu simplesmente sabia que eles eram ele.

— Você está bem? — sussurrou ele. Além das batidas do meu coração, o silêncio era completo.

Eu não conseguia entender como devia me sentir em relação a isso. Era como me afogar, com os pulmões frios e doloridos, e os membros pesados, com coisas batendo contra você, sem ser capaz de dizer qual era o caminho para cima. Empurrei as mãos para as minhas mangas. As mangas dele.

— Não — falei. — Mas não importa. Temos trabalho a fazer. — Fiquei de pé e fingi ser corajosa.

15
MERCADO

CONSEGUIMOS TERMINAR O passeio pela biblioteca, e ele me mostrou como sair da ala sem precisar caminhar pelos corredores infinitos da Casa do Conselho. Então, sem jeito, abrimos caminho no meio de todos na área do mercado e voltamos para casa. Segurei meu mapa rudimentar da biblioteca — além do mapa rudimentar da rua — contra o peito enquanto caminhávamos. Subi as escadas.

Tudo em mim doía. Por mais de uma hora, não saí do quarto, apenas fiquei sentada na cama macia e tentei entender meus sentimentos.

Sobretudo, ver uma dúzia de diferentes Sam me deixou confusa.

— Ele ainda é o Sam — falei para mim mesma, para as cobertas, a renda e as paredes. Qualquer coisa que me ouvisse e não respondesse. — Ele é quem sempre foi. — Eu sempre soubera que ele era velho, que tivera vidas anteriores e, provavelmente, mil amantes diferentes.

Não importava. Não podia.

Eu precisava me concentrar na ameaça do Conselho de me tirar dele. Não importava o que não importava, eu não podia deixá-los me botarem de volta com Li. Eu não podia arriscar ser exilada.

O que significava que eu precisava levar tudo a sério, fazer melhor que o esperado. Constrangedor ou não, eu precisava de Sam. Podia esperar para entender todas as outras coisas.

Lavei o rosto e fui para o andar de baixo, onde encontrei Sam no sofá, escrevendo em um caderno. Não eram palavras. Música? Ele ergueu os olhos quando me sentei ao piano, calçando um par de luvas sem dedos.

As teclas eram frias e lisas, e quando pressionei uma delas, uma nota nítida ressoou pela casa. Fechei os olhos e sorri. Não admira que Sam amasse tanto isso. Talvez fosse algo que pudéssemos compartilhar sem parecer constrangedor.

Toquei mais algumas notas, procurando padrões e coisas familiares. Uma série de notas quase como as que Sam tocara mais cedo soou debaixo de meus dedos, mas eu estava fazendo alguma coisa errada. Toquei duas vezes, descobrindo o ritmo correto enquanto prosseguia, mas não a nota correta. Tentei as teclas ao redor daquela que eu sabia que estava errada. Nada.

— A tecla preta. — Os olhos de Sam estavam no caderno, mas eu podia perceber sua atenção. — Então você conseguirá.

Não fiquei surpresa quando funcionou, mas me surpreendeu que *minhas mãos* fizessem isso. Feridas por espinhos de rosas, congeladas, queimadas — e ainda assim faziam música.

— Você vai me mostrar o restante?

Ele colocou o lápis e o caderno de lado tão rapidamente que me perguntei se, para começo de conversa, ele estivera trabalhando.

— Nada me faria mais feliz.

No dia do mercado, o frio estava de congelar, mas me enrolei num dos casacos antigos de Sam, encontrei um chapéu, um cachecol e luvas combinando, e esperei por ele na porta, pulando na ponta dos pés.

— Rápido!

Finalmente, ele desceu as escadas, vestido de modo a ficar aquecido, mas sem tantas roupas.

— Você parece pronta para uma tempestade de neve. — Ele estendeu uma bolsa de lona, pendurei no braço. — Todos estão indo para lá. Talvez você sinta calor.

— Se precisar, eu tiro as coisas. Além disso, se alguém me derrubar, tenho muitas camadas acolchoadas sobre as quais cair.

— Você está planejando isso? — O ar frio entrou rapidamente quando ele abriu a porta. O céu era azul e límpido além dos esqueletos de árvores e, a não ser pela friagem, era o dia perfeito para o meu primeiro mercado.

— Agora, estou. — Eu não me esquecera do modo como as pessoas me olharam na primeira manhã na cidade, resmungando que eu não deveria poder ficar em Heart. Eu *não podia* esquecer, pois isso acontecia sempre que eu saía de casa.

Caminhamos pela calçada e pela via, conversando sobre a música da semana. Um *estudo*. Eu devia me lembrar que havia diferentes formas de música. Ele corrigiu a palavra "canção" quando a usei para descrever todas as coisas. Canções tinham palavras, insistiu ele.

Quando nos aproximamos da avenida Sul, vozes, o bater de cascos e assobios se moviam numa brisa. Eu saltitava, mantendo o chapéu no lugar.

— Eu posso ouvir!

Ele riu e esperou que eu parasse de pular.

— Não acho que já a tenha visto tão animada.

— A vida inteira usei as roupas de outra pessoa. Da Li, as coisas que o Cris abandonara, e agora as suas. Ter alguma coisa minha vai me fazer parecer... — Uma pessoa real, não apenas uma sem-alma. Mas eu não queria que ele se sentisse mal por não arrumar roupas novas para mim de modo mágico.

— Quer apostar uma corrida até a avenida? — Eram apenas trinta metros, e não haveria corrida se ele competisse a sério, mas ele estava tentando manter os ânimos leves, por isso, não esperei para concordar e apenas corri o mais rápido que pude. Ele me acompanhou com facilidade, mas me deixou ganhar.

Avistamos o mercado, encoberto sob o templo e a Casa do Conselho. Centenas de tendas coloridas enchiam a área, alegre como um jardim. As vozes de milhares de pessoas tornaram-se um rugido abafado, que ficou mais alto à medida que nos aproximávamos. Elas se moviam por ali usando cores vivas, algumas com sacolas de compra, outras com os braços cheios de louças, objetos de madeira e roupas. Uma centena de aromas invadiu meu nariz: frango assado, pão fresco e coisas temperadas com especiarias, que eu não podia nomear.

Sam tirou o DCS. A luz piscou, e eu vi estrelas.

— Para que eu possa me lembrar de você assim para sempre. — Ele me mostrou a tela com uma imagem minha sorrindo feito uma idiota.

— Eu pareço burra.

— Você parece adorável.

Revirei os olhos quando ele voltou a guardar o DCS no bolso.

— Mais tarde, quando você não estiver esperando, vou tirar uma foto sua.

— Isso é maldade. Odeio tirar fotos.

Continuei em tom de provocação.

— Tenho certeza de que você parecerá adorável.

Trechos de música flutuavam junto com a brisa. Rodopiei e fiz um dos passos que Stef havia me ensinado naquela manhã, e Sam bateu palmas.

— Muito bem.

— Eu gosto das aulas de dança.

— São suportáveis. — Ele sorriu, e imaginei que, secretamente, gostava da nossa rotina matinal tanto quanto eu. Dança, tarefas domésticas e música. Sempre a música.

— As suas aulas ainda são as minhas favoritas — falei, conseguindo que ele me desse um de seus raros sorrisos de verdade. Depois da minha vez no piano, porém, quando ele começava os exercícios pessoais e eu deveria estar estudando, era realmente difícil me concentrar em matemática.

Nas duas semanas depois de enfrentarmos o Conselho — e um ao outro no corredor —, conseguimos encontrar um lugar onde nosso relacionamento era amigável e confortável. Não como antes de chegarmos a Heart, nunca mais seríamos daquele jeito. As regras do Conselho se encarregariam disso.

Mesmo assim, a felicidade havia sido algo estranho até agora. Nunca quis que terminasse.

— Sam! — Stef acenou ao nos aproximarmos das imediações do mercado. Ela lançou um olhar para mim. — As roupas estão andando, então imagino que Ana esteja aí dentro. Em alguma parte.

Mostrei a língua para ela ao entrarmos na multidão. As pessoas tinham joias e roupas, vidros com frutas em conserva e cestas. Paramos para olhar todas as coisas; Sam e Stef devem ter ficado entediados, mesmo quando Sarit e Whit se juntaram a nós, mas eles suportaram meu passeio, querendo comer todas as coisas com os olhos, por duas horas. Além de calças e blusas práticas, finalmente escolhi um suéter de lã macia na cor creme, e uma saia azul-marinho que ia até os tornozelos. Também acabei comprando um par de sapatos e um de botas, pois os sapatos velhos de Li eram grandes demais. Os de Sam, de quando ele era uma adolescente, cabiam, mas eram velhos.

Com tudo isso e montes de roupas íntimas, eu me senti... real. Especial. Como quando Sam tocou minha canção pela primeira vez. Valsa, corrigiu ele.

— E agora? — Whit bebeu da garrafa de água quando fizemos um intervalo no limite ao norte da confusão do mercado. O templo se erguia acima de nós, branco brilhante contra fundo safira. Eu me afastei dele, tentando avistar os pomares no bairro agrícola de Heart.

— Queijo. Oh, e conservas de frutas. Vi algumas no extremo sul. Sam não tem nada disso. Ele deve estar querendo que a gente tenha escorbuto. — Pisquei para ele e comecei a desenrolar o cachecol; como ele me advertira, tantas pessoas, jovens, velhas e com idades intermediárias, deixaram a área do mercado quente. Eu nunca vira uma multidão desse jeito, mas era menos intimidadora com Sam e os amigos por perto.

— Nós tivemos uma aula com Armande na semana passada. Ana está convencida de que pode assar qualquer coisa.

— E posso. Vou preparar tortas, e vocês vão gostar.

Stef sorriu.

— Se precisar de ajuda para apagar o fogo, moro na porta ao lado.

Enquanto eu fingia fazer cara feia para Stef, Sam pegou o DCS e me envergonhou, tirando mais fotos. Depois de me botar ao lado de cada um dos amigos dele para uma foto, parou uma pessoa e pediu que tirasse uma foto dos cinco.

— Nunca vi *você* tirando fotos antes. — Sarit tirou o DCS à força dele e passou as imagens. Ela deu risadinhas ao ver uma. — Decidiu que, afinal, era importante?

Meu chapéu tornou-se subitamente fascinante enquanto eu fingia não ver o olhar de Sam.

— Por enquanto — falou.

— Você não tem nenhuma sozinho com a Ana. — Ela deu um sorriso afetado, afastando as outras pessoas de nós. — Fiquem parados, os dois. Ana, o que você está fazendo com o chapéu?

Eu o segurei contra o peito com uma das mãos e tentei ajeitar o emaranhado no meu cabelo com a outra.

— Pensei que já tínhamos terminado.

— Venha cá, me deixe ajudar. — Sam usou os dedos como um pente, mas, quando terminou, o flash piscou diversas vezes e caixas luminosas flutuaram no canto dos meus olhos. — Talvez isso seja um erro. — Ele desviou o rosto de Sarit enquanto recolocava o chapéu sobre as minhas orelhas. — Melhor?

— Sim. — O calor e a atenção provavelmente deixaram minhas bochechas com uma cor vermelha bem forte. Talvez houvesse um meio de me livrar das fotos antes que todos a vissem. Enquanto eu pensava nisso, Sarit tirou mais uma meia dúzia.

Uma hora depois, nós tínhamos grãos de café, queijo e ingredientes para as tortas. A multidão e o barulho começavam a se tornar excessivos, mas havia mais umas poucas coisas de que eu precisava. Agora que tínhamos dado a volta toda no mercado, eu sabia onde encontrá-las.

— Podemos nos encontrar em algum lugar daqui a meia hora? — Eu não podia imaginar que levasse mais tempo que isso. — Quero procurar as coisas para a minha fantasia.

— Claro. Peça a eles que façam uma nota e nós cuidaremos do pagamento mais tarde. — Ele deu um sorriso tímido. — Tenho que pegar umas coisas também.

— Você vai se fantasiar? — Eu odiava a emoção na voz, mas ele pareceu não perceber.

— Talvez. Eu deveria ter algumas coisas, só para garantir. — Mais uma vez, ele pareceu sem graça, mas eu não me referi a isso, e decidimos sobre o local de encontro com todos os outros. — Me ligue, se precisar de algo.

Dei um tapinha no DCS que o Conselho me dera no meu bolso.

— Quer companhia? — perguntou Stef, quando começamos a nos separar.

— Não. Não confio em você para não dizer a Sam o que estou comprando. Ele vai ter que esperar e descobrir quando as pessoas começarem a cobrar o pagamento.

Ela sorriu e acenou para que eu prosseguisse.

— Vejo você depois, então.

Abri caminho entre a multidão carregando apenas as roupas e os sapatos novos; Sam levara o restante das compras.

Agora, caminhando sozinha em meio ao mercado movimentado, senti falta da presença dele. Nós não passávamos todos os minutos juntos — muitas vezes, ficávamos em lados completamente opostos da biblioteca: ele, pesquisando qualquer coisa que um adolescente de cinco mil anos precisasse pesquisar, enquanto eu me concentrava nas exigências do Conselho —, no entanto, me acostumara a tê-lo por perto.

Eu não gostava de ser tão dependente dele. Teria que fazer mais coisas por conta própria agora que conhecia um pouco melhor meu caminho através da cidade. Bem, pelo menos, eu sabia como ir e voltar da Casa do Conselho.

Minha primeira parada foi na barraca do armarinho, onde procurei rolos de arame, impressionada com as opções.

— O que você está procurando? — indagou o vendedor.

— Preciso de alguma coisa rígida, mas macia o bastante para que possa dobrar com as minhas mãos. — Depois de imaginar o produto acabado por um momento, estiquei os braços. — O triplo disso.

Ele remexeu nos arames e apresentou diversas opções.

— Recomendo este — balançou um deles — porque não é muito caro e porque você precisa de um bocado.

— Parece perfeito. — Grata por ele ter tornado a escolha mais fácil, olhei ao meu redor para as outras opções. Prateado, dourado, coisas que eu não conseguia identificar. — E, por falar nisso, onde o senhor consegue todo o metal?

O vendedor começou a escrever a nota.

— A maior parte desce da montanha com a água, mas existem algumas cavernas escavadas por aí. — O lápis parou sobre o papel, e ele me olhou de esguelha. — Qual é mesmo o seu nome?

Tentei parecer mais alta.

— Ana. Mas escreva a nota em nome de Dossam, por favor.

Os olhos dele se estreitaram, e resisti à vontade de me retirar enquanto ele terminava de escrever.

— Não volte mais aqui, sem-alma. — Ele me entregou o papel e o rolo de arame. — Querido Janan, por que estamos sendo testados dessa maneira?

Uma voz alta falou de modo inesperado atrás de mim.

— Sem dúvida, seria uma vergonha se as pessoas soubessem como o senhor foi rude com os fregueses, Marika. — Uma garotinha de cerca de nove anos abriu um sorriso para mim. — Tenha uma boa tarde, Ana.

Peguei minhas coisas e saí correndo. Todos me conheciam. As pessoas que me odiavam, as pessoas que, de um modo ou de outro, não pareciam se incomodar, e até as pessoas que gostavam de mim por motivos inexplicáveis. Como Sarit ou a garota na barraca do armarinho.

O baile estava próximo. Ninguém me reconheceria então.

Não demorou muito para encontrar Larkin, que vendia tecidos pintados. Fiz gestos indicando quanto eu queria de seda sintética, e discutimos cores e preços antes de acertar. Somente então ele perguntou meu nome, mas recaiu na categoria das pessoas que não se importavam. Foi um alívio.

Enquanto ele dobrava as minhas coisas e escrevia a conta para Sam, examinei o mercado. A multidão não diminuíra. As pessoas ainda regateavam sobre os adornos e dividiam pedaços de comida. As crianças marchavam entre as barracas, comportando-se da mesma forma que os adultos. Eu até vi um bebê assim, silencioso e maduro, enquanto dirigia os pais atuais para as coisas que queria. Devo ter sido um choque muito grande para o mundo, incapaz de me comunicar, a não ser por meio de gritos irracionais.

Armande me viu e acenou, bem como algumas outras pessoas com quem tinha aulas, e eu acenei de volta, imaginando se Sam tinha enviado aquelas pessoas para ficarem de olho em mim.

Um vulto alto apareceu no canto do meu olho. Tocou meu ombro.

— Stef, eu disse que eu... — Dei meia-volta e gaguejei, dando um passo para trás. — Li. — Ela tinha a mesma aparência do dia do meu aniversário, cruel e mais aborrecida que nunca pela minha existência. Meu corpo tornou-se rijo.

Larkin voltou, depois de empacotar os itens.

— Aqui estão, Ana. — Em seguida, ele também ficou em silêncio.

— Então. — Li puxou a conta da mão de Larkin. — Você arrumou outra pessoa para tomar conta de você. Dossam sempre foi um tolo.

Minha garganta estava paralisada. Assim como minha língua. Eu queria retrucar, dizendo que ninguém *tomava conta* de mim, mas ele não fazia isso mesmo?

— Não vai dizer nada? — Li sorriu com ar de desprezo, devolvendo o papel a Larkin. — Imagino que eu deveria estar impressionada por você ter chegado até aqui, com seu senso de direção.

— Você me deu uma bússola ruim. — Parte de mim queria que alguém se intrometesse para ajudar. A maior parte de mim desejava que eu pudesse enfrentá-la sozinha. — Você quase me matou.

— Você sabe verificar seu equipamento.

— Vá embora. — Minha voz certamente estava abaixo do barulho da multidão e das batidas do meu coração. — Você não faz mais parte da minha vida. Me deixe em paz.

Ela segurou meu queixo, erguendo meu rosto.

— Ao contrário, pedi ao Conselho que a devolvesse aos meus cuidados. Você é minha filha e tenho muito a lhe ensinar.

Balancei a cabeça.

— Você não pode. — Odiava isso, sentir-me miserável, sentir-me incapaz de revidar. Depois de tudo o que Sam e eu tínhamos conversado, e por mais vezes que o tivesse xingado, quando, na verdade, eu *gostava* dele, por que não podia enfrentar Li? — Ele não vai deixar.

— Ele não vai ter escolha.

— O Conselho não vai deixar.

— Você acha que as pessoas iriam mimá-la tanto se soubessem quem você realmente é? O início de mais sem-almas. O nosso fim. Duvido que Sam lhe tratasse tão bem, se você tivesse substituído Stef. Você já substituiu Ciana, embora ela pudesse ter sido uma fase para ele. Como você é. — Ela sorriu e partiu.

Não tenho noção de quanto tempo fiquei olhando depois de ela partir, paralisada, mas Larkin falou: "Ana, suas coisas", e eu tentei agradecer-lhe antes de correr até o lugar em que devia encontrar meus amigos.

Amigos? Antes eles pareciam amigos, mas, se Li estivesse certa, se o Conselho estivesse certo, Sam era meu guardião e os outros estavam lhe fazendo favores. E eu *sabia* que ele se importava comigo, mas ainda assim.

Apertei a palma da minha mão contra as têmporas, esforçando-me para me recompor antes que alguém pudesse me encontrar.

— Ana? — As mãos se fecharam sobre os meus ombros e dei um pulo para trás. Sine me soltou, com uma preocupação estampada no rosto. — Qual é o problema?

— Nada. — Abracei os pacotes contra o peito e comecei a andar para o sul, na direção da casa de Sam. Ele podia me encontrar lá. Não queria ver ninguém.

Sine me alcançou com facilidade.

— Você estava apavorada. O que aconteceu? — Ela era do Conselho. Talvez pudesse ajudar.

— É a Li. — Eu a levei para longe da multidão e procurei Sam e os outros no lugar. Não havia ninguém. — Por favor, não me faça voltar com ela. Não posso fazer isso de novo. — Minha garganta doía de tanto segurar os soluços. — Por favor.

— Por que eu a faria voltar? — Sine balançou a cabeça. — Me conte tudo o que aconteceu. Confie em mim, não temos planos de tirar você da proteção de Sam. Todos dizem que você está indo bem.

Tremendo, contei-lhe o que acontecera na barraca de Larkin, mas, mesmo enquanto fazia isso, me sentia uma tola. Li não fizera nada. Mal me tocara. Só tinha sido ela mesma.

— Desculpe. — Minha cabeça doía. — Eu não devia continuar com isso. Ela só me amedrontou. — Eu devia ter mantido minha boca fechada.

Sine ignorou minhas tentativas de mudar de assunto.

— Li pode ser intimidadora — começou.

Além dela, Sam e Whit chegaram ao ponto de encontro. Sam olhou ao redor. Assim que me viu, levantou a mão e percebeu minha aflição, quando um trovão cruzou o céu.

O mercado ficou em silêncio, enquanto todos erguiam os olhos. Todos de uma vez. Pareciam estar prendendo a respiração.

Foi estranho. O céu estava claro como estivera durante a manhã, apenas o vapor dos gêiseres e das fontes quentes enevoando o muro. O trovão foi ouvido novamente.

— Entre. — Sine me empurrou na direção do bairro residencial sudoeste. — A casa de Meuric é a primeira da esquina. Esconda-se lá. Você estará segura.

— O quê? — Antes de perceber, todos estavam se movendo, gritando. Parecia que a maioria estava dando ordens, mas elas ficavam cada vez mais altas e mais apavoradas a cada segundo. As pessoas iam na direção da Casa do Conselho, na direção dos bairros residenciais. Eu olhava para o local em que Sam estivera, mas ele já estava escondido atrás do muro de caos. — O que está acontecendo?

— Vá para a casa de Meuric. — Ela voltou a me empurrar. — Não sabemos o que acontecerá se você morrer. Vá agora.

Olhei para cima mais uma vez, mas não havia nada no céu. Todos estavam em pânico por causa do trovão, mas...

— Dragões — sibilou, e até ela parecia amedrontada. — Dragões estão prestes a atacar Heart.

16
ÁCIDO

O FALSO TROVÃO pontuava o barulho de pessoas em pânico fugindo em todas as direções. Fingi recuar até a casa de Meuric, enquanto enfiava a sacola de compras dentro do casaco. Mas, quando Sine estava fora da vista, eu saí correndo e entrei na massa de pessoas. Não me surpreenderia descobrir que todos os cidadãos de Heart estavam aqui, não do modo que eu tinha que acotovelar as pessoas para conseguir passagem.

— Sam! — Examinei a multidão, procurando pelo rosto dele, tentando me lembrar do que ele estava vestindo. Minha mente estava em branco, por isso continuei gritando seu nome.

O trovão ficava cada vez mais alto e nítido. Não parecia mais um trovão, mas era o rosnar e o bater de asas coriáceas.

Ao norte, pouco além do muro da cidade, avistei uma forma preta que se separou em três partes ao se aproximar. Tinham corpos longos e serpenteantes com asas muito amplas. A luz do sol brilhava sobre suas escamas. Eram sinuosos e elegantes, mais mortais que as sílfides. Fixei meus olhos neles, feito uma tola, extasiada.

As pessoas me empurravam — "Anda, garota!" —, sacudindo-me de volta à realidade. Quando eu me abaixei e tentei empurrar o fluxo de pessoas que ia em direção à área residencial, o bolso no meu peito fez um bipe. Remexi nele à procura do DCS.

— Ana! — Eu mal podia ouvir a voz de Sam acima da confusão. — Vá para casa.

— Onde você está? — Eu tive que gritar, e minha garganta já estava doendo por causa do frio. — Não consigo encontrá-lo.

— Vá para casa. — A ligação caiu. Claro que ele não ia me dizer onde estava; sabia que eu iria atrás dele.

Eu voltei a guardar o equipamento e continuei andando. Sem dúvida, ele percebera que eu não o deixaria naquele caos, não importava quais fossem suas ordens.

As tendas do mercado eram feridas em cores vivas contra a Casa do Conselho, e o templo, labirintos de tecidos que faziam de cada curva a errada. As pessoas corriam por aí, algumas com objetivo, a maioria em pânico. Mas nem sinal de Sam.

Uma sirene alta percorreu a cidade, emergindo, primeiro, da Casa do Conselho, depois, soando através de outros edifícios, antes de silenciar. O alarme era só para chamar atenção; como se alguém não tivesse percebido o ataque. Sem dúvida, até os surdos podiam ouvir o ribombar do dragão.

Três pancadas incríveis vieram do muro norte. Fiz um esforço para ver, mas a Casa do Conselho bloqueava minha visão. Apertei as palmas das mãos contra as orelhas, mas não abafei o som.

— Sam! — Minha voz se perdeu em meio às de todos, e eu não podia ver acima de centenas de pessoas mais altas que eu.

Comprimi o cotovelo acolchoado do casaco contra uma pessoa, que pareceu não notar, e empurrei duas outras. Ali, nos degraus da Casa do Conselho. Uma cabeça com cabelos escuros precisando ser cortados. Sam? Empurrei e forcei meu caminho escada acima, mas ele se fora.

Finalmente, a aglomeração diminuiu, conforme as pessoas chegavam a um lugar seguro ou — eu podia ver metade do alto da escada — chegavam às armas. No alto do posto da guarda ao norte, acima do próprio muro da cidade, uma fileira de canhões fora erguida e apontava diretamente para os dragões a apenas alguns metros de Heart.

Outra série de pancadas que ribombavam, e tiros de fogo e metal dos canhões. Um atingiu o dragão que ia à frente, que curvou-se e despencou no ar, mas os outros dois voaram de lado, desviando-se com facilidade, apesar de sua envergadura.

Os canhões giraram nos suportes, quando os dois dragões voaram acima dos muros, mas não atiraram, não na direção da cidade. Luzes de mira azuis foram acesas no solo, seguidas por disparos invisíveis de laser, mas o dano foi mínimo. A carapaça dos dragões era mais dura que ferro.

Enquanto um se dirigia para o centro de Heart, o outro cuspia pedaços de alguma coisa verde — não era muco, mas alguma coisa que chiou através das pedras da avenida Norte. Ácido. Ele se espalhou formando imensas poças viscosas sobre casas e sítios.

Quando um laser finalmente conseguiu mais que um disparo oblíquo, queimou uma asa gigante. O fedor de carne queimada invadiu a cidade, e o dragão girou na direção da avenida Norte, lançando ácido enquanto se deslocava. Hurra, mas, então, o dragão que fora atingido pelo canhão recuperou-se o suficiente para seguir os companheiros dentro da cidade.

— Ana! Pelo amor de Janan, o que você está fazendo aqui fora? — Stef saiu da Casa do Conselho, trazendo uma pistola de laser. — Entre. Agora. — Sem se preocupar em verificar se eu obedeceria, ela precipitou-se escada abaixo e atirou um feixe de luz azul no dragão mais próximo, que havia alcançado o templo.

Eu não consegui me mover. Um dragão estava bem acima da Casa do Conselho, e os outros o acompanhavam de perto, recebendo os disparos de laser como se quisessem proteger o primeiro. Bolhas de ácido desciam sobre a área do mercado, queimando tendas e mesas. As pessoas se aproximavam do dragão caído, disparando as armas enquanto ele se agitava e cuspia. Seres humanos e dragões gritavam.

O dragão acima de nós começou a se enroscar no templo, gritando de forma selvagem enquanto mordia o edifício. O ácido escorria, mas nem o líquido corrosivo nem os dentes afiados como facas causavam dano à pedra. Cobri as orelhas por causa do barulho de algo afiado raspando o templo. Todas essas pessoas com armas, e ele foi para lá? Em vão? Seu protetor não duraria muito tempo, mesmo com a chuva ácida.

Feixes de luz eram disparados para cima, rápidos e ofuscantes. Mais pessoas, que há alguns minutos estiveram vendendo bolos, emergiram de dentro da Casa do Conselho com armas. Desceram os degraus aos saltos, tomando cuidado com as poças verdes brilhantes que se formavam.

Sam agarrou meu ombro quando veio para o lado de fora, armado também.

— Vá para dentro. — O medo e o alarme deformavam seu rosto, e os olhos estavam escuros como eu nunca vira antes. — Por favor — falou com a voz rouca —, fique em segurança.

Sem dizer uma palavra, balancei a cabeça e apontei para o dragão que protegia o outro ao redor do templo. Finalmente, feixes de laser feriram as imensas asas e a carapaça de proteção, e a fera caiu, lançando um glóbulo de ácido na direção dos degraus da Casa do Conselho — para cima de nós.

Puxei Sam para trás de uma coluna na hora em que o ácido borrifou na pedra, começando a corroê-la. Os borrifos sibilavam nas costas do meu casaco.

Gritando para Sam fazer o mesmo que eu, abri o zíper do casaco e deslizei os braços para fora dele. Minha sacola de roupas e de suprimentos para a fantasia caiu aos meus pés, em segurança. Dúzias de buracos apareceram nos casacos, e o fedor acre de lã queimada me fez enrugar o nariz.

Prendendo a respiração, passei as mãos ao longo das costas de Sam, mas ele estava limpo. Fez a mesma coisa comigo, então me abraçou apertado quando o terceiro dragão atingiu o chão e tudo estremeceu. Eu também estremeci com frio e medo do que quase acontecera.

O ácido corroeu os degraus rapidamente e neutralizou. Sam olhou para ele em silêncio assim como eu fizera com os dragões, mas a escuridão ainda estava em seus olhos. Deve ter sido assim que fiquei na noite em que ele evitou que eu me afogasse, quando eu correra da barraca e me vira fitando o lago sem ter para onde ir.

A escuridão era lembrança. Provavelmente, ele já havia morrido por causa do ácido do dragão antes, talvez em suas últimas vidas. Eu não tinha que perguntar para saber, então não perguntaria. Em vez disso, toquei seu queixo e desviei seu olhar do buraco na escada.

— Acabou. — Eles não tinham tido nem tempo de lançar os veículos aéreos, máquinas construídas especialmente para se defenderem dos dragões.

Eu não tinha experiência com dragões além do que acabara de testemunhar. Somente havia lido sobre eles: tentativas fracassadas de caçar sua população até a extinção, doenças e venenos introduzidos no suprimento de comida, além de experimentos feitos em dragões capturados. Mas eles ainda atacavam, com tanta raiva quanta tinham havia cinco mil anos, quando os humanos vieram pela primeira vez para Range.

A população de Heart sofrera esses ataques durante milênios. Eu nem podia começar a imaginar como superar esse tipo de terror a cada vez.

Mais pessoas se aglomeraram, vindas da Casa do Conselho, separando-se ao nosso redor enquanto empunhavam pequenas mangueiras que borrifavam uma névoa química em tudo o que o ácido havia tocado. O cheiro era doce, como grama pisada. A limpeza havia começado e nós deveríamos ajudar, mas, primeiro, eu precisava que Sam ficasse bem.

Ele olhou para os pés e manteve a voz baixa.

— Queria ser corajoso.

Coloquei a mão sobre a dele, que ainda segurava o cabo da pistola. Os nós dos dedos estavam pálidos e as veias pareciam nítidas e azuis.

— Por que você não ficou na Casa do Conselho?

— Sabia que você não iria para casa. Tinha que encontrar você.

Meu peito ficou apertado.

— Você *é* corajoso, Sam. É o homem mais corajoso que conheço.

Depois de ajudarmos a limpar a nossa parte, pegamos as coisas e voltamos para casa. Li para ele durante uma hora, antes de ele adormecer, apoiado no meu ombro. Coloquei o livro de lado e me ajeitei no sofá.

Ele estremeceu, vindo para mais perto de mim, e sua mão apertava a minha. Ficar nessa situação de ter que confortar alguém era estranho, pois havia pouco tempo que eu aprendera a ser confortada. Mas me lembrava de como Sam me segurara na cabana depois das sílfides, e que sua presença me ajudara. Eu podia fazer o mesmo por ele.

Inspirando o perfume de seus cabelos, percebi que precisava dele durante toda a vida, mesmo antes de nos conhecermos. Primeiro, a música e o modo como me ensinara por meio de livros e gravações. Depois, ele salvou minha vida e se recusou a me abandonar, por mais que eu merecesse.

Mas, quando puxei um cobertor sobre nós dois e passei os dedos pelos cabelos dele, minha perspectiva mudou.

Não havia música neste silêncio, nem a tensão de duas semanas atrás na cozinha. Mesmo com o corpo contra o meu, não tinha nós de paixão, apenas o desejo de que ele voltasse a ser ele mesmo, sem ser incomodado por vidas e mortes passadas.

Ele se segurou em mim como se eu fosse uma rocha, a única coisa impedindo que ele ficasse à deriva com a maré de lembranças sombrias.

Era a primeira vez que eu percebia que ele também precisava de mim.

17
PASSOS

— SEM O SAM HOJE À NOITE? — perguntou Siné, do outro lado da mesa da biblioteca. Precisou apenas de uma hora para ela tocar no assunto. Ela falou num tom casual, mas não havia necessidade de ter cinco mil anos para saber que ela estivera esperando uma deixa. Aparentemente, o silêncio é tão bom quanto qualquer deixa.

Encolhi um dos ombros e virei a página do livro. Filosofia. Muitas especulações sobre o motivo de as pessoas reencarnarem. Por que alguns levavam um ano para voltar, e outros, até dez. Ninguém concordava em nada, mas, como minhas perguntas começavam por aqui, era isso o que eu tinha que ler.

— Nós não fazemos *tudo* juntos.

— Não fazem? Não acho que tenha visto vocês dois longe um do outro desde o mercado.

Eu tinha tido a impressão de que as pessoas em Heart valorizavam a privacidade. Minha teoria alternativa, que as pessoas já sabiam tudo umas sobre as outras, portanto, não tinham que se preocupar em xeretar, parecia mais provável agora. Eu era a exceção, claro. Se eu estava, mesmo que remotamente, envolvida, as pessoas faziam perguntas. Na tarde em que arrastei Sam para fora da cidade, para que ele pudesse me mostrar todos os gêiseres e fontes quentes dos arredores, a fofoca tinha se espalhado como fogo sobre palha. Eu ainda não podia entender o que tornava as fumarolas tão chocantes, mas talvez as pessoas estivessem desesperadas.

— Só estou surpresa por ele não estar com você, só isso. Vocês dois têm passado tanto tempo aqui quanto Whit, sempre nos próprios cantos, estudando.

Abri um sorriso.

— Ele disse que não estava dormindo bem e queria descansar hoje à tarde. Tudo deve voltar ao normal em breve. — Talvez. Na verdade, ele não tinha dito nada. Eu é que o *fizera* ficar em casa.

— Ora, bom. Espero que ele se sinta mais descansado em breve. — Ela voltou a se inclinar sobre o livro, e a caneta rabiscou o papel.

— Também espero que sim.

Trabalhamos em silêncio por mais alguns minutos, o tempo gotejando como a água de uma torneira vazando. Mas eu não podia me concentrar no livro de filosofia à minha frente. O autor parecia ter opiniões contraditórias sobre Janan, se ele era real e responsável pela reencarnação ou se os seres humanos estavam fazendo isso por conta própria, justamente por serem humanos.

— Sine?

Ela ergueu os olhos, arqueando a sobrancelha.

— Você acredita em Janan? Você acha que ele criou a todos e os reencarna a cada vida?

Ela largou a caneta e recostou na cadeira.

— Algumas vezes acho que não, só porque isso aborrece Meuric e Deborl. Mas, sinceramente, quero acreditar que nós, seres humanos, não estamos sozinhos nisso, reencarnando eternamente num mundo onde dragões, centauros, grifos e pássaros-roca estão sempre tentando nos matar. — Ela deu de ombros e olhou nos meus olhos. — Como você, quero acreditar que há um início para tudo isso. Para a vida.

Meu início era tão mais recente, embora ninguém pudesse me dizer o que acontecera. As pessoas que tinham estado lá.

— E quanto aos muros? Parecem estranhos para você?

— As batidas de coração? — Ela balançou a cabeça. — Todos podem sentir, sem dúvida, mas é reconfortante e é parte do que me faz querer acreditar em Janan e na sua promessa de retornar.

Ou talvez ele nunca tivesse ido embora.

Certamente, as batidas de coração não me reconfortavam. Sam parecia achar que era engraçado ou fofo o modo como eu tentava evitar tocar na pedra branca, mas ela me dava a sensação de vermes rastejando sob a minha pele.

— Obrigada — falei, voltando-me para o livro com um suspiro. Eu realmente queria encontrar outra pessoa que não gostasse das paredes e ver se tinha alguma ideia sobre isso, mas parecia haver uma ligação definida entre a minha condição de ser nova e a sensação horripilante.

— Talvez filosofia e conjecturas não sejam os locais em que você deva procurar. — Sine lançou um olhar ao livro. — Nunca considerei as opiniões de Deborl tão inteligentes assim, de qualquer forma.

Dei uma olhada na capa do livro. Com certeza, Deborl, um conselheiro que parecia mais jovem que eu, escrevera o livro havia mais de sessenta quindecs. Inteligente ou não, essas opiniões tinham quase mil anos de idade. Fechei o livro e o empurrei até o meio da mesa.

— Talvez você tenha razão. Achei que as respostas estavam no passado distante, mas eu poderia estar errada.

Ela deslizou um marcador dentro de seu livro e fez um gesto de cabeça para que eu continuasse.

Os pensamentos se organizavam enquanto eu olhava ao redor da biblioteca escura.

— Eu conheço Li razoavelmente bem. — Mais do que eu gostaria. — Ela é uma guerreira. Quando eu era criança e me comportava mal, ela me contava sobre as vezes em que matou dragões. Antes dos lasers e dos veículos aéreos serem inventados. — Depois de ver dragões recentemente, eu finalmente podia apreciar a coragem dela.

— Li sempre foi formidável.

Sem dúvida.

— E quanto a Menehem?

— Não tão formidável. — Ela se levantou, usando a mesa como apoio. — Um químico brilhante. Não o conheci muito bem, em parte, porque não podíamos compreender o que o outro dizia. — Ela deu uma risadinha. Não dava para saber se falava sério ou não.

Eu a segui pelo labirinto de prateleiras no andar principal. O mogno e o vidro reluziam à luz da lanterna, e o aposento tinha cheiro de madeira polida e couro de antilocapra. — Uma guerreira e um cientista. Não entendo como foi que eu saí disso.

— Por causa de seu amor pela música?

Preferi não discutir sobre a capacidade de amar de uma sem-alma. Não desta vez.

— Sem dúvida, algumas coisas são herdadas. Características físicas. Na verdade, você parece muito com Menehem quando eu o vi pela última vez, com os cabelos vermelhos e as sardas. Você demonstra a bravura de sua mãe e a inteligência de seu pai, mas algumas coisas, como música e poesia, são paixões da alma.

Gostei disso. Sam renascera como filho de fazendeiros, carpinteiros e vidraceiros. Armande, o pai atual, era padeiro. Embora Sam tivesse aprendido centenas de coisas por curiosidade e desejo de ajudar a comunidade, sempre voltava para a música.

Talvez, se eu fosse reencarnar no fim desta vida, eu me sentiria atraída do mesmo modo, pois havia música em minha mente, que cantava para eu dormir à noite. Não era a música de Sam nem de outra pessoa. Isso, provavelmente, a tornava minha, o que era um pensamento assustador.

— Estamos procurando os diários de Menehem? — perguntei, ao chegarmos àquela área da biblioteca.

Sine passou a mão no nicho criado pelas estantes.

— Como não posso lhe contar sobre ele, poderíamos muito bem ler as próprias palavras de Menehem. Infelizmente, ele foi embora de Range pouco depois de você ter nascido.

É. Infelizmente ele ficou tão envergonhado que nem pôde ficar e ajudar Li, que também não se importava comigo.

Eu toquei num lampião, iluminando a alcova. Dois mil livros aguardavam nas prateleiras, enquanto eu examinava as lombadas, procurando o nome do pai que me abandonara.

Embora houvesse uns volumes mais antigos ainda no lugar, os mais novos, aqueles de que eu precisava, estavam faltando. Os diários dele também me abandonaram.

Praguejei, e Sine me deu uma olhada.

— Desculpe — falei. — Será que ele levou os livros quando foi embora?

Ela lançou um olhar severo às prateleiras vazias.

— Muito improvável. Os livros são pesados, e ele tinha muitos.

— E tem outras cópias. — Sam havia me mostrado onde encontrar as cópias digitais. Bem, ele pedira a Whit para me mostrar. — Você poderia me fazer um favor enquanto dou uma olhada nos arquivos digitais?

Sine assentiu.

— Procure os diários de Li. Não preciso ler nenhum, não agora, de qualquer forma, mas estou me perguntando se eles ainda estão aí.

Ela me lançou um olhar estranho, mas voltou a assentir e caminhou para o fundo da seção dos diários enquanto eu saía. Se ela ainda não tinha adivinhado quais eram minhas suspeitas, não demoraria muito.

Também não me importava que soubesse, mas era estranho dizer a uma conselheira que eu pensava que alguém, talvez um dos amigos dela, estava tentando me impedir de investigar as minhas origens, retirando os livros de que eu precisava. Além de Sam, as únicas pessoas que sabiam da minha busca estavam no Conselho.

Os arquivos digitais podiam ser acessados nos consoles do andar de cima, na direção da alcova na qual Sam e eu assistimos aos vídeos. Enquanto subia, acendia os lampiões e fazia uma lista mental de quem poderia ter tirado os diários de Menehem.

Bem, qualquer pessoa poderia levá-los, mas eu desconfiava dos membros do Conselho. A maior parte deles estava contra mim. Antha, Frase e Deborl não pareciam me desprezar, mas duvidava que se importassem se eu ia viver ou morrer.

Sine estava do meu lado. Eu já havia gostado dela antes de descobrir que fora a mãe de Sam em vidas passadas. Ela morrera no parto, e reencarnara quando ele tinha três anos. Consequentemente, ele havia passado a adolescência sendo criado por uma garota mais jovem que ele. Então ela vivera mais que Sam e quando ele renasceu neste corpo, ela era velha o suficiente para ser sua avó. Eu achava isso infinitamente divertido e confuso.

Quanto a Meuric, não podia dizer. Ele sempre fora agradável, mas me deixava inquieta. Ele me observava o tempo todo, e sempre esperava para ouvir o que os outros pensavam ou queriam antes de decidir o que fazer comigo, como se as próprias ideias não fossem ser aprovadas.

Isso me deixava com metade do Conselho que eu não conhecia muito bem e, na qual, portanto, não podia confiar. Qualquer um deles podia sabotar meus esforços, se é que havia alguma sabotagem, afinal.

Sentei-me no primeiro console de dados e pressionei o botão para ligar. Quando ele fez um zumbido baixinho e um cursor piscou para mim, digitei "Menehem".

Centenas de diários apareceram, a maioria marcada como notas de laboratório e outras coisas científicas. Talvez, durante todo aquele tempo livre que Sam programara para mim, eu desse uma olhada neles. Por enquanto, limitei a busca para coisas mais pessoais.

Eu imaginava que o console pudesse impedir o acesso, mas ele ofereceu os diários até pouco tempo antes de eu nascer, no Ano das Canções 330. O último diário era do Ano das Estrelas 329. Provavelmente, ele o terminara e deixara para ser arquivado, levando o diário atual com ele.

Ainda assim, poderia ser útil.

Li até as estrelas aparecerem, e Sine sentou-se perto de mim.

— Encontrou alguma coisa?

— Nada que se pareça com ler sobre como seus pais mal se importavam se o outro existia. — Forcei um sorriso. — O Conselho lhes deu permissão para ter um filho, por isso, eles começaram a planejar. Aparentemente, Menehem calculou tudo, porque isso aconteceu anos antes de eu nascer.

Sine resfolegou.

— Sim, é bem o jeito dele.

— De qualquer forma, ele parecia mais interessado num projeto de trabalho, mas não tem nenhum detalhe. Devo ter que olhar nos diários científicos. — Dei de ombros e tentei fingir que não esperara mais nada. — E quanto a você?

— Muitos dos diários pessoais de Li se foram, mas se você encontrou os de Menehem no console, provavelmente encontrará os dela também.

Recostei-me na cadeira, com os braços cruzados. Se alguém estivera tentando me impedir de procurar minhas origens, eles deveriam ter sido mais cuidadosos. Mas, se não estavam tentando me impedir, estavam me investigando.

Esse era um pensamento inquietante. Todos os outros já sabiam mais sobre mim do que eu.

— Nossa, está tarde — disse Sine, lançando um olhar furtivo às horas. — Melhor eu ir andando.

Fiz um ar de riso.

— Sam podia ter algumas lições de sutileza com você.

— Ora, eu sei. Você acha que não tentei? Infelizmente, acho que sou sutil demais para isso. — Ela piscou e abriu um sorriso. — Podemos voltar a esta pesquisa amanhã, se você quiser. É uma nova direção da filosofia infinita.

— Combinado. Obrigada. — Desliguei os equipamentos eletrônicos e nos dirigimos às escadas. Antes de perder a coragem, falei:

— Vamos dizer que tenho um amigo que não anda dormindo bem.

Sine resmungou.

— Vou fingir que não sei que você está falando sobre o Sam. Continue.

— Estou preocupada com ele. As únicas vezes em que parece à vontade é durante as aulas e os ensaios de música. Ele geme dormindo durante metade da noite. — Uma vez eu me levantara para dar uma olhada nele, mas assim que parei na porta, a luz bruxuleou e ele caminhou até o banheiro. Fiquei esperando, mas ele não saiu. Pelo menos, ele tinha parado de sair furtivamente todas as noites, mas suspeitei que tinha mais a ver com o modo como se sentia infeliz e não com... o motivo, para começo de conversa, pelo qual ele estava saindo escondido.

Sine inclinou a cabeça ao sair da biblioteca.

— E você quer saber como resolver isso?

— Eu quero... — enrolei o cachecol ao redor do pescoço e franzi a sobrancelha no escuro — fazer alguma coisa. Ajudá-lo. Ele me ajudou.

Ela deu um sorriso melancólico.

— Uma hora ele vai resolver as coisas. Concentre-se em seus estudos. Ele não ia querer que você ficasse tão distraída, especialmente com o primeiro relatório de seu progresso na semana que vem.

Os relatórios de progresso eram a última coisa com que eu queria me preocupar.

— O que aconteceu com ele? Alguma coisa com os dragões?

— Ana, se você não quer perguntar a ele, dê uma olhada nos diários. Veja como terminam. — O tom permaneceu monótono; era todo o aviso que eu obteria dela. Ela sempre tentava ser agradável, mas eu a irritara agora.

Girei a lanterna até obter um feixe de luz que iluminasse o calçamento de pedras, quando a porta da biblioteca se fechasse.

— Vou ajudá-lo. De algum modo. Qualquer um que acredita que um relatório de progresso é mais importante pode lamber a sola dos meus sapatos. *Depois* do meu turno limpando os chiqueiros dos porcos.

Sine fez uma careta.

— Você está aprendendo isso com Stef, não é?

— Aceitei todas as exigências do Conselho. — Minha respiração se misturava ao ar frio. — Gosto de aprender coisas. Provavelmente teria pedido, independentemente das instruções do Conselho. Mas sou apenas uma sem-alma. A única. O que lhes importa se eu sei a melhor época para plantar o arroz? O que o Conselho tem tanto medo que eu faça, se vocês não me mantiverem ocupada?

Ela simplesmente me fitou, embrulhada na proteção do casaco e do capuz.

— Toque de recolher. Melhor se apressar.

Piscando para afastar as lágrimas de frustração que ameaçavam congelar meus cílios, dei meia-volta, na direção da avenida Sul e caminhei tão rápido quanto consegui. Havia um caminho mais curto pelo qual Sam nos levava algumas vezes, mas envolvia mais voltas em estradas desconhecidas, por casas desconhecidas.

Talvez eu não devesse ter sido tão ríspida com Sine, mas, agora que refletia sobre minhas próprias palavras, *era* uma boa pergunta. Será que eles tinham medo de mim?

Tentei imaginar o que Sam diria, se estivesse disposto a conversar. As pessoas de Heart tinham sido... como eram... por cinco mil anos. Eles conheciam uns aos outros, e podiam mais ou menos predizer o que todos fariam em determinadas situações. Mas eu era algo novo. Desconhecido. Ficara escondida durante dezoito anos, e eles não tinham tido tempo de pensar em mim, mas agora eu voltara, cheia de ideias e opiniões próprias.

O que eu *faria*?

Nesse momento, só queria ajudar Sam. E, no dia do baile, queria ser invisível. Somente umas poucas horas sem ninguém me reconhecendo, me julgando, nem esperando para ver se eu destruiria tudo.

Contei as ruas até encontrar a que levava à casa de Sam. A lanterna não iluminava nada incomum, só a minha respiração no ar e uns poucos flocos de neve girando na brisa. Estremeci com o murmúrio das árvores, como se elas estivessem ajeitando as cobertas para si mesmas.

Meus sapatos novos batiam no calçamento de pedras num um-dois constante, mas um três-quatro veio de trás de mim, abafado com as tentativas de disfarçar, mas, com a cidade inteira em silêncio e esperando a neve, cada som tinha importância.

Talvez não fosse nada; apenas outra pessoa voltando tarde para casa, mas, quando olhei por cima do ombro, não pude ver nada, nem mesmo uma sombra. A escuridão ficou mais densa, tão completa quanto o silêncio. Se eu virasse a lanterna para trás, saberiam que eu havia percebido que não estava sozinha.

Quase fiz isso, disposta a gritar para quem quer que fosse que parasse de se esgueirar atrás de mim, mas então me lembrei de Li no mercado, e o medo tomou conta de mim com o frio. Preferindo agir feito covarde, apressei o passo, puxando o cachecol sobre o meu rosto para que o frio não secasse minha garganta.

Os passos me acompanharam durante todo o caminho até a rua de Sam, e então meu coração correra na minha frente, levando a fraqueza com ele. Dei meia-volta e balancei o feixe da lanterna pela rua, mas o brilho pálido encontrou apenas um véu empoeirado de flocos de neve e escuridão. Arbustos sibilaram ao longo da lateral da rua, mas eu fui lenta demais para ver se era outra coisa além de um alce.

Não. Sem dúvida, eu ouvira passos. Fitei na direção das agulhas de pinheiros que ainda sussurravam durante a vigília de alguém, mas nada aconteceu. Por alguns minutos fiquei parada no meio da rua, tentando decidir se valeria a pena ir atrás do meu perseguidor.

Visões de alguém aparecendo na minha frente me fizeram ficar onde estava. Ir atrás de um desconhecido no escuro, no frio, enquanto quase nevava — isso não era coragem. Era uma tremenda burrice.

Depois de prestar atenção por mais um minuto, fazendo um esforço para ouvir mais *alguma coisa*, além da minha própria respiração e das batidas do meu coração, corri pelo restante do caminho o mais rápido que pude, repetindo para mim mesma que enfrentar qualquer um teria sido burrice. Correr era sinal de inteligência.

Fugir como um rato com um gato em seus calcanhares era ser inteligente, mas definitivamente não era ser corajosa. Odiava deixar alguém me pegar daquele jeito.

Quando finalmente alcancei o caminho para a casa de Sam, diminuí o ritmo para respirar. A última coisa que ele precisava agora era me ouvir entrar cambaleando na casa, com medo de passos no escuro. Passos que nem mesmo tinham feito alguma coisa.

Forçando meus sentidos ao máximo para o desconhecido, me esgueirei pela trilha coberta de neve até dentro de casa. A sala de estar estava escura quando fechei a porta atrás de mim, tomando cuidado de não deixar fazer um clique muito alto. Desliguei a lanterna, colocando-a sobre a mesa, e fechei os olhos para que se adaptassem antes de me mover na sala.

Se alguém estivera me seguindo, não estava mais. E eu estava segura com Sam — embora, talvez, não neste momento.

Ele estava esparramado no sofá, com um livro caindo de uma das mãos, enquanto a outra estava apoiada no peito, que levantava e abaixava com a respiração longa e contínua. Não recusei o alívio quando cruzei o cômodo e me ajoelhei ao lado dele. Quando inclinou o rosto na minha direção e sorriu, murmurando "Fiquei esperando você", eu me arrisquei a pensar que ele ficaria bem de novo.

— Vamos — murmurei, guardando o livro sobre a mesa para que não caísse. — Vou levar você até a cama.

Ele murmurou alguma coisa e me deixou puxá-lo até ficar de pé. Tropeçou para subir até o quarto, lotado com formas escuras. O guarda-roupa, a prateleira, a harpa e a cama. Os livros estavam à espera, feito armadilhas no chão, o que era uma surpresa, pois ele costumava ser organizado. Deve ter se sentido pior do que eu imaginava. Afastei-os para fora do caminho com a ponta do pé, antes de levar Sam até a lateral mais próxima da cama.

Ele se sentou com um grunhido sonolento e se inclinou, e eu o equilibrei com as mãos nos ombros.

— Você tem certeza de que quer dormir com estas roupas? — Não que eu soubesse onde ele guardava os pijamas.

— Sim. — Ele caiu para o lado e puxou os cobertores até a barriga. — Obrigado, Ana. Fico feliz por estar em casa. — Ele apertou meu pulso e voltou a adormecer sem esperar uma resposta.

— Durma bem. — Antes de perder a coragem, me inclinei e dei um beijo na bochecha dele, sentindo seu perfume. Ervas, como o que ele havia me dado na noite em que me salvou do lago Rangedge. — Amanhã será melhor. Você vai ver. — Andei na ponta dos pés através da confusão de livros no chão, olhei mais uma vez para o vulto que dormia e suspirei.

No caminho até o meu quarto, fiz uma pausa na escada, no patamar que dava para a sala de estar e andei, na ponta dos pés, até a porta da frente. Sam não costumava trancar a porta, porque todos se conheciam e confiavam uns nos outros — mais ou menos —, mas hoje, pensando que alguém me seguiria pelas ruas de Heart, passei a chave.

18
PASSADO

AULAS DE DANÇA COM Stef. Afazeres domésticos. Mesmo com os passos da noite anterior assombrando meus sonhos, nossa manhã progrediu como sempre.

Depois de um banho rápido, fui até o piano. Sam sempre me dava alguns minutos para praticar antes de se juntar a mim, e embora eu ainda cometesse muitos erros, ele nunca dizia nada, a menos que eu fizesse a mesma coisa durante a aula.

Ele explicara sobre o ritmo e a dinâmica, me mostrara as marcações na pauta musical e me ajudara a encontrar o melhor meio de alcançar as teclas, com as minhas mãos menores que a média. Quando eu errava, treinava aquela seção até poder desempenhá-la dez vezes seguidas; por uma razão qualquer, isso o deixava orgulhoso. Eu só queria ser boa.

Eu tocava um breve estudo, tentando me concentrar nas notas mais que no modo como Sam e eu dançamos nesta manhã. Mas era difícil.

Normalmente, Stef me ensinava, mas, às vezes, ela se revezava no piano e fazia Sam se levantar e dançar. Ele sempre obedecia, mas sua postura era relutante: com os ombros inclinados para a frente, ele não olhava nos meus olhos, e se movia com rigidez. Até cerca de metade de qualquer peça que Stef estivesse nos fazendo treinar. Então, ele estaria *na* dança tanto quanto qualquer um que a conhecesse havia mil anos. Durante as danças lentas, que havíamos ensaiado esta manhã, ele me segurara como se eu fosse a coisa mais preciosa do mundo. Como se eu fosse outra pessoa.

Eu piscava e tentava encontrar onde estava na música. Minhas mãos trabalhavam sem mim, mas, agora que eu voltava a prestar atenção, não conseguia me lembrar onde estava. Lancei um olhar para o final — a coda — assim que toquei o último acorde. Por sorte, não tinha confundido muito as coisas. Só porque ele não dissera nada não queria dizer que não tinha prestado atenção em cada nota.

O item seguinte na pilha de músicas era um prelúdio. Era uma de suas composições mais recentes, com apenas algumas centenas de anos. Era também a minha favorita até agora, porque tinha uma melodia curiosa até o final, mesmo nas partes sérias. Como uma piada particular.

Ele deveria ter descido no momento em que cheguei ao fim do prelúdio — consegui tocar uma nota que normalmente não conseguia —, mas, quando deixei as mãos enluvadas descerem para os meus joelhos, ele não estava ali. Era um prelúdio desafiador, meu sucesso com ele deveria tê-lo atraído para o andar de baixo. Eu iria tentar mais uma coisa, então subiria para trazê-lo até o banco do piano.

A única hora em que ele parecia normal era quando tocávamos. Decidi esquecer o que Sine dissera sobre Sam resolvendo as coisas por conta própria. Eu queria ajudá-lo, então, se a música era a única coisa que o deixava feliz agora, eu ia tentar uma coisa nova.

Havia música na minha cabeça, melodias que me faziam estremecer durante o sono. Não eram de Sam nem de mais ninguém. Eram minhas. Eu não contara a ninguém sobre a música que nascia dentro de mim, mas era certo Sam ser o primeiro a saber.

Até então eu apenas murmurara a melodia, e somente quando estava sozinha. E quando ninguém estava olhando, eu tocara um piano mudo e invisível no meu colo, ou numa mesa, ou na escrivaninha do meu quarto.

Aqui, no piano de verdade, com as teclas de mármore amarelado sob as pontas dos dedos, havia mais pressão para ela soar tão perfeita quanto na minha mente.

As notas graves eram longas e enchiam a sala, profundas e misteriosas. As notas altas cantavam como sílfides. Se eu fosse sincera, era a música dos meus temores. Sombras feitas de fogo, afogamento num lago e morte sem reencarnação. Oferecer esses temores à música — isso ajudava.

— Por favor, deixe que isso ajude o Sam — murmurei sob um arpejo. — Por favor, faça ele gostar.

Toquei com todo o cuidado que podia, concentrada em cada nota e no modo como soava através da sala de estar. Ouvi-la fora da minha mente tornava-a real. Sólida. Era assim que Sam se sentia sempre que escrevia algo novo?

A última nota soou. Nenhum sinal de Sam.

Talvez ele tivesse odiado.

Tirei minhas luvas sem dedos, deixando-as sobre o banco. No andar de cima, a casa estava silenciosa. Não havia água borbulhando através dos canos, nem o roçar de roupas, como se ele não pudesse encontrar o que queria usar. E quando bati na porta, não houve resposta. Nem na segunda ou terceira tentativa. Entrei.

Sam estava sentado no chão, fitando a parede sem expressão, sem se mover, mal respirando. O suor escorria pelo rosto; deve ter coçado, mas ele não o limpou.

Corri para dentro, batendo com o joelho no chão, quando me abaixei diante dele.

— Sam.

Nada.

— Sam! — Sacudi os ombros dele, falei seu nome uma vez e mais outra, mas ele parecia preso em algum outro lugar. Em algum outro *tempo* também, como quando a sílfide fora do túmulo dele formara uma cabeça de dragão.

Dragões. Esse era o medo *dele*.

— Sam, está tudo bem. — Eu botei as palmas das mãos sobre as bochechas dele, inclinando-me para bem perto até o seu perfume me preencher. — Por favor. Você está seguro.

Ele piscou e os olhos se concentraram em mim. Por um momento, ficou confuso, depois, me reconheceu.

— Ana — falou com voz rouca. — O que aconteceu?

Como se ele não tivesse nenhuma pista.

— Você estava apenas olhando fixo quando entrei. — Tirei o cabelo do rosto dele e murmurei: — Pensei que você tivesse ido embora.

Ele fechou os olhos e se inclinou ao sentir meu toque, e sua expressão revelava emoções para as quais eu não tinha nome.

— Ana. — Meu nome saiu como se ele não tivesse intenção de dizê-lo.

— Você está seguro. — Não sabia o que fazer. Queria convencê-lo a dizer seus medos e escondê-los bem longe, mas parecia impossível. — Por favor, não vá embora de novo.

Sam me abraçou, bem apertado, tremendo como se tivesse corrido mil quilômetros. Quando relaxou o suficiente para me deixar respirar, sentei ao lado das pernas dele. Seu coração batia perto do meu ouvido, enquanto eu passava a mão pelos músculos de seus braços. Tensos, relaxados.

Ficamos assim por algum tempo, o rosto dele mergulhado nos meus cabelos. Não sabia como tranquilizá-lo, por isso, continuei acariciando seu braço, enquanto o silêncio persistia, e ele parecia estar retomando seus pensamentos.

As batidas do coração se acalmaram.

— Eu estava me lembrando dos dragões e de todas as épocas... — A voz era de quem engolira vidro. — Não podia parar de me lembrar.

Falei em voz baixa, para não interromper o momento de sua confissão.

— De todas as épocas?

— De todas as vezes em que os dragões me mataram. — As palavras saíram cheias de medo e dor.

— Quantas vezes? — Imaginei que tivesse sido apenas uma vez, o que era tolice, e *apenas* uma teria sido o suficiente para eu ter pesadelos para sempre.

— Trinta. — Ele olhou para a janela, embora eu não pudesse ver nada, além das árvores e do topo do muro da cidade. — Se você não me salvasse na semana passada, teria sido a trigésima primeira.

Trinta mortes por dragões. Eu acreditei, mas parecia tão impossível. Simplesmente, não conseguia entender.

— Quero saber o que aconteceu antes, mas não quero perguntar. — Não conseguiria vê-lo daquele jeito novamente.

Ele me apertou.

— Para a maioria das pessoas há gatilhos, coisas que os enviam numa espiral de lembranças horríveis. Ninguém passa por uma vida ileso. O aroma é mais sutil, mas o som sempre fez isso comigo. Mas nunca tão forte assim. Algumas vezes, acho que você pode...

Eu podia o quê? Se o som era o gatilho dele e eu estivera tocando piano, então a culpa era minha. Eu queria ajudá-lo, mas fizera justamente o contrário.

— Sinto muito. — Agora era eu que parecia ter engolido vidro. Afastei-me dele, tentei ficar de pé, mas seus dedos emaranharam-se nos meus cabelos, e ele parecia infeliz.

— Não vá. — Ele cerrou os dentes. — Não foi você.

Isso não aconteceu por conta própria. Mas, quando ele me abraçou, como se isso ajudasse, eu deixei. Era bom o modo como nos aninhávamos um no outro. E estranho, porque eu queria ficar perto dele, mas não dessa maneira. Não porque ele precisava de alguém e eu estava disponível.

Então, ele beijou o topo da minha cabeça (voltei a ficar tensa) e agiu como se não tivesse nada fora do normal. Toda essa história era demais para mim. Eu queria que ele apenas conversasse comigo, não podia mais aguentar o silêncio.

— Sam. — A pele dele se aqueceu sob a minha. — Eu posso ouvir. Eu *quero* ouvir.

Ele virou a mão para segurar a minha, num reconhecimento silencioso.

— Por favor, por nós dois.

— Foi a sua música — falou ele, afinal, e suas palavras se tornaram um dilúvio. — Mas não foi só isso. O ataque no mercado, o modo como cada um reagia. Faz tanto tempo. Tudo aconteceu tão rápido, e então a sua música me fez voltar a viver todas aquelas vezes ao mesmo tempo.

"Minha primeira lembrança é de cantar. Nós íamos para o que se chamaria Range, e tudo era perfeito. Puro. Fontes quentes, gêiseres, poças de lama de todas as cores. Havia pássaros, de todos os tipos que você possa imaginar, e me lembro de andar atrás de um grupo de pessoas. Estava tentando imitar o assobio dos pássaros.

"Os dragões vieram do norte. Pareciam cobras voadoras gigantes, com pernas curtas e garras de águia. As asas deles eram tão grandes quanto os corpos eram compridos. Eram lindos, mas nós já tínhamos aberto caminho à força através de criaturas das sombras que queimavam, um povo-cavalo que usava a pele humana como roupa, e humanoides gigantes que destruíam tudo o que viam. Estávamos cautelosos."

Sílfides. Centauros. Trolls. Eu também teria mais cautela depois disso.

— Stef e eu os vimos chegar. O modo como se moviam no céu era hipnótico, e nunca víramos nada tão grande que pudesse voar. Mas, então, um deles se lançou na nossa direção, e fui mais lento na hora de correr. — A voz dele ficou presa na lembrança. — Havia gosma verde por toda a parte à minha volta e em mim. Ácido. Queimava e coçava e, então, eu vi meus ossos.

Estremeci. Essa foi a primeira vez que um dragão o matou.

— Quando renasci, estava em Heart. Parecia que os dragões a estiveram protegendo de nós, ou tentando destruí-la. — Ele ainda tinha aquela expressão distante, como se estivesse vendo cinco mil anos se passarem. — Eles atacaram da mesma maneira, em todas as vezes, um sempre indo direto para o templo, como se fosse arrancá-lo do solo. Nunca tiveram sucesso, mas isso nunca os deteve.

— Outras quinze vezes, nas primeiras vidas. Ácido, dentes, ou simplesmente me jogando contra uma parede. — Ele suspirou. — Ninguém mais teve essa sorte tão terrível. Pensei que eles estavam atrás de mim, em particular.

Girei e toquei a bochecha dele, fazendo desenhos em sua pele. Agora estava seca, pois o suor evaporara.

— Sou *velho*, Ana. — Ele disse isso como se mudasse alguma coisa. Eu já sabia que esta era apenas uma encarnação do músico que eu sempre admirara. Ele fechou os dedos ao redor do meu pulso, com delicadeza. — Morri tantas vezes. Isso sempre dói.

Fiz uma pausa, com meus dedos se apoiando na ponta do queixo dele.

— Sempre?

— Algumas mais que outras. As fáceis são quando você morre por causa de veneno ou doença. Algumas vezes, você vai embora por causa da idade avançada.

O quarto transformou-se em inverno.

— Como é isso?

— Por Janan, você não deveria perguntar. — Ele balançou a cabeça. — Eu não deveria lhe contar.

Algum dia, eu também ia morrer. Seria melhor estar preparada.

— É como se você fosse arrancado de si mesmo. Como ser capturado por garras gigantes, incêndio ou mandíbulas. É sufocante. E, então, não há nada pelo que parecem séculos, mas, quando você volta, do mesmo modo doloroso, só se passaram alguns anos. Sempre que você é morto: por sílfides, dragões, gigantes, qualquer coisa violenta, a dor persiste mesmo depois que sua alma está livre. Uma coisa incorpórea não deveria sentir tanta dor. — Ele hesitou, e a voz tornou-se gentil. — Também fui queimado por uma sílfide. Nunca se fica bom de novo. Algumas vezes, e mesmo gerações depois, ainda posso sentir o fogo.

Apoiei meus punhos no peito.

— Por essa razão, todos se concentram no presente e no futuro. O passado é doloroso demais quando você se lembra de como as vidas terminam. Muitas vezes, de forma abrupta. — Ele balançou a cabeça. — Há quatro gerações, num ataque de dragão, Stef teve que salvar meu chapéu para fazer o meu enterro. Fora a única coisa abandonada, e a única que restara.

Eu não conseguia me imaginar vivendo ou morrendo daquele jeito. Durante milênios. E, então, eu aparecera, sempre perguntando sobre as coisas que aconteceram antes de mim. Não queria que minha curiosidade causasse tanta dor.

Antes de conseguir encontrar um pedido de desculpas suficientemente bom, ele falou:

— Acho que a semana passada não teria sido tão dramática, se eu já não tivesse morrido por causa dos dragões há pouco menos de vinte anos.

Isso fora antes de eu nascer, mas provavelmente parecia recente para ele.

— O que aconteceu?

Ele ficou imóvel, e seus braços ficaram frouxos ao meu redor.

— Fui para o norte, pois estava solitário. Eu me sentia vazio e precisava de inspiração. Stef, que acabara de chegar ao primeiro quindec, me disse para não ir porque eu era muito velho, mas eu não tinha razão para esperar. Ciana morrera alguns anos antes.

Fiz que sim com a cabeça; Li dissera que Sam e Ciana foram próximos.

— Depois de viajar durante semanas — murmurou ele, parecendo estar muito distante agora —, me deparei com um muro branco que deve ter se prolongado por um quilômetro... — Ele se interrompeu.

— Era como o de Heart?

— O quê?

— O muro. Ele tinha pulso como o muro ao redor de Heart?

— Eu... — Ele parecia tão confuso quanto no dia em que perguntei como ele sabia que os templos sem portas estavam vazios. — Os dragões vieram de toda parte à minha volta. Antes que eu pudesse fazer alguma coisa, eles me mataram.

— E quanto ao muro?

— Que muro? — Ele respirou fundo, voltou a si, balançando a cabeça, e beijou minha têmpora. — Você está tentando me distrair. Bom trabalho.

Minha pele formigava onde sua boca tocara.

— Mas... deixe pra lá. — Talvez o muro fosse uma questão para mais tarde. Eu poderia procurar na biblioteca.

— Creio que deveríamos ver quanto tempo resta para as suas aulas.

— Tem certeza de que está disposto? — Saí com dificuldade do colo dele e fiquei de pé. Por mais que gostasse de estar perto desse jeito, não era justo que ele pudesse beijar minha cabeça quando eu não tinha certeza se nós estávamos fazendo isso agora. Hora da biblioteca, almoçar, beijar a cabeça. Embora, provavelmente, hoje fosse uma exceção.

Ele pegou minhas mãos quando eu as estendi para ajudá-lo a se levantar, mas ele não me deixou sustentar nem um pouco de seu peso.

— As aulas de música restaurariam parte da tão necessária normalidade, e eu gostaria de ouvir o que você estava tocando.

Mudei de posição e encolhi os ombros.

— Não quero... você sabe.

Meu estômago se revirou. Fora muito mais fácil tocar quando ele não estava ali.

— Vou ficar bem. — Ele esfregou os nós dos dedos na minha bochecha.

Ignorei o toque dele e caminhei na direção da porta, fazendo um esforço para minha voz parecer despreocupada.

— Muito bem, então. Mas não ria. Não tenho um milhão de anos de prática de composição na minha mente.

Ele falou em tom de gracejo.

— Não sou *tão* velho assim.

— E o piano nem devia ter sido inventado. Ah, eu sei. Toque outra para mim, Sam. — Abri um sorriso. Ele queria normalidade. Ótimo.

Ele fingiu surpresa ao me acompanhar até o corredor. Pediu minha mão e parou ao chegar lá, me girando em sua direção como se estivéssemos dançando.

— Acabo de pensar num nome para a sua valsa.

Esperei.

— Quero dizer, se você gostar. Nós sempre podemos mudar. — A voz dele tremeu, provavelmente porque fora uma manhã terrível, mas imaginei que ele queria minha aprovação. — Ana Incarnate.

Meu coração parecia ser grande demais para caber nas costelas.

Por mais que fosse injusto ficar beijando minha cabeça, o modo como *não* nos beijamos na cozinha e a má vontade ao concordar em dançar comigo todas as manhãs — subitamente parecia que ele me conhecia mais que qualquer outra pessoa no mundo. Melhor que alguém jamais conheceria.

Ele vira minha necessidade mais profunda, enterrada tão fundo que eu mal a percebia.

Não se sabia se eu ia renascer quando morresse, mas a valsa começava e terminava com minhas quatro notas. Ele criara a música ao redor de coisas que o faziam lembrar de mim. E agora este nome. O *meu* nome.

Cem ou mil anos depois da minha morte, alguém poderia tocar a minha valsa, até mesmo Li, que sempre se ressentira com a minha presença, e eles se lembrariam de mim.

Graças a Sam, eu era imortal.

19
A FACA

FIEL À AMEAÇA de que o restante do dia de hoje seria normal, fomos para o andar de baixo, sem tempo de me alegrar com a revelação da minha imortalidade. Ainda assim, senti que fiquei um pouco mais radiante ao me aproximar do piano.

Talvez o pior tivesse passado. Talvez pudéssemos realmente voltar ao normal, o que significava que eu precisava contar a ele sobre os passos, mas refreei esse impulso por enquanto. Ele realmente precisava saber que alguém havia me seguido, mas eu podia lhe contar mais tarde, quando não tivéssemos falado sobre tantas mortes, e quando ele não tivesse acabado de me imortalizar através da música.

Sentei-me ao piano, sem estar totalmente à vontade com o modo como ele olhava por cima do meu ombro.

— Faça novamente o aquecimento.

Eu sabia que não adiantava discutir, simplesmente calcei as luvas sem dedos. Escalas e arpejos fluíam dos meus dedos, enquanto Sam sentava-se num banquinho próximo, pensativo.

— O que foi? — perguntei.

Ele balançou a cabeça, como se tivesse sido tirado de um transe, e estendeu a mão para pegar um caderno e lápis.

— Toque o que você escreveu.

— Tem certeza?

— Se alguma coisa acontecer, você está bem aqui para me salvar. — Ele abriu um sorriso, e, pelas duas horas seguintes, toquei e lutei para traduzir para o papel, enquanto ele tomava notas e murmurava para mim.

— Isso é muito mais difícil do que eu pensava que seria — falei, quando paramos para almoçar. — E nem é uma música tão complicada.

— Acho que você vai descobrir que as coisas simples costumam ser as mais desafiadoras. Tudo aparece nelas. Tudo tem importância. — Ele empurrou o caderno sobre a mesa e ergueu as sobrancelhas. — Mais uma hora de exercícios, antes de irmos para a biblioteca?

Era um bom sinal. Durante toda a semana, ele praticamente me mantivera afastada do piano para poder voltar às próprias pesquisas, embora nunca tivesse dito que queria saber das coisas tão desesperadamente. Por mais ansiosa que eu estivesse para descobrir o que mais Menehem tinha escrito nos diários, fiquei feliz ao ver que Sam estava voltando a ser como era. Eu levara dezoito anos para saber alguma coisa sobre o meu pai. Podia esperar mais uma hora.

— Isso parece ótimo. — Inclinei-me para ver o que estava escrito no caderno. Rabiscos e notas musicais retribuíram meu olhar.

— O que é isso?

— Algumas coisas que nós poderíamos discutir sobre a sua música.

Eu caí sentada.

— Foi horrível, não foi? — Ele me deixou tocar durante horas antes de me dizer? Não consegui decidir se ficaria aborrecida ou arrasada.

Eu queria correr para o andar de cima e esconder minha vergonha, mas isso não me ajudaria a melhorar. Em vez disso, peguei o caderno e caminhei até a sala de estar. Podia muito bem acabar logo com aquilo.

— Para falar a verdade, achei que era bonita. — Ele tocou meu ombro. — Você chegou a ler o que escrevi? Ou só imaginou coisas?

— O que você acha? — Empurrei o caderno contra o peito dele. — Você não falou nada e eu só estou começando. Sabia que não estaria perfeita, mas esta página está toda escrita. E acho que a página seguinte também.

Ele me lançou um olhar cansado enquanto as mãos se fechavam sobre o caderno.

— Nada é perfeito, nem mesmo quando você passou muitas vidas tocando. — Sem esperar por mim, ele entrou na sala de estar e deixou o caderno no banquinho. — Eu sei que, da primeira vez, a gente pensa que está incrível ou que é uma porcaria, mas não é assim que funciona. *Nada* é assim. Sim, esta peça pode melhorar, mas não significa que esteja ruim. Lembra? Você está apenas começando. E você nem se deu ao trabalho de ver que escrevi coisas como: — Isso é encantador.

Tentei encontrar um xingamento que fosse forte o suficiente para magoá-lo, mas delicado o suficiente para que ele não desistisse de mim. Nada. Odiava isso. Odiava não ser boa o suficiente, odiava ter menos vidas que todos os outros. Meus dentes doíam de tanto trincá-los.

— Ótimo. — Sentei-me no banco do piano novamente, determinada a fazer melhor. Até minhas escalas pareciam irritadas.

Sam deslizou no banco ao meu lado, interrompendo a escala maior. As mãos dele cobriram as minhas.

— A música é a única coisa que sempre me interessou — murmurei para o silêncio ressonante. — Sempre que ficava magoada, tinha um lugar aonde ir. Preciso ser boa nisso.

— Você é. Eu não falei, nem vou falar, vezes suficientes. Não quero que meus alunos fiquem metidos. — Ele sorriu; eu, não. — Mas você é boa nisso. Nunca gostei tanto de ensinar alguém. — Ele fechou os dedos sobre os meus e inclinou-se na minha direção. Nossas coxas se tocaram, e a voz dele ficou mais rouca. — Quero lhe contar uma coisa.

— Está bem. — Todos esses toques hoje. Essa história me desorientava e distraía, pois ele sempre tomara muito cuidado para manter a distância. E se ele fizesse a mesma coisa que fez na cozinha, no nosso primeiro dia aqui?

Eu não podia deixá-lo me magoar, mesmo que não tivesse a intenção, porque ele tivera uma manhã difícil. A minha também tinha sido difícil.

— Espere — pedi, quando ele começou a falar. — Não agora. É muita coisa. Me desculpe.

Ele recuou um centímetro, soltando as minhas mãos.

— Provavelmente, você está certa. Ainda temos muita coisa para fazer hoje.

Soltei o ar, aliviada.

— Está bem. E quanto à música, me diga primeiro todas as coisas de que você gostou, para ajudar meu ego a se recuperar. Depois, você pode acabar com ele de novo.

Só conseguimos ir à biblioteca depois do jantar, mas foi, sobretudo, por minha culpa. Eu ficava fazendo perguntas, tentando entender as coisas que fizera direito sem saber, e as que não tinham dado certo. Ele disse que as minhas harmonias não se coordenavam direito com a melodia e conversamos sobre meios de resolver isso sem modificar o núcleo da peça.

Ele jurou que era preciso treino para encontrar o equilíbrio perfeito, mas eu estava determinada a escrever minha obra-prima em seguida.

No fim do dia, estávamos exaustos, mas eu estava mais feliz. Fizemos as tarefas domésticas e comemos um rápido jantar antes de ir para a biblioteca; eu o aborreci com mais perguntas durante todo o caminho, segurando firme a lanterna com as mãos enluvadas.

Embora a neve não tivesse durado, ainda estava frio. Com um pouco de sorte, o tempo iria esquentar nos próximos dias; o baile estava chegando, e eu não fora suficientemente inteligente para me preparar para temperaturas congelantes.

Sam empurrou a porta da biblioteca para abrir, deixando que eu me inclinasse para entrar primeiro. O calor fez a minha pele fria formigar enquanto eu escapava do brilho do templo.

— Aí estão vocês! — Whit afastou-se da escrivaninha na qual estivera debruçado. — Pensei que tinham desistido de nós.

— Ao contrário de algumas pessoas que conhecemos — falei, retirando o cachecol e as luvas —, nós não moramos aqui.

— Ela está dizendo isso agora. — Sam me acompanhou até as escrivaninhas de Whit e Orrin, onde eles trabalhavam debruçados sobre telas eletrônicas planas. — Mas a primeira coisa que disse quando eu lhe mostrei a biblioteca é que nós deveríamos nos mudar para cá.

Orrin ergueu uma sobrancelha, estranhamente delicada para alguém tão grande.

— A acústica seria terrível.

— Foi exatamente o que eu disse. — Sam deu uma gargalhada (era muito bom ouvi-lo voltar a rir) e pegou meu casaco e os acessórios de tempo frio para guardá-los, como sempre fazia. Bem, como fazia até o ataque no mercado. Isso me alegrou também; ele não tinha ido direto para a pesquisa misteriosa e se lembrou da minha existência por mais de dois minutos.

— Nós poderíamos reorganizar as coisas — funguei, fingindo estar aborrecida. Quando olhei nos olhos dele, seu sorriso se abriu ainda mais e havia alguma coisa neles que me fez corar, uma coisa para a qual eu não tinha uma palavra, mas que teria gostado... em particular. Com o rosto ainda queimando, olhei por cima do ombro de Whit.

— E, por falar nisso, o que vocês dois estão fazendo?

— Bem — respondeu ele, virando-se para me deixar ver melhor —, tivemos uma manhã bastante emocionante escaneando genealogias para o arquivo digital. Agora estamos revisando os registros para ver onde os livros deveriam ser guardados. Um número grande de diários... — Ele se virou e cobriu a tela. — Hum. Sinistro.

— Na verdade, eu estava procurando alguns diários na noite passada. Sine estava comigo. Ela pensou que eu poderia ter melhor sorte pesquisando Menehem e Li, contudo, os diários não estavam aqui. Mas estavam nos arquivos digitais.

— Não há regras contra tirar os livros da biblioteca, desde que sejam devolvidos. — Orrin sorriu por trás da escrivaninha. — O console lhe causou algum problema?

— Não. Correu tudo bem. — Olhei para Sam, que não estava mais sorrindo. Na noite passada, havia uma armadilha mortal de livros no chão. Mais preocupada com a saúde de Sam, nem me dei conta de que eles tinham sumido hoje de manhã. — Então, você descobriu quem pegou os livros?

— Desculpe — disse Whit. — Quem pega o que é informação privilegiada de arquivistas e conselheiros. Mas vocês podem continuar usando os consoles.

— Ora, muito bem. — Dividida entre o aborrecimento e a desconfiança, fui para o andar de cima. Sem dúvida, se Sam fosse a pessoa que pegara os diários, teria me dito. Ele não precisava pesquisar sobre meus pais, e os livros no chão poderiam ser de música.

— O motivo de estarmos atrasados — disse Sam — é que Ana começou a compor um minueto.

— E você a obrigou a trabalhar até as mãos dela ficarem azuis? — Orrin deu uma risadinha.

— Vocês dois deviam pedir que ela tocasse da próxima vez que fossem nos visitar. É muito bonito.

Sorrindo ao ouvir o elogio, encontrei o console que queria e acessei os diários de Menehem. A leitura fazia minha vista doer, mas passei os olhos por cada página, buscando uma pista dos objetivos da pesquisa de Menehem e para onde ele fora depois de abandonar a mim e a Li.

Ele parecia do tipo curioso, o que combinava com o fato de ele ser um cientista. Havia diários inteiros dedicados às fontes geotérmicas ao redor das caldeiras vulcânicas, sobretudo, aos gases que algumas liberavam. Ele questionava as decisões do Conselho, de Heart e do templo iluminado, e até as razões para a existência de todos, se havia algumas outras espécies dominantes no mundo: dragões, centauros, fênix, unicórnios e gigantes. Sem mencionar o castigo de todos: as sílfides. Ele odiava a insistência de Meuric em afirmar que Janan era o responsável pela existência da humanidade, até mais que a ideia de Deborl de que estávamos aqui porque éramos superiores às demais criaturas e finalmente reclamaríamos o restante do mundo.

Os dois pensamentos pareciam bobagem para mim. Eu ainda não tinha uma opinião definida sobre Janan — *talvez* ele fosse real, porém, duvidava que fosse benevolente —, mas, sem dúvida, não concordava com a ideia de Deborl. Até onde sabia, ninguém *tentara* reclamar o restante do mundo e, se esse era o objetivo dele, deveria começar antes do "finalmente". Além disso, não dava para matar as sílfides.

Quando terminei de ler o último diário de Menehem, tive a impressão de que não gostavam muito dele em Heart. Ele estava sempre na defensiva, era cínico e costumava acusar a sociedade de ter se tornado estagnada, complacente como o mundo tal como era. Eu não concordava com a estagnação, pois as pessoas ainda criavam muitas coisas interessantes, mas gostei de saber que ele não aceitava respostas simples para perguntas difíceis e acreditava que as pessoas deviam se desafiar.

Eu sempre o odiaria por ter me abandonado com a Li, mas, ao conhecê-lo pelos diários, havia mais coisas para admirar.

Antes que o meu tempo acabasse, dei uma olhada nos diários profissionais. Ele estivera estudando as sílfides antes de desaparecer, tentando usar substâncias químicas para influenciá-las ou incapacitá-las. No entanto, não havia indicação de sucesso.

Se alguém pudesse controlar as sílfides...

Fiquei olhando para as minhas mãos, lembrando a frase irônica de Li: "Viaje em segurança", antes de deixar o Chalé da Rosa Lilás, quando Sam apareceu na escada.

— Hora de ir para casa.

Depois de desligar o console, eu o acompanhei e desliguei os lampiões. Whit e Orrin já tinham saído.

— Está tudo bem? — Sam me entregou o casaco.

Olhei para as escrivaninhas onde os arquivistas tinham estado trabalhando, sabendo quem tinha os diários, sem me dizer. Talvez Sam tivesse os livros, talvez não. Além disso, eu não achava que ele faria alguma coisa para me magoar.

— Na noite passada, havia livros espalhados pelo chão do seu quarto. Que livros eram aqueles?

A expressão de Sam ficou sombria.

— Não acho que esta seja uma boa hora para essa conversa.

Peguei meu casaco, passando os braços pelas mangas e puxei o capuz.

— Tudo bem. — Me enrolei no cachecol, abri a porta com dificuldade e saí.

— Ana. — Sam parou perto de mim, mas sem me tocar. Apenas a luz do templo iluminava o rosto dele; eu ainda estava remexendo na lanterna. — Eu estava pesquisando sobre os dragões.

Dei meia-volta, a luz finalmente funcionou e quase o ceguei com o feixe branco. Ele piscou, desviando os olhos.

— Queria ver se podia aprender alguma coisa. — O rosto estava pálido sob o brilho da lanterna. — Aconteceu tantas vezes que continuo achando que eles vêm atrás *de mim*, e que não é só um azar tremendo. Então, sim, eu tinha aqueles livros no quarto. Também tinha livros sobre sílfides porque estava igualmente preocupado com você, por causa dos dois ataques em dois dias.

Senti um bolo na garganta e eu o abracei apertado.

— Oh, Sam. — Encostei meu rosto na lã macia do casaco, inspirando o perfume cálido. — Me desculpe. Não se preocupe comigo. Se você quer pesquisar sobre os dragões, me deixe ajudar.

— Não quero sobrecarregá-la. Todos têm as próprias preocupações e medos com que renascem. Um dia... um dia, eles se resolvem e tudo volta a ficar bem.

Parecia o que Sine dissera. Talvez ela não tivesse sido tão insensível de propósito. Era só o que ela sabia.

Ergui a mão e toquei o rosto de Sam. O pelo da barba prendeu na lã das minhas luvas.

— Pode me sobrecarregar.

— Você tem coisas mais importantes com que se preocupar. O primeiro relatório de progresso...

— Eu sei, é na semana que vem. — Com um suspiro, me afastei dele e girei a lanterna mais algumas vezes. Que bom que todos estavam tão ansiosos para que eu me saísse bem, mas *meu* maior incentivo não era ser exilada de Range nem, pior, ser enjeitada e deixada com Li. — É difícil manter a concentração nos estudos quando meu melhor amigo está se esforçando apenas para sobreviver a hora seguinte.

Ele hesitou.

— Então, sou seu melhor amigo agora?

Minhas bochechas arderam e encolhi os ombros.

— Era você ou Sarit, mas você tem o piano e ela só tem mel.

Sam deu uma risada e os nós de seus dedos roçaram as costas da luva, como se ele quisesse segurar minha mão, mas mudasse de ideia.

— Embora eu tenha certeza de que você preferiu o piano, não a mim...

Bati meu ombro no braço dele, fazendo-o rir de novo. Agora que estava me acostumando com a ideia de que ele não estava rindo *de* mim, gostava cada vez mais daquele som.

Continuamos pela avenida Sul, mas nosso silêncio fácil ficou mais denso quando me lembrei dos acontecimentos da noite anterior. Dos passos.

O ar frio moveu o capuz, bagunçando meu cabelo. Estremeci por causa da temperatura e das lembranças, olhando em vão para as casas que passamos. Como eu poderia descobrir quem tinha me seguido? Meus pensamentos continuavam voltando para Li, para suas ameaças no dia do mercado, e se ela poderia ter aprendido a controlar as sílfides.

Sam tocou meu braço.

Tomei um susto e quase deixei cair a minha lanterna. O metal escorregou da lã, mas apertei contra o peito e mantive firme ali.

— Você parece inquieta. — Era impossível ver a expressão de seu rosto no escuro. Somente a luz das estrelas e o brilho sinistro do templo iluminavam a cidade. A lua não tinha nascido ainda; algumas noites sua luz se refletia nas paredes, dando a Heart um brilho místico. Mas hoje, não. Estava apenas escuro. — Ana?

Virei-me para ele e voltei a caminhar, acelerando o passo.

— Estou bem. — Sério, só queria entrar em casa.

Ele me alcançou facilmente.

— Eu pensaria duas vezes em chamá-la de mentirosa, mas dá para perceber que você não está sendo sincera. Aconteceu alguma coisa?

— Noite passada — mantive a voz baixa, abafando-a com meu cachecol. — Quando voltei para a sua casa, ouvi alguém me seguindo. Ouvi passos. Eles desapareceram assim que me virei.

Ele não me perguntou se eu tinha certeza disso, como eu achava que faria, simplesmente pôs o braço ao redor dos meus ombros e me apertou delicadamente.

— Tenho uma coisa para você em casa.

Na sala de estar escura, Sam fez um gesto para que eu me sentasse e foi até uma das estantes. Dobradiças antigas rangeram quando ele abriu uma caixa.

Ele se abaixou na minha frente e colocou uma pequena faca com bainha nos meus joelhos.

Tentei recuar, mas ela já estava encostando em mim.

— O que é isto? — Com cuidado, empurrei a faca para ele, longe dos meus olhos e para as mãos em expectativa.

— Uma faca. — Ele retirou a cobertura de couro, revelando uma lâmina minúscula, com a mesma largura e comprimento do meu dedo indicador.

— Você precisa me prometer uma coisa.

Eu não tirei os olhos do aço.

— Não quero isso.

— Por favor, Ana. Eu não lhe pediria se não considerasse necessário. Acredito que alguém lhe seguiu na noite passada. Se seus motivos fossem bons, por que não se apresentou?

— Você está achando que alguém poderia tentar me machucar.

Uma coisa brilhou nos olhos dele, mas eu fui lenta demais para vê-la plenamente. Tive dificuldade de desviar os olhos da faca. Era uma coisinha tão pequena, muito pequena para a mão dele. Talvez, se eu a considerasse uma agulha de tamanho maior que o normal, ela não pareceria tão terrível assim.

— Quando você nasceu, o Conselho aprovou uma lei que proibia qualquer pessoa de lhe fazer mal. Porque você poderia morrer.

Subitamente, me lembrei do primeiro encontro com o Conselho no posto da guarda, quando Sam disse que havia uma lei a respeito da minha morte. Estremeci, tentando não pensar que outras leis o Conselho criara sobre mim.

— O restante de nós voltaria, mas não havia meio de saber sobre você. O Conselho não permitiria que ninguém lhe tirasse a vida.

Por um momento, me senti mal por tudo que eu imaginara sobre os conselheiros, mas Sam empurrou o cabo da faca contra a palma da minha mão, mantendo-o aí, até que eu cedi. Coube perfeitamente.

— O fato de haver uma lei não significa que todos vão obedecer. É improvável que algo possa acontecer, mas não faz mal carregar uma faca, mesmo que seja apenas para se sentir melhor quando voltar para casa. — Ele arriscou um sorriso. — Nunca vou permitir que se machuque, se eu puder evitar, lógico, mas você não quer que eu fique atrás de você em tudo quanto é canto, quer?

Talvez. Sim.

— Claro que não. O baile está chegando, e não ligo se as outras pessoas trapaceiam. Ninguém deveria saber quem você é, certo? Não vou deixar que você veja o que vou vestir, nem quero saber como você vai se fantasiar.

— Eu sei. Mas você vai estar com isso. — E fez um gesto de cabeça, apontando a faca que ainda estava na minha mão.

Ela não era pesada. O cabo de pau-rosa era liso, mas não era escorregadio, e tinha um cheiro adocicado, e a delicada lâmina fora limpa recentemente. Sem dúvida era afiada, mas eu não toquei para ver. Além de ser bonita e de eu poder carregá-la, não tinha ideia do que procurar numa arma, mas achei que esta era boa. Sam não guardava coisas que não considerava valiosas.

— Você promete guardar a faca com você? — Ele parecia sério, mas eu realmente não queria depender dele.

Carregar uma arma parecia uma atitude extrema quando alguém tinha apenas me seguido, sobretudo, se havia uma lei me protegendo. Mas, como ele havia dito, nem todo mundo seguia as leis. Eu não ligaria para o toque de recolher se a punição não fosse voltar para Li ou o exílio. Qual era a punição por tentar me matar?

Mais uma vez, pensei no que Menehem estivera trabalhando antes de ir embora de Heart.

Eu deslizei a bainha sobre a faca, colocando-a numa mesa próxima.

— Apenas porque você pediu com tanta educação.

— Excelente. — Ele sorriu, mas uma sombra pairou por trás de seus olhos. Ele estava deixando de me dizer alguma coisa, mas eu também não fizera todas as perguntas. Não sobre Li no mercado.

Deixei para lá; meu coração não podia suportar mais nada hoje.

— Que tal um pouco de música antes de dormir? — perguntou ele.

— Todos os meus dedos estão esgotados.

— Eu ia tocar para você. Se você quisesse, claro. — O sorriso era verdadeiro quando fiz que sim com a cabeça. — Pensei em iniciar você em outro instrumento uma hora dessas. Tem algum que interesse?

— Todos. — Neste momento, eu não ligava se parecia muito ansiosa. Ele sabia o que a música significava para mim.

Ele riu, deu três longas passadas até a pilha de estojos de instrumentos. Um instrumento comprido se encontrava no topo e ele escolheu esse.

— Algumas vezes, acho que você fala como eu. Formamos uma dupla e tanto, Ana. — Ele se virou, segurando um instrumento fino e prateado. — Como você se sente em relação à flauta?

Quando ele tocou, eu me deixei levar pela música.

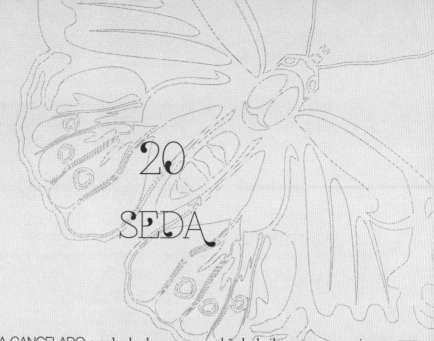

20
SEDA

STEF HAVIA CANCELADO a aula de dança na manhã do baile porque eu avisara que teria que ficar acordada até tarde para terminar a minha roupa. Ela parecia absolutamente radiante e disse alguma coisa a Sam sobre ter que brigar para conseguir dançar comigo.

Eu não dormira tarde como esperara, o que provavelmente era a única razão para ter ouvido Sam no DCS. A voz dele estava baixa, como se ele não quisesse me acordar. Ou não quisesse que eu ouvisse.

— Então, você vai me encontrar no gazebo na avenida Norte?

Meus olhos arderam quando me sentei na cama e encarei a claridade do lado de fora da janela. A falsa aurora da cidade murada banhou o quintal com azul-cobalto e sombras; o muro fazia com que o sol nascesse mais tarde que o normal, embora já tivesse passado do meio do inverno.

— Acho que ela está correndo perigo e hoje é a melhor oportunidade para alguma coisa dar errado.

O quê? Olhei para as divisórias de seda, embora, sem dúvida, eu não conseguisse vê-lo através das prateleiras e de todos os instrumentos e livros que ele mantinha nos cômodos entre nós.

— Ela é minha melhor aposta. Não consigo pensar em mais ninguém com motivo melhor para ferir... — Ele fez uma pausa. — Também não acho que esteja agindo sozinha. Não consegui descobrir *nada* útil.

Pronomes femininos demais. Será que ele estava falando sobre mim?

— Obrigado, Stef. Você vai chamar Whit, Sarit e Orrin também? — Ele deu uma risadinha, mas o fato de que alguém estava evidentemente em perigo (eu, talvez), impedia que o riso parecesse verdadeiro. — É, apenas precisei de cinco mil anos para encontrar uma utilidade para eles.

Embora estivesse brincando sobre os amigos, estremeci, feliz por ele não dizer aquilo sobre mim.

— Claro que ainda vou precisar da sua ajuda. Não seja ridícula. Ninguém poderia substituir você. — Ele pareceu... irritado? Ofendido? Era difícil saber. — Está bem. Vejo você em uma hora.

Enquanto ele caminhava pela casa, os passos silenciaram na escada, lavei o rosto e me vesti. Apenas uma calça simples e um suéter por enquanto. Estava frio; com sorte, iria esquentar antes de anoitecer.

O cheiro de café me atraiu para o andar de baixo, junto com o sibilo de alguma coisa na frigideira. Uma caneca esperava por mim sobre a mesa, provavelmente, porque Sam tinha ouvido quando saí da cama, mas ele estava de pé ao lado do fogão, franzindo a testa para os ovos.

Tomei um gole de café para tomar coragem e me inclinei sobre o balcão perto dele. Ele me reconheceu, dando um meio sorriso.

— Dormiu bem? — A voz estava rouca, como se ele não tivesse dormido de modo algum.

Mais um gole comprido de café. Eu não queria vê-lo com raiva de mim, especialmente, no dia de hoje.

— Ouvi parte da sua conversa com Stef. O que está acontecendo?

Ele me fitou com um olhar severo.

— Uma discussão particular.

— As divisórias são de seda. Da próxima vez que você estiver conversando com ela, vou ficar surda, está bem? — Levei a caneca de volta para a mesa. — E você está queimando os ovos.

Xingando, ele usou a espátula para mexer na frigideira, e, alguns minutos depois, nós tínhamos ovos fritos crus-no-meio-e-tostados-na-beirada. Normalmente, ele cozinhava melhor e, embora eu tivesse pensado em pular o que ele chamava de "café da manhã" e considerasse aquilo "nojento", não queria ofendê-lo ainda mais. Comi as partes que se pareciam com ovos de verdade e cortei o restante em pedacinhos. Com sorte, ele não iria saber quanto eu tinha comido.

— Preciso sair por algumas horas. — Ele se recostou. O prato dele parecia o meu.

— Tudo bem. — Raspei os ovos do prato na lata de lixo orgânico. — Você não precisa me dizer nada. Algumas coisas podem ser particulares.

Ele suspirou e empurrou a cadeira.

— Ana...

Coloquei o prato na pia e me virei para encará-lo.

— Sabe, foi você quem me pediu para morar aqui. Suas paredes não são exatamente à prova de som. Vou acabar ouvindo. Eu não fico xeretando por aí nem me preocupando com as suas coisas, mas, se você está conversando nesta casa, provavelmente vou ouvir. — Inspirei fundo. — Não quero ir embora, mas se você não quiser que eu continue morando aqui é só dizer.

Sam atravessou a cozinha com quatro passos e parou tão próximo quanto no dia em que não me beijou. Abriu e fechou a boca, e, não importa o que estivesse disposto a dizer, ficou preso dentro dela.

— Não vá embora.

Eu poderia ter dito mil coisas, grosserias, em sua maioria, mas, na verdade, ele parecia preocupado, como se uma dezena de outras emoções percorresse seu rosto muito rapidamente para serem vistas. Era muito complexo.

— Então, não vou. — Olhei nos olhos dele. — Queria que você me dissesse o que está acontecendo.

Ele fechou os olhos e, mais uma vez, não fui rápida o suficiente para compreender suas expressões.

— Prometo que vou contar, mas não agora. Eu realmente tenho que ir.

— Se você não me disser para que eu me divirta hoje à noite, então, você é um idiota. Agora vou me preocupar com tudo. — Enrolei os punhos nas mangas. — Quer dizer, você me deu uma *faca*. Como é que vou me sentir depois disso?

— Me desculpe, Ana. É que são coisas demais para explicar agora.

— Quando você voltar, então. — Não baixei os olhos, embora ele se erguesse à minha frente, e meu pescoço estivesse doendo por sustentar a cabeça nesse ângulo. — Se estou metida nisso, tenho o direito de saber.

— Muito bem. Assim que eu voltar. — Deu um sorriso forçado. — Por favor, não vá embora.

— Você teria que fazer algo muito pior que estragar o café da manhã para me mandar embora daqui. Afinal, levei dezoito anos para deixar Li, e você sabe como ela era terrível. — Meu sorriso igualmente forçado desapareceu quando nós dois entendemos como essas últimas palavras tinham soado, como se eu realmente pudesse comparar Sam a Li. Meu tom se tornou vazio. — Vou ficar aqui.

Ele assentiu, afastou o cabelo do meu rosto e saiu da cozinha.

— Odeio ser um adolescente.

— Por quê?

— Por causa dos hormônios. — Com um meio sorriso triste, ele saiu.

Como ele ia passar a manhã fora, e eu não tinha nenhum compromisso: a biblioteca estava fechada para a preparação do baile e nenhuma lição fora marcada para hoje, aproveitei a oportunidade para experimentar a minha roupa e ter certeza de que gostava do jeito como tudo se ajustava. Ela me fazia parecer com alguém que não era eu, e precisei de muito tempo para vesti-la direito, mas fiquei satisfeita com o resultado.

Com cuidado, tirei tudo e devolvi para o esconderijo.

Saí para cuidar dos afazeres domésticos. Os animais não se alimentavam sozinhos. Assim que terminei tudo, ouvi Sam e Stef acima do murmúrio das capivaras e do cacarejar das galinhas. Deixei as velhas luvas de trabalho numa prateleira e comecei a dar a volta na casa para dizer que estava do lado de fora e que podia ouvir a conversa muito particular deles.

— Isso explica muita coisa sobre Ana, não é? — perguntou Stef.

Parei na trilha. Eles estavam além das árvores na rua, perto o bastante para que suas vozes fossem claramente ouvidas. Com o farfalhar dos pinheiros, talvez não soubessem que eu estava lá. Não queria bisbilhotar, pois *acabara* de dizer a Sam que não ia me esgueirar, mas, se a *discussão privada* deles era a meu respeito, não era justo que eu fosse excluída.

Sam disse:

— Quando estávamos nos aquecendo perto do lago, ela ficou esperando que eu a jogasse de novo no frio. Acho que tinha medo que eu também tirasse sua comida. — Seu tom era de total descrença. Eu devia ter parecido ridícula. — Ela estava convencida de que tudo o que eu fazia era, por alguma razão, uma piada contra ela.

— Ela não age assim agora. — A voz de Stef veio do mesmo local de antes. Eles não estavam se movendo. Provavelmente para não entrar conversando em casa, onde eu poderia ouvi-los.

— Ela não age mais assim, mas foi preciso convencê-la, e não tenho certeza se sua primeira reação ainda não é defensiva. Dezoito anos com Li não parece muito tempo para nós, mas para ela foi a vida toda.

Stef resmungou.

— É uma vergonha nossa primeira almanova ter tido que crescer desse jeito. — Durante a pausa, imaginei que ela estava jogando para trás os longos cabelos ou fazendo alguma coisa inconscientemente graciosa. — Você acha que o que Li falou sobre Ciana poderia ser verdade? Faz, hum, pelo menos, vinte e três anos que morreu. Ela não vai voltar.

Eu não queria ouvir isso. Não sobre Ciana. Mas meus pés estavam muito pesados para serem erguidos, como se o sol quente os tivesse derretido na grama.

— Não sei — falou Sam, e eu mal podia respirar. — Ana não teve nada a ver com isso, assim como nós não tivemos nada a ver com a reencarnação. — Ao ouvir essas palavras, comecei a respirar de novo. — Por um tempo, pensei que havia um número finito de vezes que podíamos renascer, mas você morreu muito mais vezes que Ciana.

— Tecer não costuma ser explosivo.

Ele ignorou a ironia.

— Ciana e eu nos tornamos próximos depois que você foi esmagada no compactador.

Dessa vez, parecia que meu coração ia parar. Ele já dissera isso antes, mas agora eu me perguntava: Próximos? Amantes? E eu a levara para sempre. Como ele conseguia olhar para mim?

— Foi um laser que disparou e eu caí — insistiu Stef. — Doeu muito, se é que você quer saber.

— Você não passou as três semanas seguintes retirando os restos dali. Tenho tanto direito de reclamar quanto você. — Sam deu uma risada cansada. — De qualquer forma, depois que você morreu, Ciana e eu nos tornamos próximos. Acho que percebi que não tínhamos feito muitas coisas juntos por algum tempo, por isso era hora de nos aproximarmos. Fico feliz que tenhamos feito isso.

Fechei os olhos bem apertado, me abraçando com tanta força que minhas costelas doeram. A não ser por alguma ocasional referência, ele nunca tinha me falado sobre Ciana. Claro que não falaria.

— Todos nós esperávamos que ela voltasse — falou Stef em voz baixa. — É bom que não tenha ficado sozinha no fim.

— Li teria dado à luz Ciana, e Ana não existiria. — Era impossível interpretar o tom de Sam. Triste, melancólico. Mas isso não me dizia se ele queria que eu fosse Ciana.

Eu queria ser Ciana.

— Isso se Li estiver certa sobre — a voz de Stef falhou — as substituições.

Sam deixou escapar um suspiro.

— Mesmo que nós tivéssemos algum poder de decisão na questão, como poderíamos escolher entre elas? Ciana tinha uma centena de vidas, e Ana poderia não ter tido nenhuma. E, se houvesse outros como Ana, que ainda não tivessem nascido? Eles poderiam estar esperando que alguém nunca mais voltasse. E como alguém poderia escolher entre uma pessoa que conhece há cinco mil anos e alguém... como Ana?

Eu tinha que fazê-los parar. Um pé diante do outro. Fiz um esforço para seguir pela trilha.

Stef também parecia melancólica.

— Queria poder lhe dizer. Acho que você está certo, porém, nós não temos nada a ver com isso. Talvez Janan tenha. Talvez outra coisa.

— Janan não é real.

— Não diga isso perto de Meuric. Ele está pior que nunca a esse respeito, desde que Ana se juntou a nós. E também está convencendo os outros. Eles acreditam que estamos sendo castigados.

— Pelo *quê*?

— Por não acreditar em Janan? Por não idolatrá-lo o suficiente? Não sei; pergunte a qualquer um. Eles acreditam que Ana seja apenas o começo. — Um flash de luz azul pôde ser visto através dos galhos de pinheiro enquanto eu caminhava. O vestido de Stef. — Tudo o que eu estava dizendo é: isso não é da nossa conta. O que é uma boa coisa também porque eu jamais conseguiria escolher.

— Nem eu — murmurou Sam.

Fui até a rua e vi os dois de frente um para o outro, com as feições cansadas e os ombros curvados. Quando olharam para mim, falei:

— Vim dizer que estava do lado de fora e que podia ouvir vocês.

— Ana. — Sam se aproximou de mim, mas dei um passo para trás, girei e corri para dentro de casa.

Minhas pernas me levaram até a porta, mas não conseguia fazer minhas mãos girarem direito a maçaneta. Meus dedos estavam rígidos demais e meu braço tremia, por isso, quando Sam apareceu perto de mim, eu ainda estava mordendo o lábio e fitando a porta. Eu me concentrei na madeira, na pintura verde e em como ela penetrava nos veios. Não queria olhar para ele.

— Ana. — A mão dele se moveu até a minha, mas me desviei.

— Você pode abrir a porta, por favor?

Ele abriu, como se isso fosse a coisa mais difícil do mundo. Mas ele não tinha ouvido sem querer seus amigos conjecturando se ele substituíra pessoas que amavam ou falando dele como se fosse um filhotinho selvagem hesitando em aceitar restos de comida.

Na verdade, eu era uma borboleta.

Meus sapatos faziam um som oco ao pisar no chão, enquanto percorria rapidamente a sala de estar com todos os instrumentos, além do piano. Fiquei me perguntando se Sam também tinha escrito uma canção para Ciana.

Subi as escadas, correndo o mais rápido que consegui. Quando cheguei ao patamar que dava para a sala de estar, eu o encarei, apoiando minhas mãos no corrimão.

Ele fez uma pausa no meio da escada, parecendo exausto, ferido, com todos os séculos expostos. Imaginei que podia ver sua primeira vida, terminando abruptamente com o ácido do dragão. A vida antes desta terminou quando Ciana morreu e ele foi para o norte; não havia nada para mantê-lo em Heart, por isso, ele se oferecera para os dragões.

Minhas mãos coçavam com as lembranças dos espinhos de rosas e das queimaduras de sílfides. Eu nunca havia morrido, mas não fora por falta de vontade do mundo.

Fitamos um ao outro até que ele disse meu nome, e eu disse:

— Não sabia que você estava apaixonado por ela.

Fiquei no meu quarto pelo resto da tarde, com o travesseiro sobre a cabeça para abafar o treino de piano dele. Eram todas sonatas e melodias antigas que eu não conhecia. Talvez ele esperasse que a música nova-para-mim me atraísse para o andar de baixo. Só fiquei feliz por ele não tocar a música a que dera o título de "Ana Incarnate". Isso teria me deixado louca.

A luz do sol estendeu-se além das cortinas de renda, e Sam bateu à minha porta.

— Falta apenas uma hora até o anoitecer e o início do baile, caso você queira se aprontar.

Minha garganta começou a arder quando falei.

— Pode ir sem mim.

Fez-se uma longa pausa, e a silhueta dele virou-se além das divisórias de seda.

— Você não quer ir?

— As identidades têm que ser secretas, ao que parece. — Eu queria desesperadamente ser outra pessoa durante algumas horas e não queria que ninguém soubesse quem eu era. Uma sem-alma.

— Oh, está bem. — Os passos dele se afastaram e, quando ouvi sons vindos do quarto, fui até o banheiro e comecei a me vestir.

Eu usava asas feitas de seda esticada sobre uma estrutura de arame. As asas estavam presas a um vestido de seda sintética, camadas de oceano profundo em azul e verde, que pendiam dobradas dos meus ombros até os joelhos.

Meu cabelo descia em uma coroa de flores e fitas, com a parte de trás, longa e solta entre as asas. Passei um pouco de kajal nas pálpebras para que, quando usasse a máscara, a cor preta combinasse com as espirais.

Seda violeta, azul e verde enrolavam-se pelo meu rosto. Feito asas de borboleta.

Encontrei a minúscula faca que Sam me dera e camuflei-a entre os cabelos, a coroa de flores e fitas. Aquele peso poderia me incomodar, mas eu não me esquecera dos passos da outra noite.

— Estou indo — disse Sam, no corredor.

Com a luz apagada para que ele não visse a minha sombra (minhas asas me entregariam), falei:

— Vejo você lá.

— Como você vai saber quem eu sou?

Às vezes, eu tinha vontade de bater nele.

— Eu não vi a sua fantasia. Não precisa pensar o pior de mim todo o tempo. Eu ia mesmo dizer que podia ouvi-los lá fora, mas não é minha culpa vocês falarem tão alto. — Ou falarem sobre mim quando eu não estava por perto.

— Não foi essa a minha pergunta. — A voz dele sumiu. — Eu não perguntei nada disso. Por Janan, você é a pessoa mais suscetível que já conheci.

Meu lábio ia ficar com marcas de dente para sempre, onde eu mordia com tanta força. Desta vez, cravei os dentes no lábio superior.

— Tenha cuidado no caminho até a área do mercado. — Passos soaram na direção dos degraus.

— Sam. — Senti como se estivesse me engasgando. Ou me afogando. Talvez um pouco das duas coisas. Ele parou de caminhar, de qualquer forma. — Você me perguntou como eu saberia quem você era.

Silêncio.

— Eu sempre vou saber.

Um minuto depois, a porta da frente se fechou, e fiquei sozinha no banheiro, apenas o reflexo de uma estranha no espelho. Quando pensei que ele já tivera tempo de chegar até a avenida Sul, vi se a máscara e a faca estavam firmes, então, passei meio de lado pelo vão da porta porque minhas asas não iam me deixar passar de frente.

Quando saí de casa e a escuridão me envolveu, tentei imaginar que eu ia me divertir naquela noite. Tentei me imaginar sorrindo e dando gargalhadas e, talvez, terminando nos braços de alguém na hora da última dança, como se a mágica do baile fosse real e pudesse ajudar a encontrar a sua alma.

Não conseguia me imaginar fazendo nada disso, mas estava tudo bem.

Hoje à noite, eu não era Ana.

21
BAILE

O AR FRIO DESLIZAVA ao redor do meu vestido, agitando a barra na altura da panturrilha. A brisa empurrava minhas asas, portanto, cada passo exigia um pouco mais de força que o normal. Eu me desequilibrava, mas, na hora em que cheguei à área do mercado, quase conseguia compensar. Ao menos eu tinha previsto como resolver o problema nas aulas de dança.

A área do mercado estava gloriosamente iluminada com luzes pintadas de prateado, vindas da Casa do Conselho, e postes espalhados por todo o local. O templo brilhava; eu o ignorei com cuidado, assim como a reviravolta que se seguiu no meu estômago.

Pessoas fantasiadas se aproximavam à medida que a noite tomava conta do local. Gaviões, ursos, antilocapra. Uma pessoa vestida como troll — que mau gosto — enquanto uma águia-pescadora flertava com todo o mundo.

A área do mercado encheu-se de peixes e furões brilhantes. Um pardal perseguia um lagarto, e eles se abraçaram. Centenas de pessoas se amontoavam na área do mercado feito coleções de pedras preciosas.

Olhei na direção do patamar acima dos degraus da Casa do Conselho, onde Tera e Ash fariam a rededicação, mais tarde. Apenas um tordo e um gato doméstico moviam-se furtivamente por ali agora, mexendo nos controles de alguma coisa.

O tordo aproximou-se de um microfone e limpou a garganta. A voz de Meuric soou pelos alto-falantes presos aos postes de iluminação.

— Hoje à noite, celebraremos a rededicação de duas almas.

Os convidados fantasiados viraram-se, como se fossem uma pessoa só, para encará-lo. Eu estava na parte de trás e não podia olhar ao redor da multidão; fiquei me perguntando o que as pessoas do outro lado do templo faziam, para onde estavam olhando. A festa se estendia por toda a área do mercado.

— A cada geração, nossas almas renascem em corpos novos e desconhecidos, assim como as almas de quem amamos. Raramente o amor romântico transcende encarnações. Raramente. Algumas almas, porém, foram criadas como pares. Os parceiros abençoados por Janan têm continuado juntos por séculos. Milênios. A cada geração, estas almas são atraídas para perto uma da outra, não importa qual seja a forma física. O amor é puro e verdadeiro.

"As festividades de hoje à noite celebram o compromisso entre Tera e Ash. Enquanto buscam uma à outra neste mar de rostos desconhecidos, vamos nos lembrar que Janan nos criou com o objetivo de valorizar... e amar... uns aos outros."

Ele se afastou quando os acordes iniciais de uma pavana saíram dos alto-falantes, e luzes inundaram a área do mercado com um brilho ilusório. Interessante Meuric não fazer este anúncio antes de trocar de roupa. Isso deu crédito à minha teoria de que eu era a única a se importar com o anonimato hoje à noite.

Pelo menos, eu sabia como Meuric estaria vestido e conseguiria evitá-lo.

Com a música tocando, as pessoas começaram a buscar parceiros de dança. A pavana não era uma das composições de Sam, mas era bonita, diferente do que eu me acostumara a ouvir. Um coro de cordas e instrumentos de sopro tocava noite adentro.

Eu me mantinha a distância da massa de dançarinos, embora os corpos ainda esbarrassem nas minhas asas. Uns poucos murmuravam pedidos de desculpa, mas a maioria lançava olhares aborrecidos por baixo das máscaras ou nem sequer percebia, e eu me sentia uma idiota por usar algo tão inconveniente.

Constrangida, tracei um círculo completo ao redor da área do mercado, acompanhada pela sensação de ser observada.

Lá se foi o meu anonimato.

Talvez fosse como o meu nascimento. Todos já se conheciam. Conversavam, revelavam as identidades debaixo das fantasias, e eu era a única que eles não conheciam. A única pessoa nova.

Um pavão acompanhou meu progresso de um poste de luz, mas não se aproximou. A familiaridade envolveu uma coruja e um louva-a-deus que me acompanhavam, mas eu não podia adivinhar quem eram eles.

Sam provavelmente pedira aos amigos para me vigiar. A ideia havia me irritado no mercado, mas, depois de voltar a ver Li, eu estava até satisfeita. Talvez devesse ter vindo com ele, não deveria ter me permitido ficar tão magoada mais cedo. Na verdade, eu não estava esperando que ele dissesse que tinha me escolhido em vez de Ciana, mesmo antes de saber que eles haviam sido amantes.

Um picanço cinza e branco se afastou quando percebi um olhar daquela direção, rumo à Casa do Conselho. Mais adiante, um cão de caça observava.

Dobrei na direção do limite sudoeste da área. Tudo estava lindo, e milhares de pessoas dançavam — era maravilhoso. Eu estava sozinha, porém, e apenas alguns amigos de Sam me fitavam a distância.

Ou, talvez, fosse Li. Não fazia ideia se ela estava aqui ou o que poderia estar vestindo. De repente, todos os vultos altos e magros tornaram-se suspeitos.

Um furão tocou meu braço.

— Quer dançar?

Dei um pulo, mas conhecia aquela voz. Era Armande.

Ele sorriu debaixo dos bigodes e da máscara de uma máscara; em seguida, me conduziu, dançando, me deixando usar os passos que Stef me ensinara. Continuamos até o fim de uma galharda, antes que ele me acompanhasse até um bufê que eu nunca vira antes, cheio de minúsculos sanduíches e tortas, copos descartáveis de cabeça para baixo, perto de cântaros de café e cidra quente. A mesa estava coberta com renda, junto com dezenas de retratos de um casal que eu imaginava que fossem Tera e Ash, embora, em cada imagem, os rostos fossem diferentes.

— Elas devem mesmo se amar — sussurrei, antes de me lembrar que eu estava fantasiada. Olhei para Armande para ver se havia percebido, mas ele apenas sorriu.

— Seu segredo está a salvo comigo. Mas é fácil identificá-la, mesmo fantasiada. — Ele encolheu um dos ombros.

— Oh. — Corei por baixo da máscara e tomei o café que ele oferecera. — Quantas vidas?

— Cinquenta — falou, tomando a própria bebida. — Quase desde o começo. Não temos muitas festas assim, mas Tera e Ash são muito boas nisso. A cada geração.

Se a cada vida elas viveram mais ou menos setenta e cinco anos, são três mil e quinhentos anos juntos. Não podia nem imaginar um amor assim.

— Nas primeiras gerações, elas não podiam suportar ter idades diferentes ou ser do mesmo sexo, então, costumavam matar uma à outra para renascer na mesma época. Ninguém podia convencê-las a desistir disso.

Pensei que amar alguém não deveria envolver tanta morte. Não que eu tivesse alguma experiência nisso.

— Agora as duas são mulheres.

Ele assentiu.

— Decidiram que morrer sempre era doloroso demais, e, se realmente se amavam, isso não deveria ter importância. De qualquer forma — ele se aproximou —, quando uma morre, a outra morre também. Imagino que deve ser difícil ser velho enquanto seu grande amor está aprendendo, mais uma vez, a andar.

— Aposto que sim. — Terminei meu café e joguei o copo na lata de lixo reciclável.

Armande e eu dançamos mais algumas vezes antes de ele me entregar para um corvo, com penas negras e reluzentes na máscara e nas roupas. Eu não o conhecia, mas ele elogiou a minha fantasia, antes de me passar para uma mulher vestida de alce.

Reconheci alguns de meus parceiros (Stef e Whit apareceram com fantasias de libélula com tonalidades brilhantes e de leão), mas muitos outros eram desconhecidos, até onde eu podia dizer. Nós nos divertimos. Eu ri e convidei outras pessoas para dançar comigo, em vez de esperar ser reconhecida.

Talvez o anonimato não importasse tanto quanto eu pensara.

Encontrei Sarit, com uma crista de penas cinzentas projetando-se da cabeleira negra e uma máscara brilhante cobrindo a metade superior do rosto. Bochechas de cor laranja contrastavam com a seda amarela. Grandes pregas de tecido cinza desciam por seus braços feito asas — muito melhores que as minhas.

— Que fantasia é essa? — Eu não tinha visto aquele tipo de pássaro em Range.

— Uma calopsita. — Ela sorriu debaixo do bico grande e curvado. — Essas aves vivem do outro lado do planeta.

Mesmo o sul de Range parecia muito longe. Eu teria que me lembrar de perguntar-lhe sobre os pássaros, mas, por ora, ela pegou minha mão e me arrastou na direção da escadaria da Casa do Conselho, onde uma série de arcos fora colocada, embora não estivessem numa linha reta. Foram dispostos por toda a parte, ao acaso.

— O que é isso?

— A marcha dos arcos! — Ela deu uma risadinha. — Não, na verdade, você não deve chamá-los assim na frente de qualquer um que faça a rededicação. Eles ficam loucos porque parece ridículo.

— Aposto que foi você quem começou.

— Ta-al-vez. — Ela dividiu a palavra em várias sílabas. — Mas a ideia é fofa. Elas começam no primeiro arco, na base da escadaria; em seguida, encontram o caminho através dos outros até chegarem ao topo. Durante o tempo todo, estão vendadas.

— Vendadas? Os arcos não estão nem em linha reta. Estão espalhados por toda parte! — Olhei para ela. — Você está inventando isso.

— De jeito nenhum. É para simbolizar a incerteza do futuro. Elas se dão as mãos e sugerem uma à outra o caminho a seguir. De qualquer forma, viram como estão arrumados durante a dança.

Para mim, ainda parecia uma loucura.

— Cada arco simboliza algo importante. A obsidiana é a noite, as flores… como estamos no inverno, elas são de seda… são a felicidade, o pinheiro é a saúde. Dá para ter uma ideia.

— O que acontece se não conseguirem passar pelos arcos? — perguntei, rumo ao bufê.

— Sempre conseguem. — Ela se inclinou na minha direção. — Menos uma vez, quando pularam os galhos de pinheiro. Provavelmente, foi uma coincidência, mas muita gente adoeceu naquele ano…

Estremeci, imaginando pelo tom de voz que Ash e Tera não sobreviveram a isso. Ainda assim, era romântico pensar no modo como sempre voltavam uma para a outra.

Os convidados dançavam por toda a parte. Sarit me puxou para o círculo mais próximo, para uma dança de oito pessoas que envolvia tantas palmas que minhas mãos arderam no fim. Depois disso, fomos para outro grupo, em seguida, mais outro, algumas vezes, encontrando novos parceiros, mas sempre mantendo uma à outra no campo de visão para que tivéssemos uma parceira, se fosse necessário.

Durante duas horas, eu fui uma borboleta, indo de flor em flor, girando pelo baile em um alvoroço de asas de seda. Antes, nunca me senti bonita, mas tantas pessoas me elogiaram que quase acreditei nelas.

A sensação de ser observada nunca me abandonou. Ainda assim, eu a sentia mais forte à medida que a noite passava. Eu não havia me encontrado com Sam, mas provavelmente ele ficara entediado e voltara para casa, afinal, desde o início, ele nem queria vir.

Lamentando ter tomado tanto café, pedi licença a Sarit e me esgueirei na Casa do Conselho para ir ao banheiro. De qualquer forma, precisava de um intervalo. Minhas pernas estavam cansadas, e as bochechas, dormentes de tanto sorrir.

Não sabia exatamente o que esperar dessa cerimônia, mas *era* divertida, como Stef me prometera. Além disso, eu gostava da maneira como era importante para as pessoas. Talvez eles não ligassem em esconder suas identidades, mas o fato de que se dedicaram tanto para fazer uma noite especial para Tera e Ash...

Era algo que eu apreciava.

Eu me sentia melhor ao sair, examinando a multidão nas escadas. As máscaras brilhavam, mas a noite mantinha locais escuros. Eu vi o picanço mais uma vez, bem como o pavão, e ambos fingiram não me observar quando desci.

Uma música rápida estava tocando, fazendo as pessoas rodarem e pularem. Alguém me segurou e girou, voltando a me agarrar. Mãos ásperas apertaram as minhas, me arrastando através da multidão. Dedos me cutucavam dos lados do meu corpo e me entregavam a outro dançarino.

Um lobo. Um falcão. Um lagarto. Rapidamente eles me cercaram. A música se tornou uma confusão frenética em meus ouvidos, e o mundo, uma mancha sob meus olhos.

Eles me empurraram como uma borboleta em uma tempestade. Girei de mão em mão até meus cabelos colarem nos meus olhos. Fitas e flores agitavam-se, e minha máscara ameaçou voar. Eu a mantive fixa sobre as bochechas, perdida e tonta com energia e medo.

Havia tantas pessoas estranhas. Tanto barulho.

Pés pisavam nos meus, e meus braços doíam onde muitos braços me agarraram. Cada pedacinho de mim estava dolorido e trêmulo. Quando tentei correr, o lobo voltou a me segurar, ignorando meus gritos. A música estava alta, e outras pessoas gritavam de alegria. O barulho engoliu toda a minha voz.

Bati com o cotovelo no peito do lobo e chutei a perna do lagarto, tentando correr mais uma vez. Um cisne me pegou, mas, antes que me recapturassem em seu círculo, um novo dançarino entrou e se encaixou entre mim e os outros.

Meu coração disparou, mas ele acariciou minha bochecha e lançou aos outros um olhar feroz, enquanto me levava para um local seguro. As asas esticaram-se quando ele me rodou e levou para longe, antes de eu olhar para sua máscara. Entrevi apenas cinza e preto, e um filete de branco e, então, minhas costas fizeram pressão sobre o peito dele. O braço ao redor da minha cintura me impedia de encará-lo, mas seu abraço era gentil.

Os dedos roçavam a minha bochecha, descendo até o pescoço. O baile inteiro se descortinava na minha frente, mas meu foco se voltara para o homem atrás de mim. As mãos se apoiavam nos meus quadris e na barriga. A música tornara-se lenta e profunda, e seus dedos se fecharam contra a carne coberta de seda. Eu não podia respirar.

A dança mudou. Uma sedução pesada substituiu o medo, e, antes disso, a alegria. Meu novo parceiro alisou meu vestido na altura da barriga até a coxa. Quando inclinei a cabeça de volta para o ombro dele, o calor invadiu meu pescoço, onde ele o beijou.

Fiquei imóvel e suspirei, quase fugindo dali. Mas seus braços me apertaram, como se pedisse desculpas, e me lembrei de que ele não tinha me machucado, apenas me salvara dos outros. Voltei a relaxar e fechei meus olhos. Nós tínhamos nos movido além da multidão, e eu confiava nele para não nos deixar esbarrar em mais ninguém.

A música enchia o espaço ao nosso redor, com faixas de ar entre nós. As cordas soavam, longas e cálidas como ouro. Flautas pareciam prata, e as clarinetas, florestas.

Quase não era real. Era como um sonho, quando inclinei a cabeça para trás de novo; sua boca se demorava sobre a minha pele e consegui dar um breve aceno com a cabeça. Sua hesitação durou uma eternidade, mas, por fim, os lábios roçaram a ponta da minha orelha.

Estremeci profundamente em seu abraço, pressionei minhas mãos contra as dele para que não me soltasse. Eu havia esperado por isso durante toda a minha vida.

Uma eternidade se passou entre os beijos no meu pescoço. A mão livre fazia desenhos no meu quadril e na coxa, e voltava a subir, em volta da minha asa. Ele tocou meu rosto e o cabelo, e seu autocontrole era perceptível no modo como tremeu e tentou mais uma vez.

Uma valsa começou a tocar. Ele prendeu a respiração ao pegar a minha mão, me girou e, depois, me puxou de novo para ficarmos cara a cara.

A máscara cobria a metade superior de seu rosto. Não era uma águia nem um falcão, apesar do bico curvo; as marcas não estavam corretas. Traços pretos sob os olhos, um capuz cinza e penas, e um babado branco em seu pescoço. O picanço.

Ele não me deu a chance de estudá-lo com mais atenção, simplesmente me puxou para que me encostasse nele. Seus braços envolveram minha cintura, com cuidado, debaixo das asas. Enquanto dançávamos, seu coração batia acima da música. Dava para sentir a tensão nos braços e no peito, tentando me segurar, tentando não me quebrar. Eu queria dizer alguma coisa, dizer que confiava nele, mas se falasse podia acabar com aquele momento.

Era bom ficar com ele. Familiar. Meu corpo sabia para onde suas mãos deslizariam antes de movê-las, e quando respiraríamos juntos. Ele conhecia a música tão bem quanto eu, antecipando as batidas fortes, deixando outras perdurarem.

Os picanços eram pássaros canoros, ele deveria saber.

Dançamos por muito tempo, mas nem de longe foi tempo suficiente. Agora que eu o encarava, podia tocar nele também, em vez de escapar, constrangida, por seus dedos. Explorei suas costas, e as pontas dos meus dedos descobriram as cristas de sua coluna, músculos, um local abaixo da omoplata esquerda que o fazia se contorcer, como se fizesse um esforço para não rir. Eu fiz cócegas nele mais uma vez, devorando a sensação de seu peito na minha bochecha.

Quando a música terminou, ele se afastou e ficou atrás de mim quando erguemos os olhos para as estrelas. Então, um pardal e um lagarto (não era o mesmo lagarto que me prendera) passaram pelos arcos, de mãos dadas. Um puxava e o outro o acompanhava. Através de pinheiros, flores, obsidianas, prata, rochas... O casal conseguia passar por cada uma das arcadas, mesmo com as vendas de seda sobre as máscaras. Tecidos dourados ondulavam atrás delas como estandartes.

Elas realmente conseguiram. Talvez não tivesse importância se era porque uma delas conhecia o caminho ou porque o amor verdadeiro as arrastava pela trilha correta. Elas *realmente* se amavam.

Emoldurados pelas colunas da fachada da Casa do Conselho, o pardal e o lagarto se abraçaram, beijaram e arrancaram as vendas e as máscaras. Todos comemoraram quando as máscaras voaram para a multidão; Sarit teria me explicado isso, mas ela não estava aqui.

Meuric deu um passo para o microfone novamente e começou outro discurso. Eca. Meuric. Não, obrigada.

Eu me virei para o picanço, mas o bico de sua máscara arranhou meu pescoço e os lábios quentes roçaram meu ouvido. Calafrios me percorreram, mas não me movi até ele começar a se afastar de mim. Segurei sua mão.

— Espere.

Tinha sido bom ficar com ele. Eu sabia quem eu queria que ele fosse, mesmo se o modo como tínhamos dançado não fosse como... Esse tipo de paixão, ele reservava para a música. Não para mim.

Uma brisa fria me fez estremecer enquanto eu o apertava. Me aproximei. Busquei seus olhos.

Os lábios se levantaram num dos cantos, como se ele estivesse se divertindo. Eu soubera, mas, ainda assim, a expressão familiar me causou tal espanto que quase não pude agir.

Eu o beijei.

Ou melhor, encostei meus lábios nos dele e torci para que ele não saísse correndo. Isso provavelmente teria acabado comigo.

Três longos segundos e ele apenas suspirou e apertou as mãos nas minhas costas. Então, com um gemido baixinho, abriu a boca e me beijou. Não foi um beijo tranquilo e doce como eu imaginara que seria o nosso primeiro beijo, mas foi frustrado e faminto. Isso era bom, melhor que tranquilo e doce porque, depois de todas as coisas, eu estava frustrada e faminta por ele também.

Seu bico arranhou minha bochecha, mas eu ignorei enquanto a ponta de sua língua dançava sobre meus lábios. Tudo o que ele fazia era mágico, mas, quando aprofundou o beijo e o gemido saiu de mim, estiquei minhas palmas sobre a máscara e puxei até tirá-la e girá-la no meu pulso. Eu precisava de Sam, não do picanço.

Ele recuou, e surpresa e vergonha cintilaram em suas feições. Passei a língua sobre os lábios e fingi que minhas bochechas não estavam quentes, nem que, por dentro, eu me derretia, e que não queria tudo o que seu beijo me prometera.

— Olá. — Tirei a máscara, com a mão tremendo.

Ele não a pegou.

— Você sabia.

— Sempre saberei. — Todo o meu corpo ainda estava ardendo por causa de seu toque, por causa do roçar de suas pernas, por causa de sua boca. Eu queria que ele me beijasse de novo.

O discurso de Meuric devia ter acabado. À nossa volta, outras pessoas estavam tirando as máscaras, cumprimentando-se umas às outras. Não estavam prestando atenção em nós.

— Todo o tempo, você sabia — falou Sam. — Enquanto estávamos dançando?

— Sim. — Desde que ele me tocou. O modo como ele se encaixou em mim, e o modo como sua boca hesitou sobre meu pescoço. Era uma coisa que

Sam fazia muito: hesitar. — E você sabia que era eu também, não é? — Era um pensamento incômodo. E se ele tivesse esperado que eu fosse outra pessoa?

Ele pegou minhas mãos, como se temesse que eu fosse voar para longe.

— Claro.

— Ah, bom. — Isso poderia se parecer com desespero. — Quer dizer, eu não teria dançado com você desse jeito se não soubesse quem era.

— Você dançou com muita gente.

— Não desse jeito. — Fiz um esforço para retribuir seu olhar. Eu ainda podia senti-lo em todos os lugares em que ele me tocara. Talvez não significasse tanto para ele, mas tinha sido importante para mim. Ele tinha que entender. — Você estava tentando fugir.

— Eu queria... — Suas bochechas estavam escuras quando ele balançou a cabeça. — Me desculpe por hoje. Quero lhe contar tudo, e, sobretudo... — Ele prendeu uma mecha de cabelo solta atrás da minha orelha. — Quero lhe dizer que menti para Stef.

E eu queria beijá-lo de novo. Menos conversa. Mais beijos.

— Ela sabia, acho. Não somos muito bons em mentir um para o outro depois de tanto tempo. — Ele inspirou com força. — Ana, quero que saiba que eu teria escolhido você. Se alguém tivesse que fazer isso, se o que eu quisesse fosse levado em conta, eu teria escolhido você.

Eu me senti como na noite em que ele tocou para mim pela primeira vez, como se eu fosse cair no chão porque minhas pernas não tinham força suficiente para me sustentar. Em vez disso, usei os ombros dele para me equilibrar, e fiquei na ponta dos pés para murmurar em seu ouvido.

— Vamos para nossa casa, Sam. Não quero mais pensar. Essas asas estão pesadas.

Ele beijou meu pescoço e murmurou alguma coisa que parecia com um "sim".

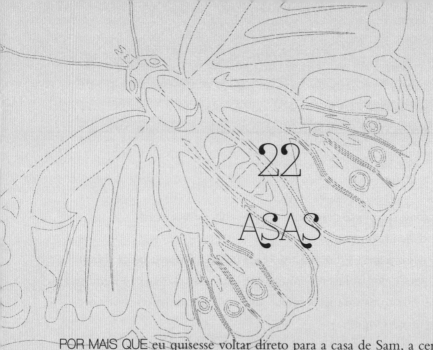

22
ASAS

POR MAIS QUE eu quisesse voltar direto para a casa de Sam, a cerimônia não acabara ainda. Muitos amigos de Tera e Ash estavam fazendo discursos, falando sobre como estavam felizes em ver outra rededicação bem-sucedida. Muitas pessoas tinham trazido presentes, e era preciso fazer oohs e aahs, fotografar e agradecer.

A multidão se compactava para que todos pudessem ver, e era óbvio pelo modo como as pessoas comemoravam: a cerimônia era importante para eles. Mesmo se poucas pessoas realmente acreditassem em almas gêmeas, era difícil negar que Ash e Tera combinavam. Elas praticamente brilhavam ao olhar uma para a outra. Depois de mais de três mil anos. Inacreditável.

Ficamos de pé por outra hora, e então a população *inteira* de Heart deveria formar uma fila para cumprimentar Tera e Ash pela rededicação. Percebi que algumas pessoas estavam indo embora, mas isso apenas fazia quem estava à nossa volta cochichar.

Sam segurou a minha mão, como se eu fosse voar e, finalmente, chegou a nossa vez de abraçar Tera e Ash e dar-lhes os parabéns.

A missão foi cumprida e passamos pelos convidados na área do mercado, que conversavam e riam, comparando as fantasias. Para meu alívio, não paramos para falar com ninguém. Mal conversamos. Eu não conseguia entender por que ele não tinha nada para dizer, mas acabara de dar meu primeiro beijo, sem mencionar um bilhão de outras coisas com que sonhara durante a noite. Fiquei um pouco espantada e sentia que meu peito, meu estômago e até mais embaixo estavam em brasas.

Não seguimos pelo caminho mais longo na volta para casa, o caminho que eu conhecia, mas tomamos o mais curto, que incluía algumas ruas menores. Queria que pudéssemos voar.

— Ana — disse ele, assim que ficamos sozinhos na estrada iluminada pela luz da lua.

A noite ocultava qualquer coisa que estivesse a mais que dois passos de distância. Nós podíamos ser as únicas pessoas em toda a cidade. Apenas nós, a escuridão e o frio. O ar atingia meus braços e rosto, me fazendo estremecer.

— Sam. — O nome dele se transformou em névoa.

As máscaras pendiam de nossos dedos, balançando com seus passos. A escuridão obscurecia as cores vivas da minha borboleta, que eu passara tanto tempo cortando e pintando.

— Eu não devia ter dançado com você daquele jeito. Nem ter beijado você.

Meu coração quase parou.

— Devia sim.

— Não na frente de todo o mundo. — A voz dele era como pedaços de gelo sendo esmagados sob nossos pés. — Perdi o controle.

Ele tinha me parecido totalmente controlado.

— Você agiu com paixão. — Eu tinha imaginado, mas não tinha tanta certeza agora pelo modo como ele estava insistindo que não deveria ter acontecido. Mas ele tinha me *beijado*. Com vontade. — Não tem nada de errado nisso.

— O que você acha que as pessoas vão pensar?

— Isso não me interessa. — Mordi o lábio e o segui ao dobrar uma esquina. O frio doía mais ainda. Por que ele não podia precisar de mim na mesma medida que eu precisava dele? — Muito bem, pouco me importa o que elas pensam, mas me importa, sobretudo, que você quisesse fazer isso.

— Isso?

— Dançar. O modo como você me beijou. — Eu não queria ter que perguntar nem explicar. Queria que ele me pegasse nos braços e me beijasse até eu perder o fôlego. Agora eu simplesmente não podia respirar por outras razões, menos agradáveis. — Você queria realmente?

Ele parou de andar e se virou para mim.

— Claro! Por que você ia pensar outra coisa?

Se ele não se lembrava de quando *nada aconteceu* na cozinha e depois de boa parte do dia de hoje, era um idiota.

— Você tentou fugir e agora está dizendo que não devia ter me beijado. O que quer que eu pense? — Minha voz me traiu; saiu com dificuldade, trêmula. — Não posso fazer essas coisas mais ou menos. Ou nos beijamos ou não nos beijamos. Se beijamos, então, não haveria nem fugas nem desculpas. Porque eu não consigo... — Engoli em seco várias vezes e tentei de novo. — É muito confuso quando você muda de ideia.

As máscaras sibilaram ao caírem na calçada de pedra. Sam fez um barulho quase como se fosse o meu nome, depois, pôs a mão em meus ombros e me beijou. Não tinha tanta paixão como antes, mas por dentro eu senti o peito apertar da mesma maneira. Fiz um esforço para imitar tudo o que ele fazia, mas o alívio e a raiva eram mais fortes. Fui para trás, chutando as máscaras com o calcanhar.

— Isso não foi uma resposta. — Talvez fosse, mas eu precisava ouvir aquelas palavras.

Ele respirou fundo enquanto examinava as máscaras.

— Quis beijar você desde que nos encontramos. Nunca por pena. Só porque eu penso que você é fantástica e linda. Você me faz feliz.

Eu me envolvi com os braços, piscando para afastar as lágrimas e a amargura.

— Fica difícil de acreditar.

— Nunca duvide disso. — Ele pôs a mão na minha bochecha, compartilhando um leve calor. — E espero que me perdoe.

— Você pode tentar compensar isso. — Eu queria tocá-lo, mas, apesar da facilidade na hora da dança, e da proximidade dele, ainda parecia fora do meu alcance. As máscaras se foram. — E você não tem que se importar com o que os outros pensam.

— Tenho que me importar com o que o Conselho pensa. Tecnicamente, você ainda é... — Ele olhou para o centro de Heart, e a luz do templo iluminou seu rosto. — Eles não vão entender.

Um adolescente de cinco mil anos com uma sem-alma? Eu também não entendia, mas isso não mudava o que eu queria.

— Estou fazendo tudo o que me mandaram fazer. Vamos nos preocupar com isso se eles reclamarem.

Ele me fitou mais uma vez, mas estava muito escuro para ver os detalhes de sua expressão.

— Antes você disse: "Vamos para nossa casa." Você nunca falou "nossa casa" antes. — Fez-se uma pausa durante a qual eu poderia ter respondido, mas eu a preenchi apenas com a luz das estrelas e a névoa da minha respiração. — Você — ele mudou de posição — quer este relacionamento? Eu e você?

— Você se lembra do que lhe contei na cabana, antes de saber quem você era? Sobre como eu sempre me senti sobre Dossam? — Estava tonta de esperança, frio e carência.

— Não dá para esquecer. — Ele deu um passo para mais perto, bloqueando o vento. — Fiquei tão nervoso depois disso. Temi que você ficasse decepcionada quando descobrisse que era apenas eu.

— Eu gostava de *você* antes disso. O piano foi algo extra. — Esperei, com a respiração pesada no peito, até finalmente sussurrar: — Você não disse se queria isso.

Ele deslizou os dedos pelos meus cabelos, arrumando-os sobre meus ombros.

— Você se lembra de quando eu a beijei? Eu me sentia como um homem com muita fome diante de um banquete.

Se não estivéssemos no meio de uma rua escura, eu lhe pediria para reavivar as minhas lembranças, mas não conseguia mais sentir meu nariz nem as pontas dos dedos, por isso, repeti:

— Não dá para esquecer.

Suas mãos desceram pelos meus braços.

— Muito bem, então. Bom. É um alívio.

— Como se eu pudesse dizer "não". — Olhei para cima e suspirei mais uma vez quando ele me beijou de leve na boca. Tão casual, como se a vida fosse ser assim a partir de agora. Sam me beijaria, e eu o beijaria. — Vamos embora antes que eu congele. Eu não estava planejando ficar andando por aí ao voltar para casa.

— Para nossa casa, então. — Sam entrelaçou os dedos nos meus. Seus dedos estavam frios também. — Me arrependo de não estar usando um casaco para que pudesse dá-lo a você.

— Ainda estou com as asas. Não ia caber.

— Eu as carregaria para você.

— Estão presas ao vestido. Foi o único meio de fazê-las ficar no lugar.

Ele apertou minha mão, falando em tom malicioso:

— Nesse caso, eu ficaria particularmente feliz em carregar suas asas.

— Sam!

— Não seria a primeira vez que eu a veria sem roupa.

— Sam! — Senti meu rosto quente enquanto ficava vermelha ao buscar alguma coisa para retribuir a provocação, mas, assim que me lembrei de alguns passos errados e constrangedores durante a aula de dança, uma luz azul iluminou a rua. E eu vi estrelas.

Sam caiu no chão e soltou um grito sem palavras.

— Ana. — Ele apertou o braço esquerdo, e seu rosto contorcia-se em agonia. — Corra, Ana.

Outra adaga de luz rasgou a noite, e o calçamento de pedra bem em frente a meus pés ardeu.

Alguém estava tentando nos matar.

23
TEMPESTADE

CORRI PARA PERTO DE Sam. Ou o agressor tinha péssima pontaria ou não estavam realmente tentando nos *matar*, apenas nos fazer pensar que estava. Mesmo assim, eu não queria nem um arranhão.

— Precisamos correr. — Puxei seu braço direito; ele mantinha a palma firme sobre o braço esquerdo, o que significava, sem sombra de dúvida, coisas ruins, mas outra lança luminosa acertou minha asa e não havia tempo de me preocupar com ele. A seda que queimava tinha cheiro de cinzas. — Não vou a parte alguma sem você.

Suas feições se contorceram, mas ele se ergueu, resmungando.

— Está tudo bem — falou. — Nem está sangrando.

As sombras ocultaram o agressor, mas parecia que os tiros tinham vindo de dois abetos perto do cruzamento. Isso ficava atrás de nós, portanto, deveriam ter nos seguido desde o baile. A mesma pessoa que me seguira na outra noite?

Soltei a faca do meu cabelo. Antes, eu a abominara, mas eles tinham atirado em Sam, e eu me vingaria, se tivesse a chance.

Nossos passos batiam no calçamento de pedras enquanto corríamos. Minhas asas idiotas criavam atrito com o ar, diminuindo minha velocidade, por isso, quando fiquei com as duas mãos livres, agarrei a moldura de arame e enfiei a faca na seda, abrindo fendas nela. Fiz a mesma coisa na outra asa.

Levei Sam pelo lado esquerdo da rua, onde a luz das estrelas não desenharia nossos vultos nem a luz da lua brilharia. Se eu fosse mais confiante, teria cortado caminho, mas meu senso de direção era ainda pior no escuro. Eu não reconheceria nenhuma rua na qual entrássemos.

O agressor continuou a atirar, com explosões luminosas à nossa direita. Olhei por cima do ombro, mas nosso perseguidor escondeu-se nas sombras da rua, em algum lugar atrás de nós.

— Por aqui! — gritou Sam. Viramos à esquerda, na direção de outra rua ladeada de árvores. Segurei sua camisa e, assim que dobramos a esquina, eu o arrastei para os arbustos. As agulhas de pinheiros farfalharam, e a súbita mudança deve ter feito seu braço doer, pois ele soltou um palavrão, mas nos protegemos atrás de um arbusto e ficamos em silêncio.

Preocupada com a minha faca e o ferimento dele, pus meus braços ao seu redor e o apertei. Seu coração batia forte debaixo da minha mão, e a respiração sibilava em soluços baixinhos. Acariciei sua bochecha enquanto esperávamos que o agressor passasse por nós, mas a rua continuou vazia.

Meus dedos ficaram rijos ao redor do cabo da faca quando recomecei a tremer, por causa do medo e da adrenalina. Murmurei, no ouvido de Sam:

— Vou sair para dar uma olhada.

— Não. — Ele agarrou minha cintura. — Você vai se machucar.

— Você já está machucado. Temos que ir para um lugar seguro. — Eu me soltei de seu aperto, o que foi fácil, pois estava coberta de seda. — Apenas vou ver se já se foram.

Ele balançou a cabeça, mas não tentou me deter novamente.

Antes que eu saísse, dobrei os arames das minhas asas para junto do corpo e fora do meu caminho. A seda rasgada caía das asas destruídas.

Fui na ponta dos pés até a via, forçando meus ouvidos a prestarem atenção em ruídos que não fizessem parte do local, mas as pancadas do meu próprio coração me distraíam. Eu não podia ignorá-las, assim como não conseguia evitar o farfalhar dos ramos de sempre-vivas.

A madeira estalava. Procurei pela fonte do som, mas as sombras encobriam a rua feito carvão. Uma sombra se moveu, mais escura que as outras.

Fiquei imóvel, paralisada feito uma idiota em meu vestido ridículo e com as asas rasgadas. A luz da lua desceu sobre a rua; eu podia quase senti-la sobre minha pele, como um sopro não mais cálido que a noite.

— Quem está aí?

Atrás de mim, Sam soltou uma sequência de palavrões.

— Não vejo mal em perguntar — murmurei. — Eles já atiraram em nós.

Eu não devia ter dito nada. Uma luz de mira saiu da sombra que se movera e atingiu minha asa. O arame derreteu. Dei um grito e comecei a correr, com meus sapatos batendo no calçamento de pedra. Ouvi barulho nos arbustos, que indicaram que Sam estava vindo atrás de mim, mas quando olhei outra pessoa apareceu.

Um vulto grande obstruiu a rua, me alcançando com facilidade. Fiz mais força ainda, mas estava cansada e com frio. Ele me agarrou pela asa e me lançou longe. Olhei para a máscara branca que cobria todo o seu rosto.

Fiz um esforço para ir na direção em que deixara Sam, mas o agressor agarrou meu braço e me jogou no chão. Senti uma dor aguda percorrer meu cotovelo e minha coxa; a faca da qual, claro, eu me esquecera, escorregou. O calor desapareceu enquanto eu tentava me pôr de pé.

Ele me empurrou de novo.

Rastejei na direção da faca, que estava a apenas dois passos de mim. Antes que pudesse pegá-la, meu agressor me tirou do chão e me jogou na direção oposta. Gritei quando meus membros bateram contra a pedra. A escuridão me envolveu quando girei sobre as minhas costas, gemendo ao ouvir tiros precisos em toda a parte.

Alguma coisa dura acertou minhas costelas. O sapato dele. Soltei dois "*ais*" fracos e os passos recuaram. Talvez um par deles, mas eu não podia erguer os olhos para ver. Todo o meu corpo parecia adormecido, com o frio e o calor dos machucados que se formavam.

Eu tinha que encontrar Sam. Meus braços tremiam quando me ergui com auxílio dos cotovelos. A dor ardia onde a pele fora arranhada, mas ela me fez sentar para evitar mais ferroadas.

— Sam? — Minha voz saiu feito a de um sapo quando tentei ficar de pé.

A faca estava onde eu a deixara. Cambaleei e a peguei, caso nossos agressores voltassem, e caminhei com dificuldade até o arbusto. Todo o meu corpo parecia uma única ferida.

Sam estava deitado de costas na grama seca. Eu caí de joelhos, guardei a faca na bainha e toquei seu pescoço. A pulsação batia ritmada sob meus dedos que o examinavam.

— Acorde. — Toquei sua bochecha; a pele estava fria.

Ele resmungou e abriu os olhos, mas não conseguia se concentrar.

— Alguém me acertou.

— Vamos. Eles podem voltar.

— Você está bem? — Ele sentou-se muito ereto e oscilou. — Não acho que eu esteja.

— Você vai sobreviver. — Nós nos ajudamos a caminhar com dificuldade até um local seguro. Se nossos atacantes tivessem voltado, podiam ter nos matado e não conseguiríamos ter feito nada para evitar isso.

Parecíamos ter levado horas para voltar para casa, e as ruas de Heart eram tais que você poderia vagar por toda a sua extensão sem nunca encontrar alguém até a área do mercado, por isso, não havia uma pessoa sequer para nos ajudar. Nem mesmo Stef, que morava ao lado. Como não sabíamos quem nos atacara, provavelmente era melhor que não víssemos ninguém.

Sam acendeu as luzes quando cambaleamos para dentro de casa. Piscamos por causa da claridade, mas essa dor era pequena, quando comparada a todo o restante.

— Você está horrível. — Antes que me lembrasse, me apoiei na parede, buscando me equilibrar enquanto tirava os sapatos. A rocha branca, a mesma que circundava a cidade e o templo sem portas, escolheu aquele momento para pulsar como batidas de coração. Recuei e tropecei nos sapatos que não tirara totalmente, depois, caí sentada perto de uma das pernas do piano. Meu cóccix doeu.

— Ai.

— Então você também se machucou. — Terra e sangue manchavam seu rosto, e a manga da roupa pendia, revelando uma queimadura feia em seu braço, vermelha no centro e preta nas beiradas, com bolhas. Ele viu onde meu olhar pousou e fez uma careta.

— Vai sarar.

— Devíamos chamar alguém. Um médico. O Conselho. — Fiz um esforço para ficar de pé. — Eles precisam saber, não é?

Ele assentiu.

— Vou chamar Sine e checar se a casa está vazia. Fique aqui.

— Nem pensar. Vou com você. — Uma das vantagens do nosso estado: ele não podia me impedir. — Por que Sine e não Meuric?

— Porque confio em Sine. — Ele respirou com dificuldade e se apoiou na parede enquanto caminhava até a escada. As prateleiras rangeram em protesto, mas suportaram seu peso até ele alcançar o corrimão. A subida foi lenta — o golpe na cabeça deve tê-lo desorientado mais do que ele admitira —, por isso, fui atrás dele, pronta para segurá-lo, se ele perdesse o equilíbrio. Bem, eu poderia suavizar a queda, quando ele atingisse o chão. Talvez.

Depois que ele fez uma ligação rápida e nós demos uma olhada em todos os cômodos, eu o segui até o banheiro.

— Sine disse que vai mandar um médico para cá — falou —, mas está tarde e é difícil encontrar as pessoas depois da rededicação.

— Neste momento, eu só quero tomar todos os analgésicos nesta casa e dormir.

Ele esboçou um leve sorriso.

— Concordo.

Enquanto ele andava até a parte de trás da cortina e ligava o chuveiro, peguei alguns comprimidos para ele e enchi um copo com água. Ele tomou tudo sem dar uma palavra; peguei um pouco para mim também.

— Você vai ficar por aqui enquanto eu tomo banho?

— Ah, não. — Olhei para o seu braço. — Nós deveríamos colocar alguma coisa nele, pois a água vai fazer doer.

— Está certo. — Abaixou-se na beirada da banheira e não reclamou quando eu o ajudei a tirar a camisa, tomando cuidado com as bolhas. Coloquei gaze sobre a queimadura, em seguida, enrolei-a numa atadura à prova d'água e me preparei para sair.

— Ei.

Esperei na porta onde o vapor subia em ondas.

Ele me olhou nos olhos e, de repente, voltara a se concentrar.

— Não vá para muito longe. — Quando assenti, ele fechou a porta até a metade, o suficiente para que eu não pudesse vê-lo, embora conseguisse entrever sua sombra no espelho cheio de vapor, enquanto ele se despia e desaparecia por trás da cortina do chuveiro.

Depois que terminou, ele ajudou a limpar e cobrir com ataduras meus arranhões, antes que eu fosse para o outro cômodo para minha vez no chuveiro. A água quente escorria sobre meus músculos, relaxando um pouco da tensão de tantas horas dançando e sendo jogada pelo meio da rua. Um pouco, mas nem de perto foi o suficiente.

Vestido o pijama, saí do banheiro e o encontrei dormindo na cama. Meus analgésicos fizeram efeito enquanto eu tirava o excesso de água dos cabelos, e eu torcia para que os dele tivessem também. Eu me sentei perto dele.

— Acorde, bela adormecida.

— Estou acordado.

— Prove.

Ele abriu os olhos e forçou um sorriso.

— Está vendo?

Segurei seu queixo.

— Ninguém disse que eu ia levar uma surra depois do baile. Isso contraria todo o romance.

Sam fez um esforço para se erguer e sentou perto de mim. Nossos pés úmidos estavam para fora, na beirada da cama.

— Isso não era parte do plano.

— Você tinha um plano? — De onde estávamos, dava para ver o vestido de borboleta no chão do banheiro, além das asas rasgadas e de todo o resto. Com as bochechas queimando, me lembrei do que ele havia sugerido pouco antes de alguém atirar nele.

Seus olhos também fitaram o vestido.

— Eu estava brincando naquela hora. A menos que você quisesse também. Então, eu teria falado sério.

— Me pergunte amanhã. — Os analgésicos tinham entorpecido a dor por todo o corpo, mas minha mente estava pronta para explodir hoje mesmo. — Você sabe quem nos atacou?

Sam balançou a cabeça, depois, resmungou e apoiou o rosto nas mãos.

— Acho que isso vai ficar dolorido por uns dias. Não, não sei. Tenho suspeitas, mas não vi ninguém. E você?

— Acho que havia duas pessoas. Uma atirando, que eu não vi, e um homem grande, com uma máscara que cobria todo o rosto.

— Isso poderia se aplicar a um monte de gente.

— Provavelmente, ele derrubou você para que não pudesse identificá-lo.

— Sam poderia ter descoberto quem era, a partir da descrição física e de quem tinha atualmente aquela idade e sexo. Eu era a única no mundo que não saberia nem por onde começar. Mil emoções que eu pensava ter superado me invadiram mais uma vez.

— Além dos arranhões e hematomas, está tudo bem?

— Claro. — Mas toda aquela situação me deixava com raiva. Havia Sam com sua experiência e o modo como continuava a alternar entre a amizade e algo mais; eu fora atacada num local em que deveria me sentir segura — apesar dos assustadores muros de rocha branca — e então eu era obrigada a me lembrar constantemente de que eu era a única sem-alma existente. A única pessoa que não viu o início de Heart nem conhecia ninguém ou tinha algo para oferecer.

A roupa de borboleta fora o meu eu real. Como eu, não durara muito. Não haveria nada ali de manhã.

Caminhei até o banheiro e ergui a seda e o arame partidos. Inutilmente, eu puxei com força como se pudesse rasgar em duas metades, mas era forte demais, mesmo destruído.

Com um grito sem som, corri pelo banheiro, peguei tudo e joguei de novo. O arame fez barulho na pedra e na madeira, mas, por mais que eu jogasse os restos da roupa, isso não me fazia sentir melhor. Era leve e fácil demais, mas não havia nada mais pesado que eu pudesse jogar, nada que fosse meu, de qualquer forma.

Tudo aqui era de Sam.

Inclusive a fantasia.

— Ana?

— O que foi? — gritei, girando para encará-lo.

Ele estava parado no vão da porta do banheiro, com uma expressão cheia de confusão e de alguma coisa que eu não podia identificar. Dor? Sua cabeça estava doendo. E, provavelmente, meu ataque piorava as coisas.

Engoli as lágrimas de volta.

— Me desculpe. Como não sabemos quem fracassou ao tentar nos matar, talvez devêssemos apenas ir para a cama. — Seria melhor que submeter um de nós a isso, e, se eu acidentalmente gritasse, apenas meu travesseiro testemunharia.

Seu olhar se desviou de mim para a fantasia, e a linha entre seus olhos dizia que ele descobrira por que eu estava tão zangada.

— Quero lhe dizer uma coisa.

— Não quero ouvir. — Eu queria gritar e chutar coisas, mas não podia fazer isso se ele tentasse fazer com que eu me sentisse melhor.

Não. Eu *queria* voltar ao baile, e estar perto a ponto de ouvir seu coração acima da música. Eu *queria* aquele momento em que não havia dúvida de quem ele era, e então tive um impulso corajoso — e o beijei. Eu *queria* que ele precisasse de mim desse jeito de novo.

— Eu quero me sentir real. — As palavras escaparam antes que eu percebesse, e eu teria fugido horrorizada, se ele não estivesse de pé na porta. Em vez disso, me virei, debruçando-me na bancada, e fechei bem os olhos. O calor movia-se lentamente.

O braço bom dele envolveu minha cintura.

— Você parece real para mim. — Quando ele me puxou, eu fui. Não sabia o que mais fazer. — Não dá para imaginar o que está se passando em sua mente agora.

— Tudo — murmurei para dentro do pijama. — Tem uma tempestade acontecendo dentro de mim, revirando tudo ao redor.

Ele beijou o topo da minha cabeça e não deixou que eu me movesse.

— Você não pode fazer isso parar? — Minha garganta doía por causa do esforço para não chorar mais. Eu odiava isso, e quase o odiava, a não ser pelo fato de que eu o queria tanto quanto queria a música.

— Eu daria qualquer coisa para resolver as coisas para você. — Ele afagou minha bochecha, meu cabelo, minhas costas. Não importa onde ele tocasse, o ardor da raiva resfriava. Queria que ele tocasse meu coração. — Mas não posso. Posso ajudar, mas o trabalho duro é por sua conta. Se não se sentir real, ninguém mais pode fazer isso por você. No entanto, juro, você sempre pareceu real para mim. Desde o momento em que a vi pulando do penhasco.

— Algumas vezes, eu ainda sinto como se estivesse pulando do penhasco.

Ele assentiu e beijou novamente minha cabeça.

— Posso lhe contar uma coisa?

Se era o que ele queria fazer, eu não tinha escolha.

— Está bem.

— Saia do banheiro. — Ele me empurrou na direção da porta. — Isso não vai fazer sua tempestade parar, mas talvez ajude. Prova de que você é real para mim. Importante.

Ergui os olhos e fitei o rosto exausto, seus olhos. Como eu poderia ser importante? Eu era um acréscimo tardio, cinco mil anos depois. Um erro, porque Ciana se fora. Era a nota dissonante no fim de uma sinfonia excepcional. A pincelada que arruinara a pintura.

— Venha comigo — pediu ele, e deixei que me reconduzisse ao quarto, onde colocou um cobertor branco e grosso sobre meus ombros. Nós nos encolhemos no canto superior da cama, próximo à cabeceira e à parede. — Você está confortável? — perguntou, quando me inclinei sobre ele.

— E você? — Se eu girasse, poderia ver seu rosto pelo canto do olho.

Ele apoiou a bochecha na minha cabeça.

— Quando fui para o norte na minha última vida, estava buscando inspiração. Não havia escrito nada de novo durante uma geração. E me sentia vazio. Não encontrava nada, por mais distante que fosse. Simplesmente morri. Foi no outono do Ano das Trevas, 329.

Fiquei esperando.

— Normalmente, leva alguns anos para reencarnarmos, mas um ano foi o suficiente para eu renascer. — Eu deveria ter sabido o que ele queria dizer, pelo modo como falava.

— E?

Ele suspirou, mas o tom de voz era infinitamente paciente.

— Foi o Ano das Canções 330. Também é a data de seu nascimento. Quando nos encontramos, dezoito anos depois, pela primeira vez em uma geração, me senti inspirado; pela primeira vez, senti a música novamente dentro de mim.

Não pude me mexer. Um milhão de emoções tomaram conta de mim: espanto, alegria, medo, e o que ele esperava de mim agora? Estava em carne viva por dentro, foram muitas idas e vindas hoje e não apenas... felicidade, como deveria ter sido. Por isso, não me mexi nem falei, porque não podia.

Sua voz ficou mais baixa, como se quisesse esconder uma pontada de hesitação.

— Acho que morri para renascer com você. Para encontrá-la no lago. Encontrei minha inspiração.

— Mas você teve que morrer para isso. — Que coisa tola de se dizer. Minha boca me odiava.

Ele virou a cabeça levemente, depois, seu sussurro chegou aos meus ouvidos.

— Se eu parecesse um homem de noventa anos quando nos encontramos, você teria ficado comigo?

Eu queria poder dizer que sim, porque o reconhecera no baile, e em todas as fotografias e vídeos de todas as outras vidas, mas era *este* Sam que eu queria beijar. Apesar de todo o sentimento que eu tinha por ele, não poderia me imaginar atraída por um homem de noventa anos; pelo menos, não com dezoito. Talvez quando eu tivesse noventa também.

Ele soltou um risinho baixo.

— Achei que não. Ficaria preocupado se você tivesse dito que sim. Mesmo as pessoas que se amaram durante muitas vidas nem sempre ficam atraídas quando há uma diferença tão grande de idade. Isso *importa*, pelo menos, um pouco.

Como o que Armande dissera sobre Tera e Ash tentando renascer o mais próximo possível.

— É um alívio. — Eu desejava que não tivesse importância. Não mudava nada que ele tivesse cinco mil anos a mais que eu, só tornava mais fácil esquecer algumas vezes. — Então, não irrita o fato de que a minha idade não tenha quatro algarismos?

— Eu estaria mentindo se dissesse que nunca pensei nisso, mas não muda o que sinto. Ana, você faz com que eu sinta dor em lugares que nem são físicos. — Ele me segurou firme, e, por um momento, não entendi o que queria dizer. Então, me lembrei de como me sentira quando estávamos dançando. Aquela *intensidade*. — Irrita o fato de que a minha idade tenha quatro algarismos?

— Bem, você não parece um fóssil. E ajuda bastante o fato de gostar de garotas com a sua idade física. — Mordi o lábio. — Mas é triste você ter tido que morrer para voltar.

— Bem, fico feliz por isso. Nunca fui particularmente atraente, mas, pelo menos, dessa maneira, tenho a juventude ao meu lado. Não sei como eu a teria convencido a ficar comigo se fosse feio *e* um semifóssil.

— Sam? — Dei meia-volta, me soltando dos braços dele.

Ele inclinou a cabeça.

— Hum?

— Você pensa demais. — Puxei sua camisa e o beijei, mais confiante agora que tínhamos um pouco mais de prática, mas ainda nervosa porque me sentia como se estivesse me equilibrando no fio de uma navalha. Um movimento errado e nos separaríamos.

Os dedos dele se dobraram nas minhas costas enquanto eu o fitava, preocupados com os arranhões e hematomas, evitando encostarmos um no outro com joelhos e cotovelos.

— Você foi incrível hoje à noite do modo que dançou. Linda. — Ele roçou a ponta dos dedos nas minhas bochechas, no queixo e nos lábios. Desceu pelo pescoço até os ombros.

Estiquei as mãos no peito dele, incapaz de me mover enquanto ele me tocava como se fosse uma repetição da dança. Mais suave, com mais delicadeza que antes, mas cheia de tensão e — era incrível demais para acreditar — desejo. Como ele podia *me* desejar?

Sam continuou a mapear meu rosto e os braços, completamente envolvido com sua análise. Eu fitava sua expressão atenta até não poder mais e fechei meus olhos, querendo que ele tocasse em todas as partes.

Eu não tinha que entender por que ele se sentia desse modo. Eu podia ser grata por enquanto e desfrutar disso.

As mãos dele pararam sobre os meus seios. Ele hesitou e preferiu deslizá-las pelas laterais do meu corpo. Ele me fazia tremer e sentir dor por dentro. Meu coração não era grande o bastante para guardar tudo o que eu sentia, mas não podia suportar a ideia de pedir que ele esperasse enquanto eu o acompanhava.

Ele fazia desenhos na minha barriga. Prendi a respiração, esperando.

— Ana? — Um mero suspiro.

— Estou nervosa. — Continuei de olhos fechados, torcendo para que ele entendesse tudo o que eu não podia dizer. — Não sei o que acontece depois.

— Apenas o que você quiser. — Ele apoiou o dedo indicador no meu queixo até que nossos olhos se encontraram. Ele parecia estar se equilibrando numa navalha também, um lado, paciente como sempre; o outro... — E parecia sentir o que eu sentia, pronto a explodir de tanta pressão.

— O que eu quero. — Deslizei as mãos sobre ele até o tecido se dobrar entre meus dedos. — Nem sei o que é isso. Parece coisa demais, mas vou ficar destruída se não tiver.

— Não vai ficar destruída. — Ele baixou os olhos e sorriu. — Não vou deixar.

— Você é muito bom. — Agora que ele não estava me acariciando, eu podia respirar. Podia pensar direito. — Tem muita coisa que eu não sei. — Qualquer coisa que esteja além do que acaba de acontecer, por exemplo. Não. Eu nem sei o que acaba de acontecer, só sei que parecia *bom*. — Você vai me mostrar?

— Mil coisas, sempre que você estiver pronta.

Houve um instante em que eu poderia ter ficado ressentida com sua experiência, mas decidi, ao contrário, ser grata. Um de nós sempre saberia o que estávamos fazendo, em vez de nós dois ficarmos tateando e confundindo as coisas.

— Nada de uma só vez. Não quero me apressar.

— Tenho certeza de que podemos nos controlar. — Ele levantou os cantos da boca. — O que você acha? Uma coisa por dia?

Pensei, depois, balancei a cabeça.

— Talvez duas. Mil dias é um longo tempo.

Ele riu.

— Se você está dizendo.

Me afastei dele e ergui uma sobrancelha.

Ele prendeu a respiração.

— Muito bem, de repente, está parecendo a eternidade. Duas coisas por dia. — Enquanto eu fazia um esforço para imaginar exatamente o que eu faria para fazê-lo responder daquele jeito, ele continuou. — Infelizmente, acho que já gastamos as duas... ou dez... coisas por dia.

— Já? Mas já passou da meia-noite. — Me apoiando na parede com as prateleiras para evitar de cair, fiquei em pé na cama e arrumei o cobertor novamente nos ombros. O tecido branco se agitou como se fossem asas. — Acho que temos tempo para você se ajoelhar e me adorar.

— Número dois na lista. — Ele ficou de joelhos e olhou para cima. — Número um era convencer você a ficar comigo.

Ele tornava impossível não sorrir.

— Beije minhas mãos e pés, e você será digno de meus sentimentos.

— Mas essas eram as tarefas 596 e 597.

Ofereci a mão que não estava me ajudando a me equilibrar contra a parede.

— Você ia esperar tanto assim?

— Foi você quem disse para não corrermos. — Ele pegou minha mão na dele, encostando a boca nas costas da mão. — Oh. — Sua respiração aqueceu minha pele. — Simplesmente pensei em mais umas cem.

— Talvez três por dia. — Sentei-me, enquanto ele segurava meus quadris para me equilibrar. — Talvez dez — murmurei, ajoelhando-me com ele. Ele me segurou bem perto; apoiei minha mão debaixo da atadura em seu braço. — Está doendo?

— Feito uma queimadura. Mas tudo bem. — Ele me beijou, não por muito tempo como antes, mas de um jeito doce. Um beijo de boa-noite enquanto ele fazia um esforço para ficar acordado. Com tanta frequência, ele se resguardava; era impressionante vê-lo assim. — E quanto à tempestade interior?

— Quase já me esqueci dela. — Não queria que a hora acabasse. O Sam que sempre imaginei estava aqui, me segurando. Ele gostava de mim. Eu me esqueceria do Sam deprimido após o ataque dos dragões, do Sam que saía escondido todas as noites ou ainda do Sam que acreditava que não deveríamos dançar e nos beijar, mas, neste momento, com este Sam, eu tinha a sensação de felicidade. — Quer saber um segredo?

— Quero. — Ele sentou-se, e eu o imitei. Se puxasse as cobertas, talvez, ele não fosse embora. Depois de hoje, não poderia suportar a ideia de ficar longe dele. Eu tinha que mantê-lo assim, o doce Sam. O Sam que me beijou.

— Tirando as partes nas quais fomos atacados e quase mortos, e então eu joguei coisas — murmurei —, hoje foi o melhor dia da minha vida.

Os olhos castanhos me fitavam com atenção quando ele disse:

— O meu também.

Eu estava quase provocando, dizendo que a vida dele deveria ter sido muito curta, quando alguma coisa bateu no andar de baixo. Nós nos retesamos, nos preparando para prestar atenção quando ouvimos de novo.

— Alguém está batendo à porta. — Era tão tarde. — Um médico? Ou quem nos atacou.

Ele saiu da cama e assentiu.

— Mantenha a faca perto de você, não importa o que aconteça. — Sem me dar nem um último olhar, saiu do quarto.

Com dificuldade, vesti roupas de verdade e enfiei a faca na faixa na minha cintura, antes de me esgueirar atrás de Sam. Do patamar acima da sala de estar, apenas podia vê-lo parado à porta, bloqueando não importa quem tivesse tocado.

— Não entendo — disse ele.

— Você está preso. — A voz jovial e alta era familiar. Seria Meuric? Estava escuro no andar de baixo, mas eu apenas podia distinguir outra sombra na entrada; duas outras, talvez. Não dava para ver. — Não tem nada de complicado quanto a isso. Eu apenas espero que você não crie confusão.

— Mas *por quê*?

— Por conspirar para o assassinato de Ana, a almanova.

24
OBSESSÃO

— NÃO! — DESCI correndo as escadas, chamando a atenção de todos. — Não. Ele não fez nada. Não faria nada.

Antes que chegasse aos degraus no meio da escada, outras três pessoas entraram na casa. Uma delas era Li, tão irritada e imponente quanto tinha sido naquele dia no mercado, e no dia em que eu partira do Chalé da Rosa Lilás.

Desequilibrei nos calcanhares e me agarrei ao corrimão com tanta força que minha mão adormeceu.

— O que está acontecendo aqui?

— Ela está aqui para levá-la para casa — disse Meuric. As outras duas pessoas, Corin e uma mulher que eu não conhecia, deram um passo na direção de Sam. — A guarda foi transferida.

— Não. — Tirei a mão do corrimão e desci correndo o restante dos degraus. Eu não podia ir com Li. Não de novo. Eu deveria ser livre. — Sam, não deixe.

Li abriu a boca.

— Ana, ele anda enganando você. Não percebeu que, todas as noites, ele vai escondido à biblioteca?

— Mentirosa! — Eu não podia respirar por causa de toda a raiva e medo dentro de mim. Ela não estava mentindo completamente.

Sam esticou o braço machucado na minha direção, mas Corin o puxou para trás, sem prestar atenção na atadura.

— Não toque nela — gritou Corin. — Não depois do que você fez.

— O que foi que eu fiz? — Sam se afastou de Corin, mas não estendeu a mão para mim. E eu parei porque Li bloqueou meu caminho. — Eu nunca faria mal a Ana. Hoje à noite, fomos atacados. Foi Li.

— É verdade! — Meu comentário foi ignorado, claro.

— Tirem-no daqui! — gritou Li, apontando para os guardas. — Corin, Aleta, afastem-no da minha filha.

Eu queria desesperadamente me mover e correr, mas não podia abandonar Sam.

— Façam isso. — Meuric escancarou a porta, e Corin e Aleta empurraram-no.

— Não façam isso! — Livre da imobilidade, passei por Li e fui atrás de Sam, porém, mãos me seguraram nas laterais do corpo; Li me afastou com um resmungo, colocando-se novamente entre nós. — Sam! — gritei, e ele lutou com os guardas, mas eles eram mais fortes e, pouco depois, Sam estava do lado de fora.

— É o melhor a fazer. — Meuric fechou a porta. Embora estivesse abafado, ouvi o ronco de um motor, que silenciou quando as baterias foram acionadas. Eles o levaram embora.

Fiquei no meio da sala de estar, e Meuric estava entre mim e a porta, enquanto Li bloqueava as escadas. Eu estava presa, como uma borboleta num vidro. Meus músculos e ossos doíam, e a cabeça estava pesada por causa do choque, do medo e do cansaço. Se eu não falasse agora, nunca seria ouvida.

— Não quero ir com Li.

— Você tem o direito de se recusar, mas, lembre-se, sua estada somente é permitida em Heart se alguém concordar em tomar conta de você.

— Li foi uma péssima tutora. Ela não fez nada direito. Chame Stef. Ou Sarit, Orrin ou Whit. — Eu me aproximei do piano, na direção oposta a Li. — Só ela que não.

— Temos evidências que sugerem que eles estavam agindo juntos. Stef e Orrin já estão sob custódia por atacarem você hoje à noite.

— Eles não fariam...

— Sam e Stef vieram à minha casa hoje — interrompeu Li. — Sam me acusou de tentar matá-la e então me bateu quando sugeri que as intenções dele em relação a você não eram puras. — Para provar o que dissera, um hematoma escurecia sua bochecha.

— Sam nunca teria feito isso. E Stef e Orrin não teriam nos atacado. — Minhas pernas bateram no banco do piano. Eu me sentei com dificuldade. — Não acredito em nenhum de vocês.

— Sam e Stef partiram para cima de mim, enquanto seus amigos saíram vasculhando pela casa e pelo posto da guarda. — Li estava com uma expressão irônica no rosto. — Não sei o que estavam procurando.

— Precisamos revistar o andar de cima — disse Meuric. — Os diários mais recentes de Li e de Menehem estão desaparecidos da biblioteca. Evidências... que Whit e Orrin tentaram esconder, por sinal... sugerem que Sam pegou os livros. Os diários pessoais e profissionais, tudo.

Se eu já não estivesse sentada, teria me sentado agora.

— Eles estão disponíveis para quem queira ler. — Não foi isso que me disseram? — Isso não significa nada. — Mas significava. Eu havia perguntado a Sam sobre os livros em seu quarto, e ele dissera que eram sobre dragões.

— Alguém obcecado por você poderá estar buscando alguma informação, incluindo os diários de seus pais. — Ele se dirigiu para as escadas. — Imagino que você queira ver.

Ele não queria me deixar sozinha; nós dois sabíamos que eu fugiria. Mas se me recusasse a subir, ele pediria a Li para ficar me observando. Não queria ficar a sós com ela. Um olhar para a porta da frente, e comecei a subir novamente as escadas, estremecendo por causa da tempestade dentro de mim. — Sam não me machucaria.

As palavras soaram com força, mas ele *tinha* saído esta manhã, e tinha conversado com Stef sobre alguma coisa que Li dissera. Eu não tinha percebido nenhum inchaço na mão dele, depois de bater em Li, mas, mesmo se tivesse batido, não tinha nada de errado *nisso*. Eu queria bater em Li. Não que eu tivesse coragem.

Cada degrau criava uma nova camada de horror. Eu não poderia viver com Li. Não poderia. Ela marchava atrás de mim. A qualquer minuto, faria algo terrível.

E, se não fosse com ela, seria exilada de Heart. De Range. Mesmo que não morresse na primeira semana — e uma morte prematura era o mais provável —, nunca veria Sam nem meus amigos novamente. Nunca mais teria música, não como tinha agora, e nunca teria uma chance de aprender a verdade sobre a minha existência.

Minha única chance era obedecer às ordens de Meuric. Eu o odiava.

— Vi o modo como vocês dançaram juntos. — A voz de Li era escura como o crepúsculo. — Ele ficou tão perturbado quando sugeri que poderia estar tirando vantagem de sua inocência, mas, se fez isso com você em público, o que devemos imaginar que acontece em particular?

Assim como ele temera que pensariam. Mantive o rosto baixo, como se isso pudesse ocultar meus anseios secretos.

— Ele não me machucaria. — Por mais que repetisse isso, ela não acreditaria em mim, mas, se eu parasse de falar, pensaria que tinha levado a melhor.

Li deu uma risada rouca.

— Acho que ele faria qualquer coisa para ganhar a sua confiança. Você não o conhece. Não do modo como os outros o conhecem. Ele se concentra no que quer... neste caso, alguém que praticamente o idolatra... e não deixa nada ficar em seu caminho.

A casa estava fria quando chegamos ao alto da escada, e Meuric foi até o quarto de Sam. Por mais que tentasse, não podia me esquecer da outra noite, em que o ajudei a ir até o quarto e tive que afastar os livros com o pé para que nenhum de nós tropeçasse. Livros que tinham sumido de manhã. Havia tantos. Será que *todos* eram sobre dragões e sílfides?

— Tome conta dela — disse Meuric, acendendo as luzes até todo o andar de cima estar iluminado de modo ofuscante. Ele revirou as coisas de Sam enquanto eu esperava, com as costas apoiadas no corrimão do patamar. Li tomava conta de mim.

— Por que você está fazendo isso? — Eu me encolhi, mas ela não me bateu. Não faria isso com Meuric no quarto ao lado. — Você não me queria antes. Por que quer agora?

— Você é minha filha. — Li abriu um sorriso benevolente. — E tem vivido com um homem de quem não sabe nada. Eu tinha a impressão de que você estava vivendo por conta própria, e pensei que podia lidar com isso. Mas Dossam não é seguro para você.

— Você me deu uma bússola quebrada. Sam me tirou do lago Rangedge.

— A bússola funcionou quando testei. Não posso fazer nada se você a quebrou. — Ela deu de ombros. — De qualquer forma, soube que sua educação estava sendo negligenciada e tive um bom incentivo para consertar isso.

O que ela queria dizer? Alguém a subornara? Deve ter sido alguma coisa boa, se tinha concordado em voltar a suportar minha presença.

Ela continuou.

— Não fiz um trabalho muito bom ensinando a você antes, e a ideia de educação de Sam parece ser... Bem, você precisa saber mais que tocar e dançar ou qualquer outra coisa que ele esteja fazendo com você.

— Não *fizemos* nada.

— Depois do que vi hoje mais cedo? Duvido.

Eu me agarrava a qualquer coisa, qualquer acusação.

— Você me seguiu até em casa na outra noite.

Ela fez um ar de riso.

— Tenho coisas melhores para fazer. O que faz você pensar que não era um dos truques de Sam? Podia ter sido um amigo dele tentando assustar você para que confiasse ainda mais em Sam. A tal Stef. Sempre foram muito íntimos. — Sua voz ficou mais baixa. — Você deveria ouvir todas as coisas que *fizeram* juntos.

— Foi você. Eu sabia.

Meuric saiu do quarto, com uma pilha de livros nos braços.

— Encontrei os diários desaparecidos. Parece que você estava certa sobre Sam. Ele tem estudado tudo o que pode sobre a pequena Ana.

Trinquei os dentes; ele conhecia muito *pouco* sobre mim.

— E daí. Isso não prova nada. — Exceto que ele havia mentido. Talvez, mentido. Omitido a verdade, de qualquer forma. Não era ruim da mesma forma?

Meuric soltou um longo suspiro.

— Me lembre por que você está arranhada.

— Li nos atacou na volta para casa. — Meu corpo inteiro estremeceu. Eu tinha que correr, que ficar livre. Precisava encontrar Sam e perguntar por que ele tinha estado pesquisando sobre Li e Menehem, e por que não me dissera.

— Evidentemente alguém atacou você, mas não era eu. — Ela balançou a cabeça, como se eu devesse sentir vergonha por pensar mal dela. — O que é isso, Meuric? Este não é um diário. — Ela retirou um livro do meio da pilha, não tão rápido assim para evitar que os de cima caíssem. Um monte de livros foi parar no chão.

— Oh, isso é preocupante. — Meuric apertou os olhos, enquanto Li virava as páginas. — Havia mais livros ali dentro. Um minuto. — Ele voltou para o quarto de Sam enquanto Li continuava a folhear o que quer que tivesse chamado a sua atenção.

Eu me agachei ao lado da pilha, com a faca machucando um hematoma na barriga enquanto eu me movia. Aguentei a dor; se eu chamasse atenção para a arma, Li a tiraria de mim.

Na maior parte, eram os diários no chão. Alguns estavam assinalados com o nome de Li, mas a maioria era de Menehem. Os dele eram grossos, com pedacinhos de papel saindo como se ele tivesse tentado incluir mais informações no último minuto. De onde eu estava, não dava para ver o que Li estava segurando, mas sua expressão era fria e rígida.

Não havia muita coisa que a assustava; não que eu tivesse visto, mas ela não reagira bem às ameaças de humilhação, que eu me lembrava nitidamente da Noite das Almas treze anos atrás. Eu era jovem demais para ser abandonada, e ela tinha querido ir à comemoração que acontecia num local próximo ao Chalé da Rosa Lilás, enquanto a principal ocorria em Heart. Eu a acompanhara enquanto ela explicava que alguns de seus amigos tinham vindo porque sabiam que ela não poderia ir até Heart, não sem me levar junto. Quando algum deles a provocava a respeito da sem-alma, sua expressão ficava daquele jeito: fria e rígida.

Não era a mesma coisa, não exatamente, mas não importa o que sentisse, ela tentou esconder. Imaginei que fosse medo.

Então, ela percebeu meu olhar e fez uma careta.

— Levante do chão. Nada disso é da sua conta.

— O Conselho disse que eu poderia dar uma olhada em qualquer coisa que quisesse.

— O Conselho disse um monte de coisas porque Sam convenceu umas poucas vozes persuasivas a deixar você andar livremente pela biblioteca. Como Sam não está mais aqui, vou ser mais rigorosa com sua educação. Agora, levante-se.

Fiz o que ela ordenou. Quando nós saíssemos, eu fugiria. Iria até a casa de Sarit. Ela ia me esconder. Mas também seria a primeira pessoa da qual Li desconfiaria. Talvez Armande ajudasse.

Meuric saiu do quarto com outra pilha de livros, que colocou no chão.

— Encontrei esses também. Isso é muito perturbador.

A expressão de Li mudou novamente quando ela cruzou os braços, mantendo o livro apoiado na lateral do corpo.

— Não consigo imaginar o que ele queria com tudo isso. Tantas coisas sobre sílfides.

Estremeci. Pelo menos, nenhum dos dois estava olhando para mim.

— Não apenas sílfides. — Meuric espiou os livros. — Este é sobre dragões. Sam odeia dragões.

Não importava a verdadeira razão de Sam pegar esses livros, o Conselho encontraria um meio de fazer isso parecer uma coisa ruim.

— Fico me perguntando há quanto tempo ele esteve fazendo isso. — Li refletiu. — Ele tem muita coisa sobre Menehem aqui, e você se lembra do que Menehem estava pesquisando?

— Sílfides — murmurou Meuric. — Ana, você não foi atacada por sílfides na fronteira de Range? Duas vezes?

Eles não esperaram que eu assentisse.

— Menehem estava fazendo experimentos com sílfides, tentando descobrir se poderia controlá-las com algum tipo de substância química. — Li olhou para Meuric. — Faltava pouco para descobrir a mistura correta de hormônios, se bem me lembro… Você acha que Sam…

— Sam não faria isso. — Não pude evitar de tremer por dentro, nem o modo como meu coração acelerava e doía. Tinha que ter sido Li. Sam não poderia ter sabido sobre as experiências até depois de nos encontrarmos, porque não havia se associado com Li nem Menehem. Certo? — Li sabia sobre a pesquisa de Menehem. Aposto que ela descobriu como controlar as sílfides e as enviara atrás de mim.

Li olhou para mim como se eu fosse a pessoa mais burra que ela já havia conhecido.

— Sam simplesmente estava na região nas duas vezes em que você foi atacada? — Meuric balançou a cabeça. — Desculpe-me, Ana, sei que você queria confiar nele, mas isso é muito incriminador. Você pode ter que entender isso; embora os sentimentos dele por você possam ser reais, não são saudáveis nem seguros.

— Não são sentimentos — disse Li. — É obsessão. O que ele fez é inaceitável, além do que qualquer um faria a alguém por quem dissesse nutrir sentimentos. Ele a seguiu até a floresta, coagiu as sílfides a perseguirem-na e a *resgatou* para que confiasse nele. Ele tem feito variações da mesma coisa desde então.

— Não, ele não faria...

— Li, essa é uma acusação e tanto. Você está supondo muita coisa em relação ao que Sam pode fazer, e algumas coisas podem ser coincidência. — Meuric quase parecia razoável, mas suas palavras foram interrompidas. Se eles não tinham planejado tudo isso com antecedência, ele realmente acreditava nela. — No entanto, acho que a questão do tempo é um mistério, considerando o ataque dos dragões, e — ele olhou para mim — outras coisas.

— Que outras coisas? — perguntei. — Eu?

Na verdade, ele pareceu preocupado por um segundo.

— Se você leu tanta história quanto diz ter lido, sabe o que inevitavelmente se segue a esses pequenos ataques.

Grandes ataques. Isso não tinha acontecido por um longo tempo, mas os dragões sempre voltavam. Eles odiavam Heart. E odiavam os seres humanos.

Ele não me deu uma chance de responder. Tirou fotos de tudo no chão, dos hematomas e arranhões no meu rosto e nos braços, e então anunciou que tinha acabado. Por mais que eu implorasse, ele não parecia se importar.

Li segurou meu pulso com força quando descemos para o andar de baixo e o lado de fora. Eu mal tive tempo de calçar os sapatos, para não falar de outras coisas.

A lua descera além do muro agora, deixando apenas a pouca luz das estrelas para iluminar o pátio. Procurei um lugar para me esconder, mas, assim que olhei com interesse à minha volta, Li apertou com mais força ainda.

— Nem pense nisso. — Ela piscou quando as luzes cruzaram a relva e se refletiram na rocha fria da casa. Rodas giraram sobre o calçamento de pedra e pararam.

Corin saiu do veículo e fez um gesto para que entrássemos nele.

— Sam está com os outros. Nenhum deles está satisfeito com essa história.

— Não — disse Meuric. — Imagino que não estejam.

— Não quero ir com Li. — Era inútil continuar protestando, mas o minuto em que parei foi o minuto em que comecei a pensar em todas as coisas que Sam estivera escondendo de mim. Tantas vezes ele tinha saído de casa depois de eu ir para a cama, e sempre tinha tantos segredos em relação ao que estava fazendo... — Por favor, Corin. Sam disse que você não era uma pessoa ruim.

Ele me empurrou no banco traseiro do carro, enquanto o restante das pessoas bloqueava meu caminho para que eu não pudesse escapar. Li sentou-se de um lado, e Meuric, do outro. Eu estava presa.

Descemos pelo caminho, através das ruas sinuosas com calçamento de pedra de Heart, nos afastando da casa de Sam. A não ser pela vez em que eu era criança, era a primeira vez que andava de carro, e não podia nem aproveitar o passeio. Era uma prisioneira, da mesma forma que Sam. Nós todos sabíamos que eu teria que correr se eles tentassem me fazer ir até a casa de Li.

— Sei que você está preocupada, Ana. — A voz de Li era mais profunda no espaço confinado. — Percebo que negligenciei sua educação antes. Vou fazer melhor desta vez.

O que quer que Meuric tivesse oferecido a ela — e eu tinha certeza de que ele era responsável por isso — devia ser uma coisa que ela queria muito.

— Sam e eu tratamos disso.

Ela continuou falando como se eu não tivesse dito nada, fazendo uma lista de todos os planos que fizera para a minha vida. Quando passamos pela Casa do Conselho, com uma luz sinistra com os restos do baile e o brilho do templo, avistei uma luz próxima à base do edifício, num canto escuro onde eu jamais estivera. Seria a prisão?

Li não me perderia de vista agora, mas eu tinha certeza de que era onde eles estavam mantendo Sam.

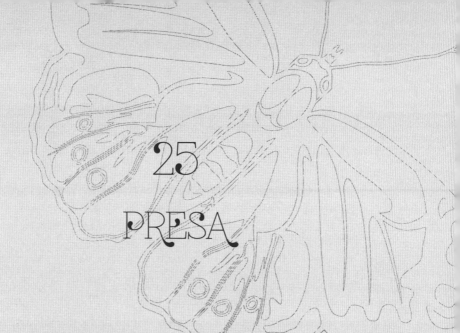

25
PRESA

A VIDA SE CONCENTROU EM meu novo foco: me protéger de Li.

Não havia música em sua casa; ela havia dado fim a todas as gravações ao se preparar para a minha chegada, insistindo que tais bobagens só iam me distrair.

Todas as manhãs, acordava antes do amanhecer, me apressava para tomar café e me fazia correr, dando voltas pela casa na hora em que o sol ficava acima do muro da cidade. Quinze voltas no primeiro dia e vinte quando eu passei a dar quinze voltas sem problemas. Mais algumas voltas me deixavam sem fôlego, o que a agradava; porém, depois de uma semana, ela decidiu que eu deveria correr trinta. Somente meu ódio me fazia mover um pé depois do outro quando eu não podia mais ver direito. O fedor de enxofre de uma fumarola no outro lado do muro não ajudava.

Depois de recuperar o fôlego, eu fazia exercícios de fortalecimento até a hora do almoço. Até onde eu sabia, ela simplesmente gostava de me ver fazendo esforço. Nunca pensei em mim como fraca ou fora de forma, mas, depois de conhecer Sam e os amigos, ficara aparente que eu era menor que o normal. Eu nunca seria tão alta quanto Li nem tão forte quanto Orrin — nunca nesta vida —, então, não havia sentido em me obrigar a fazer tanto esforço.

Ela explicou sobre o trabalho nos postos da guarda e me mostrou o equipamento, mas não me deixou tocar em nada. Ela não me ensinava nada sobre armas nem como me defender.

Talvez tivesse medo de que eu usasse meu treinamento contra ela, mas eu estava mais preocupada com o ataque que Meuric insinuara. Se uma centena de dragões descesse sobre Heart, eu não queria ser a única sem um laser.

A faca de Sam ficava debaixo do meu travesseiro, onde Li não poderia encontrá-la.

Depois do almoço, eu tinha que estudar sobre assuntos fascinantes como arados, sistemas de irrigação e os primeiros esforços para instalar esgotos nos subterrâneos de Heart, ainda mais desafiadores por causa da caldeira vulcânica e por todas as *coisas* geotérmicas espalhadas pela cidade. Na maior parte dos dias, eu dormia sobre os livros e acordava com o risinho de Li, dizendo que eu nunca seria um membro produtivo da sociedade.

Eu não podia continuar o treinamento que Sam programara para mim, muito menos visitar Sarit ou Whit. Não ousava perguntar sobre Orrin ou Stef, e mencionar Sam só resultara num tapa forte no pulso. Aparentemente isso não contava como ameaça, pois, quando Meuric estava presente, não se importava.

— Posso ver Sine? — Arrisquei perguntar uma noite. — Ela está no Conselho. Dificilmente é uma má influência.

— Guarde sua ironia para você. — Li terminou de tomar a sopa e empurrou a tigela para o lado. — Você não estará preparada para ter companhia até conseguir manter uma conversa que não gire em torno do que você quer.

Sem contar Sam e os amigos? Eu queria música e dança, traduzir pontos e traços em alguma coisa inimaginavelmente bela e real. Eu queria saber por que tinha nascido, entender este erro que me dera a vida de outra pessoa. Queria saber se renasceria após esta vida, podendo continuar tudo o que eu queria começar.

— Odeio você — sussurrei.

Li bateu com as palmas das mãos na mesa, fazendo as colheres e tigelas chocarem-se ao se pôr de pé. Seu olhar escureceu.

— O que é que você acha que sente? Não é real. Você é uma sem-alma. Você não sente. Mal existe. Daqui a cem anos, ninguém vai se lembrar de que você já viveu.

— Você está errada. — Eu sabia que não deveria ter dito nada, mas meus músculos estremeceram com a tensão de duas semanas de exaustão física e tortura emocional. — As pessoas vão se lembrar. Sam quis ter certeza disso.

A raiva esfriou seus olhos.

— Então é assim? — O temor me feriu profundamente quando ela atravessou a cozinha e se aproximou de uma gaveta. — Papel é tão temporário, não acha? Muitos de nossos registros mais antigos foram copiados dezenas de vezes, simplesmente porque as folhas não duram. Como uma pessoa que conheço.

Mantive os olhos no maço de papéis que ela segurava.

— O que é isso?

— O outro problema com o papel é que se você derramar alguma coisa nele, se queimar, perde o que estiver guardado. — Ela jogou as folhas sobre a mesa; elas se espalharam e se acomodaram de modo desordenado. Mesmo assim, eu sabia o que era. Música. Pautas e notas e pequenos desenhos nas margens. AI-4, AI-10: eram páginas de uma peça mais longa.

Minha mão parecia pesada como um tijolo quando a estendi para a página com o título e virei-a para mim. "Ana Incarnate" era o que dizia, sem floreios fantasiosos nem sublinhados para acompanhar, apenas uma minúscula borboleta no canto.

Era a valsa que Sam tinha escrito para mim. Minha música.

— Não a danifique — murmurei.

— O papel é tão temporário — repetiu ela, olhando fixamente para a lareira.

— Não! — Eu me joguei na mesa e recolhi as folhas, mas Li foi mais rápida.

Ela arrancou as páginas das minhas mãos e jogou-as no fogo. O papel agitou-se, alguns nas chamas, e outros deslocando-se para o chão coberto de cinzas.

Eu corri pela sala e recolhi tantas folhas quanto podia, mas o fogo queimava minhas mãos. Não importa quantas eu salvasse das chamas, Li fazia uma bola com mais páginas e jogava-as, rindo.

Quando ficou entediada, limpou as mãos nas calças e caminhou até a porta.

— Vá para a cama. Você tem um longo dia amanhã.

Bati nas últimas brasas com um pano de prato e me esforcei para pôr as folhas em ordem. Minhas mãos doíam enquanto eu folheava as páginas delicadas.

Algumas foram salvas; outras queimaram tanto que não valia a pena resgatar, enquanto o preto manchava as pautas de música.

Aquelas páginas perderam-se. Talvez Sam soubesse como salvá-las. Decidida a vê-lo tentar, eu guardei as páginas da minha música num caderno de capa dura para preservá-las.

Esqueça Li. Esqueça o Conselho. Se essa era a vida em Heart, eu ia desistir da minha busca. Preferiria nunca saber de onde vinha a deixar Li destruir tudo o que importava para mim.

Subi para pegar a faca.

Não tinha muita coisa para guardar. Meti minha música na mochila, além de alguns outros itens necessários. Nas últimas duas semanas, eu tinha ficado muito apavorada para fugir. Havia guardas — Li quisera ter certeza de que eu os veria todas as manhãs — e eu tinha medo do que iria acontecer se me pegassem. Agora eu tinha mais medo do que aconteceria se eu não tentasse.

Esperei até o sol descer por trás do muro, lançando a cidade num tom enevoado de roxo. Em poucos minutos, seria noite.

Vesti as roupas mais escuras que consegui encontrar, prendi e enfiei o cabelo dentro de um boné e abri a tranca da janela. Stef me ensinou, dizendo que eu não deveria ser a única em Range a não saber disso; Sam a chamara de "gatuna".

Nuvens cobriam o céu, anunciando algum tipo de tempo ruim. No pátio com cor de tinta escura, encontrei apenas alguns abetos e arbustos, um pequeno jardim. Coisas normais. A maior parte das pessoas tinha o que precisava por viverem às próprias custas entre os dias de mercado, e Li também.

Vozes que soavam entediantes vinham do lado norte da casa. Não se ouviam sons de passos nem o farfalhar que os acompanhava, então, elas estavam no mesmo lugar. Era provável que estivessem de frente para a minha janela, ocultas em algum canto, de modo que eu não conseguisse vê-las, a menos que me inclinasse. Aí me veriam.

Joguei um sapato velho do lado de fora. Ele aterrissou num bosque denso de coníferas. Dois pares de passos se seguiram, e eu me arrastei para fora da janela, girando para apoiar os dedos dos pés no peitoril e me esticando para um galho de álamo sem folhas. Eu estava pendurada dois andares acima do solo, quando os passos se moveram mais uma vez na direção da casa.

Freneticamente, me balancei até uma árvore, que me recebeu em silêncio. Fiquei encolhida no galho grosso até os guardas voltarem para seus lugares. Quando deram a volta na casa — discutindo se eu tinha ou não tentado escapar ou se apenas queria provocá-los —, caí de mau jeito da árvore nos arbustos na parte mais distante do pátio.

Quando tudo estava quieto, com apenas uma brisa e os pássaros noturnos cantando músicas de ninar, rastejei até a trilha. Por mais que quisesse correr, me obriguei a parar e prestar atenção em cada um dos poucos passos.

Além da trilha, na direção da avenida Norte, me esgueirei pela cidade, me mantendo nas sombras. Quando tinha que atravessar um cruzamento, prendia a respiração e corria, alerta para outros sons além dos que meus sapatos faziam no calçamento de pedras. O gelo batia contra o solo. Quase agradeci pelo barulho abafar meus passos, mas ele também abafava os passos das outras pessoas.

A cidade parecia maior a cada passo que eu dava, e o templo, mais distante. Corri pela avenida Norte e parei bem perto da área do mercado. Tanto espaço vazio. Imaginei a minha sombra movendo-se pelo local, e minhas ridículas roupas pretas encostadas nos edifícios brancos.

Grande ideia.

A neve batia com mais força na cidade, cintilando sob a luz iridescente. Se eu não me movesse, me transformaria numa estátua de gelo bem aqui.

Procurei uma área com luz cinza e fiquei ouvindo pelo tempo que aguentei. Ainda tinha que dar a volta na Casa do Conselho e encontrar algum tipo de entrada no prédio até achar um meio de tirar Sam de lá. O simples fato de poder abrir a tranca da minha janela não significava que eu soubesse qualquer coisa sobre os escâneres de almas usados nas partes mais protegidas da cidade.

— Sem mais paradas — murmurei e fiz um esforço para cruzar a área do mercado. Muito barulhento. Meus sapatos repercutiam no calçamento de pedras.

Minha respiração sibilava e embranquecia o ar frio. Segurei as alças da mochila para que ela não balançasse, mas isso não impediu que as coisas em seu interior chacoalhassem. Eu não precisava me preocupar com as minhas ridículas roupas pretas destacando-se contra os edifícios; eles iam me ouvir chegando primeiro.

Depois do que pareceu uma eternidade, escorreguei na pedra molhada e fui direto para a parede da Casa do Conselho, saí quicando e caí na rua, quando o ar saiu todo do meu peito. Tossi e arfei, cobrindo a boca com a manga, enquanto esperava minha visão clarear antes de tentar me esgueirar ao redor do edifício.

Roupas pretas. Prédio branco. Sam teria antecipado isso. Qualquer um teria. Qualquer um, menos eu. Odiava ser nova.

Voltando a ter confiança na minha capacidade de respirar, examinei a área. O gelo reluzia no calçamento de pedra, tornando a estrada escorregadia. Mas o tempo ruim vinha do norte, portanto, assim que estivesse na parte sul da Casa do Conselho, estaria longe da pior parte. Assim esperava.

Comecei a dar a volta, abaixada, mas o edifício tinha o dobro da extensão da área do mercado; levaria muito tempo, se eu insistisse em rastejar. Decidi sair correndo. As pedras do calçamento escorregavam debaixo das minhas botas, mas não parei. Subindo um lado das escadas em forma de meia-lua, atrás dos pilares que guardavam as portas e descendo o outro lado das escadas. A área do mercado estava livre.

A casa de Meuric cresceu na esquina do quarteirão sudoeste. As luzes ardiam no andar de cima, mas não havia silhuetas paradas nas janelas, esperando para ver meu mau comportamento. Li e os guardas não viriam me procurar até de manhã. A essa hora, eu já estaria fora da cidade.

O trovão ribombou ao norte. Tempestades terríveis estavam a caminho.

Dei a volta pelo lado sul do edifício e retirei o gelo das minhas roupas e da mochila com as mãos. Tremendo, lancei mais um olhar à casa de Meuric — nada — e rastejei procurando a janela que vira antes.

O templo lançava luz suficiente para que eu pudesse ver. Por mais que odiasse os estranhos desenhos que brilhavam na superfície branca, me sentia grata pela luz enquanto procurava um caminho para a Casa do Conselho, como as portas laterais que conduziam até a biblioteca.

A luz amarela veio de uma janela que ficava na altura do quadril, dividida por barras de ferro. Eu me ajoelhei e examinei o vidro enquanto mais trovões rugiam.

O cômodo ficava, em sua maior parte, abaixo do nível do solo, com lâmpadas antiquadas como no Chalé da Rosa Lilás. Eu não podia ver muita coisa de onde estava, mas as barras dividiam o cômodo em diversas partes com camas estreitas e privadas. Celas. Alguém estava sentado bem embaixo da janela, mas eu não podia ver ninguém lá dentro. Na cela seguinte, Sam afundava numa cama, com o rosto virado enquanto conversava com alguém que eu não podia ver. O vidro abafava o som das vozes.

Bati na janela. As costas de Sam se endireitaram, e um rosto apareceu na janela bem na minha frente. Assustada, caí sentada e sufoquei um grito com as minhas luvas. Stef sorriu e girou o trinco. A janela deslizou para cima e o ar quente ergueu-se até o meu rosto.

— Caramba. — Stef tremeu. — Está frio aí fora.

— Está nevando. — Envolvi as barras com as luvas.

— Ana! — Sam ficou de pé contra as barras entre sua cela e a de Stef, esticando um dos braços na minha direção. — O que você esta fazendo? Está bem?

Quando Stef se afastou da janela, tirei uma das luvas e deslizei minha mão para dentro da cela. Nossos dedos se tocaram e tentaram se segurar, mas meu ombro já estava encostado nas barras; eu não podia me esticar mais. Resignada, afastei o braço livre e encostei os dedos no meu peito.

— Estou indo embora.

Ele deixou o braço cair.

— Indo embora?

Assenti.

— Indo embora de Heart. E de Range, se for preciso.

Stef olhou de um para o outro.

— Aconteceu alguma coisa?

A mistura de frio e calor fez meus olhos lacrimejarem.

— Não posso viver com Li. Nem por alguns anos, nem mesmo por uns dias. Tenho que partir, mesmo que isso signifique abandonar tudo o que eu estava tentando encontrar.

Sam mordeu o lábio. Seu rosto estava escuro e com sombras por causa da luz incerta, como quando eu o vira pela primeira vez no lago Rangedge.

— Ela machucou você?

— Não. Só... — Balancei a cabeça. — Ela tentou queimar sua música. E vai fazer coisas assim até eu... Não sei... até eu não aguentar mais. Eles nunca vão me deixar ver nenhum de vocês.

— Vai ser difícil ver qualquer um de nós partir. — Stef encolheu um dos ombros.

— Por isso estou aqui. Vim para libertar vocês. — Olhei nos olhos de Sam, e minha esperança era que ele dissesse que sim. — Pensei que vocês partiriam comigo. — Não me ocorrera que ele podia dizer não, mas agora parecia mais provável que ficasse com os amigos.

— Está bem. — Sam apoiou a testa nas barras. Seu olhar estava fixo no meu.

Stef ergueu as sobrancelhas.

— Você sabe que, quando renascer, vai ser trazido para o Conselho. Sua próxima vida será aqui dentro. E a sua também, Ana, se você reencarnar.

Puxei o ar com força. Setenta ou mais anos nesta cela, com as barras me separando do mundo? Talvez não fosse o meu destino se eu simplesmente desaparecesse e morresse, mas, com certeza, seria o de Sam se ele viesse comigo.

— Não me importo. — Sam esticou novamente o braço, assim como eu, e quando as pontas dos nossos dedos se tocaram, ele falou: — Vai valer a pena.

Meu ombro doía contra as barras.

— Não sei como tirar você. — Talvez eu devesse ter mudado de ideia agora que sabia o preço a pagar, mas não podia ficar ali nem podia sobreviver fora de Range sozinha.

E não era só isso. Lembranças do modo como ele me beijara aqueceram-me por dentro. Eu sempre precisara dele, por causa da música, do refúgio e de motivos para não odiar *tudo* na minha vida, e agora porque ele me dava um aperto no peito e porque prometera milhares de coisas. Ele era Sam.

— Não. — Stef balançou a cabeça. — Não vou deixar isso acontecer. Sam, você é mais inteligente que isso. Ana, se realmente se importasse com ele, não iria condená-lo a uma vida na prisão e na manutenção dos esgotos.

— Ele tem cinco mil anos, Stef. — Afastei as mãos das barras, caso ela fosse bater nos nós dos meus dedos, como Li faria. — Deixe que tome as próprias decisões.

Sam deu um sorriso sem graça, mas a sombra do sorriso desapareceu quando Stef virou-se para ele. Sua voz ficou mais profunda.

— É o que Ana disse.

— Idiota. — Ela marchou para longe da janela.

Sam franziu a testa e virou-se para mim.

— Me desculpe por não ter lhe contado sobre os diários. Eu *estava* tentando escondê-los de você, mas apenas porque não queria que se preocupasse.

— Não me importo mais com essa história. Acho que entendi. — Um olhar rápido sobre o meu ombro me mostrou que ninguém me encontrara ainda, mas era somente uma questão de tempo. Meus joelhos doíam, e meu peito coçava por estar encostado contra a pedra branca. — Como entro na prisão através da Casa do Conselho? Ou tem outra porta?

— Li estava tentando matá-la. — Sua expressão era séria. — Eu estava buscando provas de que ela queria matar você usando as sílfides. Menehem estava trabalhando em alguma coisa que poderia afetar as sílfides, mas eu não consegui descobrir nada sobre isso. Fui até a casa dela, no dia do baile, mas ela escondeu todas as informações que tinha e com quem estava trabalhando.

Nós estávamos buscando a mesma coisa, desde o começo. Ele queria provar que Li tentara me matar usando as sílfides para não ser preso por isso. E eu — eu me deparara com essa história toda, embora nunca tivesse percebido a ameaça como ele percebera.

— Sei tudo a respeito dessa história. — Fiquei de joelhos mais uma vez e me segurei nas barras. — Está tudo bem. Só me diga como tirar você daqui.

Ele abriu um sorriso esperançoso.

— Dê a volta e...

Passos. Ele deve tê-los ouvido também, um pouco mais alto que o vento ao redor do prédio. E, antes que pudesse me mandar me esconder, o trovão ribombou novamente e seus olhos se arregalaram. Stef e Orrin — que estavam fora do meu campo de visão — xingaram em voz alta.

— Vá, Ana. Esconda-se em qualquer lugar e não saia até os trovões pararem. — Como não saí no mesmo instante, tentando freneticamente organizar meus pensamentos e emoções, ele gritou: — *Corra*, Ana. Dragões.

Fiquei de pé abruptamente e corri em qualquer direção. Meuric tinha dito que eles viriam. Os livros de história diziam a mesma coisa e, às vezes, eram centenas de dragões. Por isso, corri até chegar a uma parede branca com uma porta. Estremecendo, girei a maçaneta e olhei por cima do ombro — não havia nenhum dragão ainda — e me joguei em algum lugar escuro, quieto e pesado.

O ar pulsava.

Dei meia-volta, com as batidas do coração nos meus ouvidos. Não. Não eram as batidas do coração. Nem o ar. Nem as paredes. A luz branca iluminava uma vasta câmara. Não era a Casa do Conselho. Era o templo.

Um novo pânico me invadiu e corri até a porta para fugir. Preferia ter que lidar com dragões.

Mas a porta se fora.

26
IMPOSSÍVEL

BATI NA PAREDE até a dor lancinar as palmas das minhas mãos. Gritei até minha voz se transformar em cacos de vidro sibilando na minha garganta. Chutei a parede até meus dedos e pés serem tomados pela dormência.

A porta se fora. Como eu ia escapar, se ela havia desaparecido?

Quando fiz um esforço para não cair no chão, minhas pernas estremeceram. Nunca houvera uma porta no templo, não até dez minutos atrás, e ela nem havia durado. Isso não deveria ser possível. Não apenas a porta, mas o fato de eu conseguir encontrá-la. Eu, que não deveria ter nascido. Eu, que deveria ser Ciana.

Havia muitas coisas impossíveis.

— Fique calma — murmurei repetidas vezes, torcendo para que, no fim, isso funcionasse. — Respire. — A atmosfera estava pesada, como se eu estivesse respirando água seca. Minha cabeça latejava com o peso e a pressão. Meus pensamentos vinham feito um turbilhão: como sair dali, como me libertar.

Eu me afastei da parede, mas o ar pulsante não diminuiu o aperto sobre a minha cabeça. Era como se meu corpo estivesse pressionado contra o muro da cidade. O fato de estar em Heart não causava isso nem estar dentro das casas de paredes brancas ou da Casa do Conselho.

Mas este era o templo sem portas, o próprio centro de Heart. Em dias claros, a sombra do templo girava sobre a cidade como um relógio de sol. Milhares de anos atrás, eles o utilizavam para marcar as horas.

Eu odiava o templo. Por causa do meu instinto, desde a primeira vez que o vi e senti que estava *olhando* para mim, e depois quando senti a pulsação através dos muros da cidade. Uma pedra não deveria ter um coração batendo.

Não se ouvia nenhum som, nem mesmo uma campainha em meus ouvidos, como a quietude costumava fazer. Eu odiava o silêncio, a pulsação e o peso, e a ausência de temperatura. Nem frio nem quente, mas nenhum dos dois parecia ser o certo também. Simplesmente... eu não sentia nada.

Me abaixei diante da parede e apertei bem os olhos, esperando que alguma coisa acontecesse. Que a porta reaparecesse de modo mágico. Não queria dizer isso em voz alta — por mais que já tivesse dito — e me arriscar a ser engolida por alguma coisa. Ou, pior ainda, correr o risco de que o ar denso como mármore espremesse minha voz antes mesmo que ela saísse.

As paredes brancas e distantes da câmara brilhavam do mesmo modo sinistro que o exterior e não tinham nenhum enfeite. Não havia pinturas, nem cerâmica nem estátuas. Não havia sombras, e mal se percebia a profundidade, graças à luz que estava em toda parte.

Eu estava lá sozinha.

Sam não dissera muita coisa sobre o templo, além de que estava vazio, e de que havia palavras do lado de fora, que Deborl decifrara. Elas falavam de uma entidade chamada Janan, que dera as almas e uma infinidade de vidas a todos e talvez até mesmo tivesse construído Heart para protegê-los dos dragões, das sílfides e de outras criaturas semelhantes. Eles deveriam adorar Janan, apesar de não saberem como, e de Janan nunca ter aparecido para cobrar o que eles lhe deviam.

— Janan? — Deixei uma das luvas no local em que a porta se abrira e apoiei minha mão na faca de Sam enquanto deslizava pela parede, tomando cuidado de não tocar na pedra mais que o necessário.

Depois de dez passos, lancei um olhar à luva para me tranquilizar — não que fizesse diferença, se a porta não voltasse a aparecer —, mas ela também desaparecera.

Ugh. Na improvável possibilidade de escapar, minha mão ficaria gelada.

Eu me concentrei nisso para não pensar no que poderia ter acontecido. No que poderia ter levado a minha luva. E também não queria pensar em Sam nem nos dragões ou no que aconteceria se ele morresse.

Um arco apareceu acima da minha cabeça, quase invisível por causa das paredes brancas e da iluminação uniforme.

Se eu achasse que poderia funcionar, teria tentado deixar uma trilha para que pudesse voltar pelo mesmo caminho, mas, quando voltei a olhar, minha luva ainda estava desaparecida. De qualquer forma, assim como a porta se fora, não acreditava que o arco fosse ficar onde eu o deixei.

O trovão dos dragões, que ficara mais alto do lado de fora, praticamente não existia aqui. As paredes bloqueavam totalmente o barulho, mas eu queria poder ouvir o que estava acontecendo. Continuei imaginando Sam na prisão enquanto os dragões destruíam Heart.

Da última vez, eles vieram direto para o templo dentro do qual eu me encontrava. Se eu não saísse e os dragões destruíssem o muro...

Desisti de andar por ali furtivamente e corri para o arco, tropecei e caí apoiada nas mãos e nos joelhos, com a cabeça mais elevada que o meu traseiro.

Escadas.

Como não havia sombras, eu não tinha visto as escadas. Meus olhos doíam por causa do branco constante, por tentar distinguir definição onde tudo parecia estar à mesma distância.

Com mais cuidado, estiquei a mão até perceber a altura e profundidade dos degraus que desciam à minha frente.

Estranho. Eu tropeçara como se os degraus subissem. Se eles desciam, eu deveria ter caído para a base da escada e quebrado o pescoço. De qualquer forma, eles pareciam descer. Passei as mãos pela pedra, tentando desesperadamente ignorar as batidas do coração do templo.

Fiquei de pé mais uma vez, mas, quando tentei deslizar meu pé para baixo, meu dedão bateu na pedra. A adrenalina ainda me deixava confusa, mas fiz um esforço para me abaixar e tatear novamente. Definitivamente, eles desciam quando passei as mãos pela pedra, mas, quando tentei descer, tropecei neles como se subissem.

Escadas mentirosas.

Ótimo. Subi e meus olhos desistiram de tentar se adaptar à luz em toda parte e à falta de sombras.

Os degraus pareciam infinitos, e o efeito oposto continuava a me confundir. Parecia que estava subindo, mas, sempre que baixava o olhar para meus pés, era como se eu estivesse descendo. Minhas coxas queimavam com o esforço. Definitivamente, eu estava subindo.

Duas vezes, parei para descansar e respirar e combater a sensação de paredes que estavam ao mesmo tempo próximas e distantes. Quando eu esticava a mão, não havia nada em nenhum dos lados. Era difícil dizer a largura dos degraus. Eu poderia me abaixar e esticar bem a perna sem chegar ao fim do degrau e, do mesmo modo, do outro lado, também fora capaz de tatear os degraus que desciam, por isso, não confiava em nada.

Eu deveria ter ficado na grande câmara lá embaixo — ou em cima. Eu não teria sabido o que fazer ali, mas, pelo menos, não teria ficado tão cega e tão confusa, forçando todos os meus sentidos para ter uma ideia de tudo o que estava acontecendo neste templo vazio. E se eu ficasse presa aqui para sempre? Sozinha?

Com certeza, havia um meio de sair.

Finalmente, cheguei... a algum lugar. O piso ficou nivelado e a luz diminuiu de um dos lados de uma sala comprida, o que tornava mais fácil ver as coisas, mas não curava minha dor de cabeça. E, embora eu já soubesse o que esperar, dei uma olhada nos degraus. Eles desapareceram. Eu duvidava que pudesse acreditar que alguma coisa ficaria no lugar que eu tinha deixado.

Quinze arcos escurecidos conduziam para fora da nova sala, que tinha mais ou menos o tamanho da sala de estar de Sam. Do outro lado, viam-se livros no chão. Capas de couro escuro, brilhantes como se tivessem sido encadernadas havia pouco. Quase corri até elas — era um sinal de que havia *algo* além de mim e do imenso vazio —, mas a última coisa que queria era ter uma morte feia porque não tinha sido cautelosa.

— Tem alguém aí? — O ar e as paredes abafavam meu sussurro. E, se houvesse outras pessoas presas aqui, capturadas no nada branco?

Escutei, mas havia apenas a ausência de som.

Mordendo o lábio, caminhei devagar para ter certeza de testar o chão antes de achar que ele aguentaria o meu peso. Ou ficar no mesmo lugar. A escada não me derrubou, mas provavelmente pensou em fazer isso.

As batidas do coração no templo continuaram. Constantes. Repercutindo. Apertei minha faca. Ela era inútil aqui, mas o cabo de pau-rosa me transmitiu uma onda de conforto.

Havia apenas cerca de uma dezena de livros do outro lado da câmara, mas eles lançavam uma sombra que fazia bem aos meus olhos. Minha dor de cabeça diminuiu ao mesmo tempo que minha mão hesitou acima da capa vermelho--sangue. Sem título nem indicação do que havia dentro dela.

Também não tinha poeira.

Prendi a respiração, encostei a palma da mão na capa e esperei.

— Janan? — sussurrei. — Você está aí?

Não ouvi resposta, além da batida ritmada do coração no ar.

Minhas mãos tremiam enquanto eu tirava o livro da pilha. Era fino, mas pesado. Papel espesso e capa de couro. A encadernação estalou quando eu a abri, mas as costuras ficaram no lugar. O leve odor de tinta invadiu meu nariz.

Outra coisa que faltava no templo: o cheiro.

Encostei o papel no rosto e respirei fundo, ridiculamente grata por algo tão simples que eu nem percebera que estava ausente. Então, envergonhada, mesmo não tendo ninguém ali, segurei o livro com uma das mãos e folheei as páginas procurando o texto. Respostas.

Traços pretos espalhavam-se pelas folhas, como se o escritor tivesse batido a caneta, espalhando a tinta por toda parte, ou como se um esquilo tivesse tinta nas patas e usasse o papel para limpá-las. As marcas não foram feitas da esquerda para a direita como as palavras que eu conhecia nem eram marcas de música.

Abri outro livro. Os mesmos rabiscos sem sentido. Não importava quantas folhas eu virasse, as marcas nunca faziam sentido.

Já me sentira assim antes, sabendo que uma coisa deveria funcionar, mas sem conseguir saber como. Eu tinha dez anos. Li pegara um dos livros de Cris, passando as páginas, murmurando como se entendesse os borrões de tinta, e consertou o sistema de esgoto com facilidade depois que havia lido como fazer.

Esperei que ela fosse dormir, me esgueirei na biblioteca e abri o livro que ela estivera lendo, mas não fazia sentido. Era apenas tinta sobre o papel.

Mas então eu colocara o livro sobre a mesa, olhando com atenção, e subitamente vira o modo como tudo formava linhas e espaços.

Levei mais um ano para descobrir todas as letras e palavras, mas eu sabia que elas *deviam* funcionar de alguma maneira. Tinha certeza de que era isso.

Eu precisava do mesmo tipo de certeza aqui. Passar um ano decifrando as palavras estava fora de questão, mas, talvez, fosse aconselhável procurar algo mais útil — como um mapa — antes de seguir por baixo de algum outro arco que conduzisse para fora da sala.

Antes que pudesse me sentar no chão para dar uma olhada nos livros, as batidas de coração do templo fizeram uma pausa. O templo *suspirou*.

Murmúrios insinuaram-se pelo local. Isso não diminuiu o peso do ar nem o desconforto geral agora que os batimentos estavam de volta, mas foi o primeiro som além dos meus e me provocou um frio na espinha.

Quando os sussurros ficaram mais altos, tirei a mochila das costas e enfiei alguns livros dentro dela junto com as minhas roupas; era difícil dizer se eu encontraria novamente esta sala. Depois, saí de fininho, com a cabeça abaixada como se isso me ajudasse a descobrir de onde vinham os sons. Mas, da mesma forma que a luz, os sussurros vinham de todas as partes.

Eu queria gritar e descobrir quem estava aqui. As palavras saíram da minha garganta antes que eu me desse conta, mas eu as prendi atrás dos lábios, antes que pudessem escapar totalmente. Se fosse Janan, e se ele fosse real, queria, ao menos, um segundo para me preparar. Observá-lo antes que ele me visse provavelmente era impossível, mas este era o lugar para as coisas impossíveis.

O problema era que Janan exigira adoração e, depois, partira. Mesmo se tivesse dado alma e vida eterna às pessoas, ele as abandonara, fazendo com que precisassem compreender tudo por conta própria, além de se defenderem de dragões e sílfides e uma centena de outras criaturas que regularmente tentavam destruir Heart. Se Janan *era* real, o máximo que conseguira fora proteger o templo quando os dragões enrolavam seus corpos ao redor dele.

E os dragões devem *odiar* Janan para sempre vir direito ao templo.

Os sussurros diminuíram. Alguns se pareciam com choro.

Escolhi o arco mais distante, sabendo que poderia ser uma tolice e que, talvez, eu nunca voltasse à sala dos livros. Mas, se algo estava acontecendo, poderia haver uma saída.

Os arcos tinham estado escuros antes, como se a luz simplesmente não os tocasse, mas sua iluminação modificou-se assim que passei por eles, na direção de um corredor. A escuridão tinha sido uma ilusão. As paredes eram pretas e escorregadias como petróleo, mas tinham um brilho sinistro. A iluminação pulsava no ritmo das batidas do coração.

O corredor parecia comprido de um modo impossível; a luz no outro extremo era tão minúscula. No entanto, quando pisquei, passei através de outro arco e tive que cobrir meus olhos sob o branco ofuscante.

Era tão grande quanto a primeira câmara e igualmente ofuscante, mas não era a mesma coisa. Um buraco brilhante escondia-se no meio da sala, com as paredes brancas se estendendo para baixo até onde eu podia ver. Tentei não chegar muito perto da beirada; alguém — Janan — poderia correr para cima de mim e me empurrar. Eu também tinha que me ajustar ao novo peso na minha mochila.

Os murmúrios sibilaram de novo, ondulando como um lençol cintilante sobre uma cama. O som ainda vinha de alguma parte, de uma vez, feito batidas de coração.

Rolei para longe do buraco enquanto a sala girava. Borrões subiam de um lado da minha visão e desciam do outro, um círculo gigante de sombras quando o teto desceu até o chão, e o chão ergueu-se até o teto. O buraco subiu a parede como uma imensa aranha. A sala virou de ponta-cabeça. As paredes resmungavam e rosnavam como se estivessem sentindo dor.

A pedra abaixo de mim permaneceu no lugar. Provavelmente. Era difícil dizer. Quando tudo parou de girar, eu estava de joelhos, com as palmas das mãos pressionando meus olhos com tanta força que as maçãs do rosto doíam.

A pulsação do templo acalmara-se. A luz além dos meus dedos diminuiu, e quando dei uma olhada, a sala estava de cabeça para baixo. Hesitante, fiquei de pé e tentei decidir entre olhar para cima no buraco ou fugir deste cômodo. O arco ainda estava ali e no chão. Por enquanto.

— Por aqui — murmurou o templo. — Almanova.

Não me mexi.

Será que estava falando comigo? Será que era Janan? Eu mal podia respirar com todas aquelas perguntas se acumulando na minha garganta.

— Você sabe quem eu sou? — Mordi a língua assim que as palavras saíram sem querer. Não podia imaginar que o templo me dissesse a verdade. Isso me fazia ficar enjoada, e todo o lugar era estranho e estava de cabeça para baixo. Havia tanto vazio, e os livros não faziam sentido. Mas eu precisava saber. Se este era Janan, talvez ele pudesse finalmente me dizer o que tinha acontecido a Ciana. — Por que foi que nasci?

— Um erro. — A palavra escorreu pelas pedras feito suor. — Você é um erro sem importância.

A ausência de temperatura não se modificara, mas estremeci e passei os braços em volta do meu corpo. Sempre soubera que fora um erro. Sempre ouvira dizer que eu não tinha importância.

— Ana? — Não era Janan. Esta segunda voz, mais alta, pertencia a um humano de verdade.

Girei nos calcanhares para ver um garoto de pé no arco negro. Cabelos castanhos curtos, bochechas magras, e olhos que traziam milênios de experiência. Ele apenas *parecia* ter quinze anos.

— Meuric.

27
ORADOR

O ORADOR DO Conselho estava parado na entrada da porta, franzindo a testa.

— O que você está fazendo aqui? — Ele avançou na minha direção.

Dei um passo para trás.

— Não chegue muito perto. — Ele olhou rapidamente para cima, para o buraco invertido. — Não vai querer cair.

Certo. Como as escadas que desciam, na verdade, subiam, o buraco que subia poderia, na verdade, descer. Firmei os pés no chão e lancei um olhar severo a ele.

— O que *você* está fazendo aqui? — Meu coração batia contra as minhas costelas com tanta força, que esperei que meus ossos se partissem. — O que está acontecendo do lado de fora?

— Vi você correr para cá. Vim para ajudar.

Era improvável. Eu estava aqui fazia, pelo menos, meia hora. A menos que o tempo corresse de modo diferente no templo.

Ele continuou a se aproximar com cautela, como se eu fosse um animal selvagem. Eu me sentia como um; minhas pernas mal se controlavam, querendo me levar embora, mas fiquei e combati a adrenalina que inundava meu corpo. Ele balançou a cabeça, mantendo a voz baixa e tranquila.

— Está um caos lá fora. Dragões e sílfides. Eles chegaram pouco depois de você desaparecer.

Dragões *e* sílfides? Minhas mãos arderam com as lembranças.

— Nunca aconteceu antes: as duas criaturas juntas. — Ele parou bem na minha frente, seu olhar fixo no meu. — Você sabe alguma coisa sobre isso?

Quanto eu ainda podia recuar antes de cair? Não podia saber.

— Ana. — Ele falou com delicadeza, como se isso fosse mudar alguma coisa. O templo ainda tinha as batidas de coração. O ar ainda abafava o som. Tudo o que dissemos era monótono e mal se podia ouvir. A única coisa que ecoava era Janan... talvez fosse Janan. — Você deveria estar em casa com Li. Estaria segura lá. O ácido do dragão não pode danificar as paredes.

Então fora isso que eu vira no ataque ao mercado. Os feitos de Janan?

— E quanto às sílfides? — Cocei as costas das mãos. As queimaduras tinham coçado enlouquecidamente enquanto estavam cicatrizando, e Sam ameaçara amarrar minhas mãos para sempre se eu não parasse de tentar acalmar a sensação de alguma coisa se arrastando debaixo de minha pele.

— As sílfides... — Os olhos de Meuric ergueram-se novamente para a cova — não atravessam a pedra.

Isso não significava que não pudessem usar portas ou janelas. A casa de Li não era mais segura que a área do mercado em relação às sílfides.

— Por que você não está em casa? — Ele voltou a perguntar.

Recuei lentamente até a parede para evitar ficar presa entre ele e o buraco. Minha voz tremeu.

— Ouvi o ribombar dos dragões e corri. — Era mais ou menos verdade. — Perdi a noção de onde estava indo. Sentia tanto medo. Depois uma porta apareceu e corri para dentro, mas nunca vira esta parte da Casa do Conselho.

Sua expressão vacilou como se ele estivesse me reavaliando. Com sorte, ele concluiria que eu era uma idiota.

Quando tive uma visão clara do Orador e do buraco, parei de recuar lentamente e baixei minha voz.

— Estamos no templo?

Ele estreitou os olhos — provavelmente, eu fora dramática demais —, mas fez um breve aceno.

— Sim, sua porta levou até ele.

— Pensei que não havia meio de entrar. — Olhei para o buraco. Ele poderia me subestimar se soubesse como eu sentia medo. Ainda assim, era humilhante ser flagrada quando eu estava em pânico. — Por que todas as coisas estão ao contrário?

— Não sei.

Esta sala fazia minha pele formigar, mas eu não podia imaginar que caminho seguir. Outros arcos apareciam e desapareciam nos cantos do meu olho. Qualquer um deles poderia conduzir à liberdade, mas era mais provável que me levassem para algum lugar pior.

— Antes de você entrar aqui, ouvi uma voz. — Apertei as mãos sobre o coração. — Era Janan?

A boca de Meuric repuxou-se.

— Sim.

Eu mantinha os olhos nele, tentando examinar o restante da sala com minha visão periférica. Não havia nada, a não ser a cova e um ocasional arco escuro.

— Ele disse que eu era um erro. Você acha que ele quis dizer que não era para eu ter nascido?

O Orador não disse nada.

— Sei sobre Ciana. Ouvi Frase dizer a Li que ela nunca voltou. Metade de Heart acredita que fiquei em seu lugar. Por isso me odeiam.

Meuric encolheu-se.

— Lamento, Ana. Queria poder responder às suas perguntas. Simplesmente não sei. Fiquei tão impressionado quanto todo o mundo quando você nasceu. Tudo o que posso lhe dizer é que as palavras no lado de fora do templo são verdade: Janan nos deu a vida. Todas as nossas vidas. Talvez alguma coisa tenha saído errada quando Ciana não voltou, mas Dossam acredita que você é um presente. Sem dúvida, você pode se inspirar nisso.

Sam. Tentei não pensar em Sam lá fora com os dragões e as sílfides. Melhor continuar a fazer perguntas, por mais que eu quisesse lembrar Meuric que, de fato, fora ele quem me tirara de Sam. E, com certeza, fora muito inspirador.

— Mas Janan deu a vida a todos, e disse que eu era um erro. Como ele pode cometer erros?

Sua expressão era escura como nuvens de tempestades. Não tinha ideia do que ele faria se eu o continuasse forçando; se ele poderia fazer alguma coisa, mas eu teria apostado o piano de Sam que Meuric sabia mais sobre o templo do que estava dando a entender. Eu simplesmente tinha que encontrar as perguntas certas.

— O que você está procurando? — perguntou ele. — Que lhe digam que você é um erro? Faria diferença se eu lhe dissesse que não? Você já sabe que acredito em Janan, e este é seu templo. Ele *é* o templo. Ele não costuma falar, mas nunca mente. Se disse que você é um erro, então, você é. Não sei de onde você veio, mas sei que *Janan* não teve nada a ver com você. Suas respostas não estão aqui.

As palavras desceram como socos. Eu podia simplesmente assentir. Certamente, não era a resposta que eu queria, mas aprendera havia muito tempo que não precisava me preocupar se alguém iria mentir apenas para evitar magoar meus sentimentos.

Na verdade, eu apenas queria saber o que acontecera. Não poderia mudar o que era ou não era. Baixei o olhar.

— Você sabe o meio de sair? Quero encontrar Sam.

— Sim. Podemos fazer isso. — Sua mão roçou o bolso do casaco tão rápido que eu não deveria ter visto. Fingi interesse nas minhas mangas, na roupa escura sobre a pele branca. — Venha comigo.

Fácil demais. E, em determinado momento, ele havia desistido de fingir que não sabia nada sobre o templo. Isso poderia significar apenas que ele queria me levar a alguma parte que eu não queria ir.

— Está bem. — Alisei as roupas e coloquei a mochila nas costas, pesada com os livros que eu havia roubado. — Sim. Eu preferia não ficar mais tempo aqui. Não dá para ver nada, e nada é o que parece ser. — Caminhei na direção dele, parando a poucos passos. Eu o mantinha entre mim e o buraco de ponta-cabeça.

— Perturbador, não é?

Hesitei, desejando desesperadamente ser tão corajosa quanto Sam dizia que eu era.

Antes que pudesse agir, Meuric percebeu *algo* a meu respeito — talvez a postura ou a respiração acelerada — e disse:

— Será mais fácil se você se comportar bem.

— O que será?

— Perder-se aqui. Você não sentirá fome nem sede. Nunca vai se cansar. Janan não quer você, e não vou matá-la, mas você causa problemas demais em Heart. Faz perguntas demais. Tinha esperança de que você iria para longe de tudo isso se eu lhe devolvesse para Li. Não era isso que eu queria para você.

— Sam não vai deixar você...

— Sam vai pensar que você morreu. Muitos corpos nunca são encontrados durante ataques de dragões e sílfides. Ele ficará triste, mas vai superar. A menos que morra também. E, mesmo assim, é improvável que ele renasça antes da Noite das Almas.

— O que acontece então? — A Noite das Almas só ocorre no equinócio da primavera do Ano das Almas, daqui a mais de um ano.

Ele mostrou os dentes ao sorrir.

— Nada para você se preocupar.

Não me movi.

— O nascimento nunca é bonito, Ana. É doloroso. Confie em mim, você ficará mais feliz aqui. — Ele fez um gesto para a câmara como se fosse a grande sala de concerto na Casa do Conselho; vi apenas sua brancura fria e impiedosa. — E você vai viver para sempre. Não é isso que você quer?

— Eu *quero* ir para casa. *Quero* que as pessoas parem de me dizer o que fazer, insistindo que os relatórios de progresso são a coisa mais importante na minha vida e imaginando que eu tenho algum plano nefasto para as almasnovas substituírem todas as pessoas. Não tenho. Por alguma razão, tive uma chance de viver e quero aproveitá-la ao máximo.

Meuric simplesmente balançou a cabeça.

— Você não faz ideia do problema que causou. — Ele deu um passo para mais perto, com os olhos nos meus. Tínhamos exatamente a mesma altura, portanto, nenhum de nós tinha que baixar ou levantar os olhos. E ainda assim ele parecia tão maior que eu. — Entendo — falou. — Você é jovem. O mundo gira a seu redor. Ou, como seu pai, talvez você simplesmente seja incapaz de considerar outras pessoas. Ele sempre estava fazendo perguntas também, tentando imaginar por que as pessoas reencarnavam.

— Curiosidade não é crime.

— Suas perguntas tornaram a minha vida difícil.

— Felizmente, como você diz, sou egoísta o suficiente para não me importar. — Dei uma olhada no buraco, mas não podia avaliar a distância; a luz-em-toda-parte tornava impossível perceber a distância. — Decidi não ir com você. Vou achar o meu caminho para fora daqui.

— Então, você nunca vai sair.

Não. Eu tinha uma boa ideia do que tinha que fazer. Ou, pelo menos, de onde encontrar. Parti para cima de Meuric, e o peso da mochila tornou tudo mais complicado que o necessário.

Ele era jovem e rápido o suficiente para poder ter corrido para longe, mas talvez tivesse se esquecido disso. Trocar de corpo deve ser confuso. Em vez disso, caiu no chão e me arrastou com ele, e suas unhas entraram no meu braço através da manga.

— O que você está *fazendo*? — Ele ficou de pé e me levantou. Era forte para o tamanho dele.

Enfiei a mão em seu bolso, procurando qualquer coisa que estivesse lá dentro.

Com um gemido, ele agarrou meus ombros para me jogar do outro lado da sala, mas agarrei o tecido de seu bolso — e não o seu conteúdo —, e ele caiu comigo. Dei uma cotovelada nele, tentando encontrar algum tipo de vantagem, mas ele era mais forte, e seus cotovelos, mais pontudos.

Lutamos, tentando segurar o bolso e ficar longe do buraco de cabeça para baixo. Quando chegamos perto dele, Meuric me empurrou, mas eu me joguei de lado pouco antes de tropeçar para dentro da abertura.

Meu ombro bateu no chão, espalhando dor por todo o meu braço. Meu pé, que aterrissara sob o buraco, pendeu para cima como se a gravidade estivesse invertida. Eu o puxei para baixo — era pesado como se eu estivesse erguendo-o para fora do buraco —, e caminhei com dificuldade quando Meuric atacou.

Ele bateu no meu ombro dolorido, enviando ondas de dormência para os meus dedos. Com a mão livre, puxei a faca de Sam e investia-a contra Meuric, sem me preocupar onde acertaria, desde que acertasse em algum lugar.

A carne respingou e estourou.

O sangue esguichou e escorreu de seu olho.

Sua expressão mudou para um ar de choque, então para um nada entorpecido quando retirei a faca e quis vomitar por causa do odor metálico de sangue e sal. Evitei olhar para as feições jovens enquanto encontrava um dispositivo fino, do tamanho de um DCS, em seu bolso. O objeto era feito de prata. Seus outros bolsos estavam vazios, então, seria aquele dispositivo que me tiraria dali.

Meuric gemeu e apertou o olho ferido. Eu não sabia como ele ainda estava vivo, mas a lâmina não era comprida; talvez eu não tivesse penetrado o suficiente para ferir seu cérebro. Com ácido fervendo no meu estômago, limpei a lâmina em seu casaco, então, eu o chutei para baixo do buraco. Este o aspirou para cima rapidamente, como se ele estivesse caindo.

Minha cabeça girou, e eu tinha que vomitar.

Eu o *matara*.

Quando ele renascesse, ia passar a vida tentando me matar. Poderia até mesmo contar ao Conselho o que eu fizera. Eu poderia mostrar-lhes o que havia encontrado em seu bolso, dizer-lhes o que acontecera antes de ele retornar, mas era improvável que acreditassem em mim. Eu era uma sem-alma.

Com o ombro comprimido doendo, eu me ergui para me sentar e examinei o dispositivo. Sob a luz-em-toda-parte, ele brilhava prateado, e tinha cinco imagens gravadas no metal: um linha horizontal, uma linha vertical, um quadrado, um círculo, um diamante. Nenhuma se parecia com uma porta, e eu não podia saber se, ao tocar numa delas, ativaria alguma coisa ou não. Não eram botões.

Por um momento, temi ter cometido um erro — será que cometera? Eu o matara — mas ele era Meuric. Não viria até aqui sem estar preparado. Provavelmente, para início de conversa, ele é quem deveria ter criado a porta, apenas para me tirar do caminho. Não havia nada além em seus bolsos, então, todas as coisas necessárias para ativar este dispositivo já deveriam estar aqui.

Ou não. E se isso estivesse ligado apenas à alma de Meuric, do mesmo modo que os escâneres na cidade poderiam detectar de quem era a alma?

— Janan? — murmurei, caso ele ainda estivesse aqui e quisesse me ajudar. Somente a batida de coração do templo pulsou em resposta.

A última coisa que eu queria fazer era me trancar aqui dentro, mas será que já não estava presa? Eu tinha que aproveitar a chance e tinha esperança de escapar. Então, eu poderia examinar a casa de Meuric, procurando algum tipo de instrução.

A linha horizontal era a primeira; toquei nela.

Nada aconteceu.

Foi a mesma coisa com a linha vertical e com o quadrado, então, talvez, isso significasse que eu tinha que fazer alguma outra coisa com eles. Mas *o quê*? Frustrada, apertei o dispositivo, pensando em jogá-lo no buraco.

Alguma coisa se mexeu dentro do aparelho. Com um *clique* suave, as imagens todas rodaram e o metal deslizou para dentro de si mesmo, como se metade fosse oca.

Eu não tinha ideia do que fizera, mas, ao erguer os olhos, a parede brilhou e gemeu. Do mesmo modo vertiginoso, a sala virou de ponta-cabeça, e um borrão cinza apareceu na pedra branca, expandindo-se até uma abertura do tamanho de uma porta. Eu não podia ver mais nada adiante.

Ficar aqui ou atravessar a porta misteriosa? Respirei fundo, com a respiração entrecortada, e me firmei no chão. Antes de chegar à metade do caminho, as beiradas da porta tremeluziram e ficaram brancas.

Todo o meu corpo doía e meu ombro ardia sempre que eu mexia meu braço, mas corri para a porta antes de ela fechar e eu fosse obrigada a repetir o que quer que eu tivesse feito com o dispositivo.

Passei por ela.

O vento gélido bateu no meu rosto, e o gelo obscureceu minha visão. Meu primeiro instinto foi correr para o mais longe possível do templo, mas — girei e apertei a mochila contra a parede que agora ficara lisa onde antes havia uma porta — eu saíra num peitoril, muito acima do chão. Se não fosse pelo tempo, eu teria sido capaz de ver tudo. Nunca fora tão grata pelo gelo antes.

Com cuidado, tirei a mochila das costas. Pensei em deixá-la para trás — eu tinha o dispositivo da porta e a faca no casaco —, mas ela tinha os livros do templo, além dos restos queimados da música de Sam. Se precisasse, eu poderia deixá-la pelo caminho, mas, por ora, coloquei a mochila virada para a frente. Eu ia me desequilibrar, mas compensaria.

Assim que me equilibrei para pegar as coisas, um vulto escuro formou-se em meio ao cinza: comprido e fino, com imensas asas negras.

Um dragão.

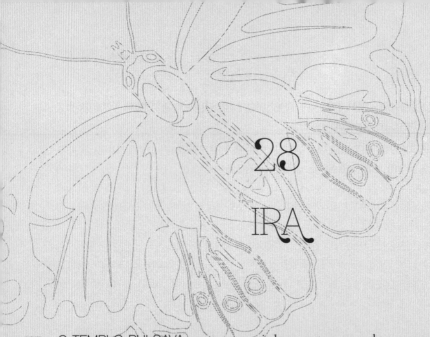

28
IRA

O TEMPLO PULSAVA contra as minhas costas quando me encostava nele com força, tentando me tornar invisível. Minha porta se fora e, não era difícil recordar como Sam descrevera o ácido do dragão. Dava para me imaginar queimando e coçando, minha pele fervendo até eu ver os ossos. Eu não queria morrer. Nem no templo, nem ao cair, nem por causa de um dragão.

Considerei abrir outra porta apenas por um instante; não dava para saber o que eu encontraria em seu interior ou se poderia voltar para o andar térreo e criar uma nova porta. Não poderia arriscar.

Cogitando ideias absurdas, apoiei as duas palmas sobre a pedra quente e tentei acalmar a vertigem e o terror. As asas do dragão se abriram, brilhando sob a estranha luz do templo.

Muito bem. A pedra quente. Isso, ao menos, evitaria que o gelo me fizesse escorregar, mas ainda havia água. O parapeito tinha trinta centímetros de profundidade, o que não deixava muito espaço para manter o equilíbrio.

A boca do dragão se abriu quando ele voou para mais perto, mas, antes de me perfurar com dentes do tamanho do meu antebraço, uma luz azul piscou do solo, rasgando-lhe o céu da boca. Com um rugido, ele se virou e mergulhou no atacante. O vento das asas quase me jogou para fora do parapeito, mas firmei meus calcanhares e cerrei os dentes, como se isso fosse me impedir de rolar para a área do mercado.

O telhado da Casa do Conselho não estava muito longe do lado esquerdo, o que significava que eu estava de frente para o norte e para todos os dragões que estavam chegando — e ele parecia ser um lugar mais seguro para aterrissar. Ainda era, no mínimo, uma queda equivalente a um andar e não dava para dizer se o parapeito se estendia tanto assim, mas era melhor que ficar aqui.

Eu me movi com dificuldade na direção do telhado. O brilho me ajudou quando estava bem abaixo de mim, mas qualquer coisa nas proximidades estava enevoada com o gelo e a luz sobrenatural. E, mesmo com o tempo quente, meu rosto e os dedos estavam dormentes. Minha mochila pesava de forma estranha no meu ombro, fazendo com que uma ardência o percorresse. Alguma coisa estava fora do lugar ou, talvez, quebrada.

Os dragões serpenteavam pelo ar, mergulhando nas ruas. Havia centenas deles, guinchando e fazendo trovões estremecerem o mundo. A confusão de sons abafava qualquer grito que meus semelhantes humanos pudessem dar. Eles nunca iam ouvir os meus também.

Apertei o templo com mais força, avançando mais rápido.

Foi um erro. Meu calcanhar escorregou na água, me fazendo ficar leve demais por uma fração de segundo, enquanto meu outro pé me acompanhava. Joguei meu peso para trás, torcendo de modo quase insano para não compensar em excesso e me empurrar para fora dali. Meu cóccix bateu na pedra, transmitindo choques por toda a minha espinha.

Minhas pernas balançaram para fora do parapeito. A largura da pedra era a das minhas coxas, mostrando com precisão quanto espaço eu não tinha para me mover. Tentar ficar de pé novamente acabaria me matando, por isso, encostei as mãos no parapeito e fui deslizando. A água encharcou a parte de trás da minha calça. Arrepios percorriam minhas pernas até o estômago.

O templo estremeceu quando um dragão agarrou-se a ele bem mais acima de mim. Não olhei. Se o que eu tinha visto durante o ataque do mercado era uma indicação, as garras não iriam nem mesmo arranhar a pedra.

Meuric dissera que havia sílfides. Eu não podia ver nada além das luzes ofuscantes e do gelo, mas não duvidava de que elas estivessem lá fora. Eram criaturas da sombra e do ar; será que significava que podiam voar?

Eu me concentrei em escorregar mais rápido sem cair e lutei contra a vontade de olhar para baixo. Eu veria a Casa do Conselho quando estivesse sobre ela. Primeiro, o telhado, depois, o chão.

A visão da metade norte da cidade já era assustadora o suficiente, sem acrescentar a vertigem a isso.

Eu não podia distinguir as balas de canhão a distância e sob a luz enevoada, mas as explosões davam pancadas no ar e faziam os dragões gritarem. Vultos escuros cortavam o céu, perseguidos por tiros de laser. As luzes refletiam nos muros da cidade, nas paredes da Casa do Conselho e ao longo das avenidas principais. Heart teria ficado clara como o dia, não fosse pelo gelo, pelas nuvens e pela escuridão opressiva.

Finalmente, uma extensão branca apareceu sob o meu parapeito. Ainda era difícil dizer a que distância estaria. Muito longe. Eu quebraria todos os ossos das minhas pernas e braços. Até onde dava para ver, a parede do templo abaixo de mim era praticamente perpendicular, portanto, isso evitava cair de parapeito em parapeito.

As garras arranhavam com um ruído agudo contra a pedra. Ergui os olhos bem a tempo de me desviar de uma cauda que balançava. Um dragão debatia-se, fazendo um esforço para manter-se agarrado ao templo. Ele arranhou e tentou subir com dificuldade novamente, movendo a cauda para se equilibrar. A ponta da cauda estava próxima.

Agarrei-a e saltei.

Gritos. Enrolei as pernas na cauda da criatura e me agarrei o mais forte que pude. A mochila sobre a barriga dificultava continuar apertando, mas abaixei minha cabeça e não soltei quando a cauda chicoteou em pleno ar, virando-me de cabeça para baixo e parando pouco depois de me bater contra a parede.

Má ideia. Má ideia.

Quando a cauda se aproximou do telhado da Casa do Conselho, eu a soltei.

Minhas costas bateram primeiro. O ar escapou de meus pulmões. Ofeguei e tossi quando me virei, rápido o suficiente para evitar vomitar em mim mesma. Então, cuspi até o gosto ácido acabar.

Acima de mim, o dragão sujava toda a parede do templo com sangue, ainda se debatendo ao mesmo tempo que os lasers atingiram suas asas bem esticadas. Ele soltou um rugido ensurdecedor ao cair, fez a Casa do Conselho estremecer quando aterrissou, e se pendurou no telhado.

Isso simplesmente me dera outro caminho até o chão.

Troquei de novo a mochila de posição. Meu ombro doeu, mas a dor aguda desaparecera. Não importa o que estivera fora de lugar, devia ter voltado para o lugar quando aterrissei.

Graças ao dragão morrendo por causa de três ataques, caminhei até onde sua cauda e pernas traseiras pendiam, no lado sul do telhado. Ainda assim, tive que correr antes que ele deslizasse pelo restante do caminho; com o gelo deixando tudo escorregadio, a fera não ficaria aqui por muito tempo.

Duas vezes, escorreguei pelo telhado e arranhei as palmas ao tentar me segurar, mas cheguei até as patas traseiras do dragão, assim que o corpo começou a estremecer. Torcendo para que estivesse morto, escalei as garras e a perna. Então subi pela lateral de suas costas. As escamas eram pontudas e frias, e estavam úmidas por causa do gelo. Mas era um lagarto — embora fosse um lagarto imenso adaptado para a tundra — e de sangue frio, portanto as escamas frias deviam ser uma coisa normal. Talvez.

Subi com dificuldade nas costas dele e usei as escamas como uma escada por cima da beirada do edifício. Minhas mãos ficaram congeladas e doíam, mas eu não parei de me mexer.

O corpo contorceu-se quando eu estava no meio do caminho, próximo às asas esticadas. Tudo era escorregadio. Me segurei com mais força, mas, como ele não voltou a se estabilizar, pulei para a asa e deslizei pelo restante do caminho, pulando e tropeçando por cima dos ossos sob as escamas finas e lisas.

O vento cortava meu rosto e subia por minhas mangas enquanto eu corria. Finalmente, o declive diminuiu nas pontas das asas que se apoiavam sobre o calçamento de pedra. O impulso me lançou para o solo bem na hora que o dragão desmoronava atrás de mim.

Alguém que corria parou para olhar e xingou, então, lançou a pistola na minha direção enquanto se dirigia para o norte. Minhas mãos estavam frias e rígidas demais para segurar a arma, mas eu a peguei do solo; em seguida, tentei descobrir onde estava em relação à janela de Sam. Não era muito longe. Corri com dificuldade por cima do cadáver do dragão. O edifício e o animal criavam uma passagem estreita, protegida do vento e do barulho.

Encontrei a janela da prisão com facilidade, e eles não tinham fechado o vidro.

— Sam? — Eu me ajoelhei e olhei para dentro no cômodo escuro.

Vazio.

Eu me sentei nos calcanhares e apoiei a testa na barra de ferro, tentando descobrir o que poderia ter acontecido. Era possível que ele tivesse conseguido escapar, mas ele mal se lembrava de como usar um console de dados. Desarmar os escâneres de alma estava além de sua capacidade. Orrin tinha estado ali, mas era tão despreparado quanto Sam. Stef teria conseguido fazer isso, mas provavelmente não tinha as ferramentas necessárias.

A outra possibilidade era Li ter descoberto a minha ausência e ter desconfiado onde me encontraria. Ela não teria hesitado em matar Sam.

Então eu o vingaria. Li voltaria e, assim como Meuric, ela me caçaria pelo resto de suas vidas, mas, pelo menos, ela sofreria a mesma dor de separação da alma que Sam.

Meu estômago se revirou. Quando eu me tornara tão indiferente em relação a matar? Minha faca ainda estava úmida com o sangue de Meuric, e eu já estava pensando no que fazer com minha mãe? Queria vomitar de novo, mas não havia mais nada dentro de mim.

A tristeza e os gemidos me desviaram dos meus pensamentos.

Sombras altas moviam-se perto dos restos mortais do dragão e das escamas queimadas. Encolhi meu nariz com o fedor das cinzas e corri para longe das sílfides. Elas ainda não estavam interessadas em mim, e eu não tinha nenhum ovo de sílfide.

Corri para a noite cortante, e o barulho da batalha aumentava à medida que eu me afastava da Casa do Conselho. Veículos aéreos ribombavam ao redor dos dragões, atirando lasers sempre que tinham chance. Os dragões cuspiam bolhas de ácido. Puxei o capuz para mais perto do rosto. Se alguma coisa caísse perto de mim, eu ouviria o seu sibilo, e poderia tirar meu casaco. Mas só funcionaria uma vez.

Meus músculos doíam, no entanto, corri o mais rápido que pude, evitando qualquer coisa escura ou de uma cor verde brilhante. Queria ter uma lanterna ou um DCS (o meu fora confiscado), mas a minha faca e o laser eram melhor que nada.

Examinei os rostos de todos por quem passei. A maioria das pessoas estava correndo também, mas pareciam saber o que fazer. Pelo menos, mais do que eu. Nenhum deles era Sam ou meus amigos. Continuei correndo, escondendo os punhos dentro das mangas para me aquecer.

As pessoas, as luzes e as bolhas ácidas se amontoavam na avenida Norte. Queria poder me esconder no bairro residencial, mas não sabia muito bem o caminho em meio àquele labirinto. De qualquer forma, a casa de Li ficava bem perto do posto da guarda.

Queria ser covarde o suficiente para me esconder na casa de alguém até tudo acabar.

O muro ao norte de Heart se agigantou à minha frente, brilhante por refletir a luz através do posto da guarda. Fiz mais força ainda com as pernas fracas. E se Li não estivesse em casa? Ela era uma guerreira. Sem dúvida, estaria matando metade dos dragões com uma das mãos e não esperando que eu a enfrentasse.

Eu me concentrei na ira. Ela *sempre* destruía o que era importante para mim. Um monte de coisas que eu havia encontrado na floresta, as rosas lilás, a música de Sam. Ela não fizera nada, durante toda a minha vida, que me desse um motivo para acreditar que não mataria Sam apenas para me irritar.

Pulmões e pernas queimando. Corri ao redor de um trio de crianças que atiravam os lasers para o céu, e deslizei até parar perto da água. Meu nariz escorria por causa do frio. Se eu ia enfrentar minha mãe, devia, ao menos, parecer que podia cuidar de mim.

Limpei o nariz na manga e apertei o laser. O caminho era familiar agora, embora o dragão morto e o calçamento de pedras marcado por ácido fossem novos. As sombras permaneciam por toda a parte, mas nenhuma cantava as canções das sílfides.

Estremecendo, fiquei parada no fim da trilha e fitei a porta da frente.

Balançava, aberta, emoldurando Li.

Ela parecia maior e com mais raiva.

— Onde você esteve? — Ela não se moveu. Li sempre esperava que eu fosse até ela.

Dobrei os dedos ao redor do cabo do laser.

— O que foi que você fez com Sam?

Ela inclinou a cabeça.

— Sam?

— Você me ouviu. — Dei um passo para a frente. Ela não estava segurando nada além da maçaneta da porta. Eu podia atirar antes dela. Talvez. Eu nunca havia usado um laser e, provavelmente, minha mira era terrível. — O que foi que você fez com Sam? Ele não está mais lá.

— Não sei o que aconteceu com ele. — Ela deu uma olhada por cima do ombro. Distraída. Agitada. Era natural, considerando o que estava acontecendo ao nosso redor, mas não para Li. Ela gostava de conflito. Gostava das oportunidades em que me via magoada, e aqui estava eu sem a única pessoa que significava tudo para mim, temendo que ele estivesse morto, e ela estava *distraída*?

— Então você foi atrás dele?

— Ele estava na prisão. Agora não está. — Parei a meio caminho da trilha e estiquei os ombros. O ombro machucado doeu, mas tentei manter minha expressão imóvel com a raiva, como ela fez. Não queria que soubesse que eu estava magoada.

— Por que você acha que eu faria algo a ele? — O tradicional desdém voltara.

— Você sempre faz coisas. É o que você é. — Ergui meu laser e deixei a mão livre repousar sobre o cabo de pau-rosa da faca de Sam. — Você tentou tornar minha vida miserável, me fazer acreditar que ninguém poderia se importar comigo. Mas você está errada. Sam se importa. Sarit, Stef e os outros também. Não sou uma sem-alma. — Minha mão balançou enquanto eu fazia mira. — Agora me diga o que fez a ele.

Ela ficou boquiaberta.

Primeiro, pensei que fosse o choque por eu finalmente ficar contra ela, mas então sua expressão ficou distante e seus olhos se concentraram no vazio. Um último tremor de raiva, e ela caiu.

Morta.

Cambaleei para trás. Um dragão não caberia ali dentro, e uma sílfide teria sido mais óbvia. Eu não tinha feito isso.

Um homem saiu das sombras, por cima do corpo de minha mãe, e baixou um laser portátil semelhante ao meu.

— Você deve ser Ana.

Estranho que bastasse um único homem pequeno com um laser para matá-la. Ele não parecia ser grande coisa. Baixo, cabelo castanho-avermelhado cortado rente. Pálido.

Oh. Eu conhecia esses traços, embora nunca o tivesse visto antes.

— Sou Menehem — disse ele. — Seria melhor conversarmos.

29
ESCURIDÃO

MANTIVE O LASER apontado para o peito dele.

— Você a matou.

— Sim. — Ele ergueu as sobrancelhas. — Não era para isso que você estava aqui? Pensei que poderia acabar com tudo de uma vez. Você não ia parar de acusá-la de matar Dossam, e ela não ia admitir nada. Aliás, ela não matou. Ela estava aqui comigo.

Meu maxilar doía de tanto trincar os dentes, enquanto ele caminhava na minha direção. Eu me mantive firme.

— Mas a batalha...

— Sim, ela estava indo para lá. E poderia ter feito muita coisa para ajudar as pessoas, mas, sinceramente, eu não quis.

Isso também era como me afogar. Minhas perguntas eram semelhantes a gotas de água, suficientes para encher um oceano.

— Não entendo.

Eu odiava me sentir idiota. Odiava ter que perguntar. E odiava estar atrasada e não ser capaz de encontrar Sam. Se Li não o tinha matado, então ele estava em alguma parte da cidade. Com os dragões.

Eu me preparei para o pior.

— Conte-me tudo ou farei buracos nos seus braços e pernas. — Como se eu tivesse esse tipo de habilidade.

Mas ele não sabia.

— Muito bem. — Ele caminhou para dentro de casa, parando pouco antes de chegar às sombras. — Você não vem?

Assenti, apontando para a mão.

— Sua arma.

Ele revirou os olhos e jogou-a na trilha.

— Não tenho planos de machucar você.

— Você não me deu motivo para acreditar nisso. — Não abaixei o laser enquanto eu o seguia até a porta. Li estava imóvel sobre a soleira, e o gelo já estava se acumulando em seu rosto. Se tocasse nela, ela estaria fria. — Você estava trabalhando com Meuric? Foi você que nos atacou depois do baile? — Ele era menor que o homem que me jogara na rua, mas eu estava apavorada na hora. Estava apavorada *agora*, mas, pelo menos, tinha uma arma.

Menehem agarrou meu laser e jogou-o pela porta junto com o dele.

— Não. Não estou trabalhando com Meuric nem com outra pessoa. Não a ataquei nem mandei sílfides atrás de você. Se quisesse feri-la, você estaria morta. Nunca tire seus olhos da pessoa que você está ameaçando.

Meu coração bateu fora do ritmo e tentei acompanhar Menehem, mas assenti, usando a moldura da porta para me segurar. A pedra fria gelava minhas mãos. Dei um passo para trás.

— Muito bem. Você defendeu seu argumento. Não sei interrogar ninguém. Agora você vai me contar por que me abandonou, por que matou Li e por que quer que as pessoas morram?

Ele fez um gesto para que me sentasse. A sala de estar de Li tinha pouca mobília, apenas algumas cadeiras e mesas. Ela tivera espadas e machados pendurados nas paredes — as dela eram paredes de verdade, não eram como as de Sam —, mas retirou as armas quando me mudei.

Deixamos a porta aberta, e ambos ficamos parados na direção dela. E Li no chão, com um buraco limpo atrás da cabeça.

— Quando ela voltar — disse —, ela vai matá-lo. Provavelmente, muitas vezes.

— Ela não vai voltar.

Eu quis retrucar.

— Claro que vai. Todos voltam. — A não ser por Ciana. Talvez, a não ser por mim também. Não podíamos saber, a menos que eu morresse, mas isso parecia improvável.

E havia aquela coisa sobre a qual Meuric falara, alguma coisa que deveria acontecer na próxima Noite das Almas...

Ele balançou a cabeça.

— Estive trabalhando durante toda a sua vida para refazer o que eu conseguira fazer apenas uma vez. Eu impedi a reencarnação.

— O quê?

— Há muitos anos, eu estava fazendo experiências na área do mercado. Era a única região ao ar livre que eu considerava segura o bastante, caso alguma coisa saísse errada. Não podia sair de Heart também. Os gases externos poderiam interferir. Tenho certeza de que você sabe como aquilo pode cheirar mal. Imagine essa situação quando você está tentando se concentrar em substâncias químicas inflamáveis...

— Menehem. — Assim como os diários que eu havia lido, ele realmente gostava de explicar as coisas. — Termine essa história.

Ele revirou os olhos.

— De qualquer forma, como acontece com frequência nos experimentos, alguma coisa deu errado, mas foi muito inesperado que tivesse dado *certo* quando originalmente eu imaginara o contrário. Foi a noite em que Ciana morreu.

— Isso não faz sentido. — E se Li não ia voltar, assim como Ciana não tinha voltado, o que aconteceria com todos os outros que morreram hoje à noite?

Ele sorriu, e não era um sorriso cruel ou calculista como o de Li, mas também não era o tipo de sorriso que eu queria que me fosse dado.

— Sei que é difícil de entender. A verdade é a seguinte: quem morrer hoje à noite está morto. Para sempre. Assim como você substituiu Ciana, suspeito que outras almasnovas substituirão os mortos de hoje à noite. Envenenei Janan, Ana. Ele é o responsável pelas reencarnações. Hoje à noite, é incapaz de cumprir sua tarefa.

Não conseguia fazer isso entrar na minha cabeça. Janan era real, eu tinha certeza agora, mas envenená-lo? Janan parecia viver no interior das paredes do templo. Eu não poderia imaginar um modo de envenenar a pedra. Se não tivesse nascido — prova de que o que Menehem fizera tinha funcionado —, eu o teria chamado de louco.

— Os efeitos não vão durar mais que umas poucas horas, mas será o suficiente para trazer mais almasnovas para o mundo.

— Por quê? Por que você quer que seus amigos morram? E Li? E talvez você?

Ele baixou a voz, parecendo quase magoado.

— Pensei que você ia ficar contente pelo fato de Li não voltar. Ela era absolutamente terrível para você. Ao menos, era o que parecia.

— Essa não é a questão. Ela *nunca* vai voltar. Você a destruiu completamente.

— E a todos os outros que morreram hoje à noite. Somente escolhi Li por sua causa. A natureza escolherá o restante. Os mais fortes sobreviverão. E renascerão. As almasnovas substituirão os outros.

Corri para a porta.

— Sam está lá fora. Os dragões *sempre* o matam. — Passei por cima da minha mãe morta e peguei os dois lasers. — Se ele morrer hoje à noite, você morre também.

Menehem me acompanhou com facilidade e não pareceu se importar com a falta da arma.

— Tanto faz se dragões ou sílfides me matarem, mas você não vai morrer. Nem mesmo se Dossam estiver morto.

— Você não diria isso se me conhecesse. — Fiz um gesto para que ele fosse primeiro. Se algo me atacasse, preferiria que a criatura o comesse enquanto eu tinha chance de correr. Além disso, não tinha superado o modo como me desarmara antes.

— Acho que conheço você muito bem. Sua necessidade de conhecimento é insaciável. Tenho as respostas que você quer. Não é isso o que você estava fazendo na biblioteca tão tarde da noite, enquanto estava morando com Sam? — Ele olhou por cima do ombro. — Estive acompanhando seu progresso desde que chegou a Heart e, sobretudo, consegui manter minha volta em segredo.

Então fora ele quem me seguira naquela noite? Balancei a cabeça e continuei caminhando. Isso não importava mais.

— Foi por isso que você veio aqui hoje? Veio procurar por mim?

— Exatamente. — Ele sorriu por cima do ombro. — Você é a única pessoa que eu queria salvar hoje à noite. Você não teve uma vida inteira ainda. Nem dezenas delas. Não seria justo que morresses em tão pouco tempo.

— Eu vou renascer?

Viramos na rua, e as luzes e o gelo brilhavam novamente. Veículos aéreos e dragões se amontoavam acima de nossas cabeças, e podíamos ver a avenida Norte daqui, onde as sílfides perseguiam as pessoas, queimando cadáveres ao passar. Senti uma alegria mórbida por não termos ovos de sílfides; nesse caso, eu me sentiria forçada a parar e ajudar as pessoas. Em vez disso, me concentrei em procurar Sam.

Mas havia algo diferente. Uma escuridão incomum chamou a minha atenção.

No centro de Heart, o templo estava opaco. As luzes do lado de fora iluminavam o edifício, mas seu brilho perolado tinha desaparecido. A pedra gritava enquanto os dragões a envolviam, fazendo um esforço para esmagá-la ou...

Linhas negras irregulares apareceram no templo.

Parei de andar. Menehem ficou ao meu lado, olhando o templo que se erguia acima das copas das árvores e de outros edifícios.

— Hum — disse. — Me pergunto o que vai acontecer, se eles o derrubarem. — Depois de refletir por um instante, deu de ombros. — Bem, talvez ninguém vá renascer.

— Você nunca disse se eu vou.

— Não posso. Desculpe. Quer dizer, você está aqui agora, e talvez isso vá acontecer. É impossível dizer com certeza até você morrer. E do mesmo modo com todas as outras almasnovas que nascerão depois.

Isso não era tranquilizador. Se nós substituíssemos as pessoas que Janan fizera reencarnarem por milênios, por que ele iria se incomodar em nos fazer reencarnar? Ou será que saberia a diferença?

— Não fique aborrecida — prosseguiu Menehem. — Você não está feliz por ter a chance de existir? Não quer que outros tenham chance também? Poderia haver outros bilhões como você esperando para nascer.

Talvez ele tivesse razão. Eu tinha que vir de algum lugar, então, talvez houvesse outras almas esperando sua vez de viver também. Mas isso não tornava suas ações morais.

— Então você está matando seus amigos por bondade?

— Não. Bem, suponho. Na verdade, é pela ciência. Eu tinha perguntas. Queria saber se minhas teorias estavam certas.

— E estavam?

— Mais ou menos. Demonstrei que Janan não é todo-poderoso nem digno de adoração, como Meuric e seus amigos ficam repetindo. — Ele olhou para mim. — Você não os odeia? Eu não suporto ouvi-los discutindo sobre estarem aqui para este ou aquele fim. Agora, embora eu pense que demonstrei que Janan é real, também provei que não importa o que ele seja, pode ser impedido.

Não queria pensar em Meuric. Meu estômago se revirou, recordando o modo como eu acertara minha faca em seu olho.

— Então é nisso que você tem trabalhado nos últimos dezoito anos? Em como impedir a reencarnação?

Menehem assentiu.

— Pensei que fosse sobre as sílfides. Em como controlá-las.

— Não. Bem, sim, começou dessa maneira. Mas nunca descobri um modo de controlar as sílfides.

Isso significava que Li não poderia ter roubado nem usado a pesquisa dele para enviar as sílfides atrás de mim. Menehem não saberia me dizer por que tinha havido dois ataques de sílfides em tão poucos dias, desde quando eu deixara o Chalé da Rosa Lilás.

— Pensei que você queria encontrar Sam. — Ele fez um gesto na direção da avenida, mais uma vez. — Eu o vi mais cedo, caminhando na direção do muro norte.

Certamente, ele conhecia a aparência de Sam, se estivera me seguindo. Estremeci.

Luzes de mira cruzaram o ar, e os lasers rasgavam a carne dos dragões. Chafurdávamos em meio a substâncias químicas (provavelmente, a mistura de Menehem) para neutralizar o ácido dos dragões e corremos em volta dos animais mortos dispersos pelo solo. As criaturas forneciam cobertura tanto para os seres humanos quanto para as sílfides, embora as últimas parecessem mais decididas a encontrar um caminho para fora da cidade. Elas flutuavam na direção do muro; em seguida, pulavam e *fugiam* quando viam Menehem.

Agarrei o estranho mais próximo.

— Você viu Sam? — Ele balançou a cabeça e começou a se afastar, mas não soltei o casaco dele. — Não morra hoje à noite. Você não vai renascer. Conte a todos.

O estranho apertou os olhos, mas assentiu.

— Boa sorte procurando Sam.

Gritei por Sam o mais alto que pude, mas minha voz era impotente em meio ao barulho. Quando perguntava às pessoas sobre ele, algumas indicavam lugares em que acreditavam tê-lo visto; a maioria dos lugares ficava em direções opostas. No entanto, contei a todos sobre o plano de Menehem, mostrando o templo escuro como prova, e os segui em meio à multidão. Cinco disseram que o tinham visto no bairro a noroeste.

Meus sapatos pisavam na lama. As colheitas foram arruinadas por causa do ácido e das substâncias químicas para neutralização; ao menos, era seguro caminhar pelo solo.

— Sam! — Minha garganta doía por causa do frio e dos gritos. Eu me abaixei atrás de um dragão morto e atirei em outro que se lançava no ar, levando-o até uma parte próxima do muro. O animal gritou quando voltei a atirar. Corri por uma escada. Talvez alguém no muro tivesse visto Sam.

Eu perdera Menehem. Não importava. Se estivesse vivo, eu o encontraria. Se não estivesse...

Ele não era minha preocupação. Eu me ergui até a escada, agora meus ossos doíam profundamente, e fiz uma pausa apenas para atirar numa asa enorme quando o dragão aterrissou no muro. A estrutura balançou, e a escada estremeceu, mas inclinei todo o meu peso para a frente e ela aguentou o restante da subida.

O muro era largo o bastante para dez pessoas ficarem lado a lado. E era pequeno demais para um dragão se empoleirar nele, mas este tentou fazer isso. Cravou as garras da frente no muro, pairando acima de mim em posição horizontal. As luzes piscaram, me obrigando a piscar enquanto fazia a mira e atirava.

Um tiro de sorte: acertei o olho dele. Com um rugido ensurdecedor, o dragão vomitou ácido em minha direção, mas sua percepção da profundidade se fora junto com o olho. A escada sibilou quando o dragão caiu para trás arranhando a própria face. Ele se agitou, e suas asas deslocaram o ar com tanta força que eu não conseguia respirar, mas não podia acreditar que ele atacaria de novo, pelo menos, por alguns minutos.

Corri até o homem que quase fora derretido pelo dragão. Ele não estava se movendo.

— Ana? — Stef estava um pouco atrás do homem sobre o qual eu me agachara. O sangue escorria pelo seu rosto e grudava no cabelo, enquanto ela se esforçava para ficar de pé. — O que você está fazendo aqui? Ele está bem? — Ela oscilou e caiu sobre os joelhos do outro lado de...

Sam. Ele estava deitado de barriga para baixo e vestia um casaco que eu não reconheci, mas as luzes que mudavam de direção iluminavam seu perfil. Toquei o pescoço, procurando a pulsação. Sua pele estava fria e, por um momento, pensei que estivesse morto, mas então percebi o sangue fluindo pelas artérias. Sam tossiu e tentou puxar os cotovelos para que pudesse se erguer sozinho.

— Não morreu ainda?

Engasguei com um soluço.

— Não ainda.

Ele se moveu rapidamente, erguendo-se e ficando de joelhos e me fitou com olhos arregalados, sem acreditar.

— Ana.

Mais que qualquer coisa, eu queria abraçá-lo. Não fiz isso.

— Não temos tempo para "senti sua falta". — Consegui me pôr de pé e peguei minhas armas. — Menehem fez alguma coisa com Janan. Quem morrer hoje não vai renascer. Precisamos ficar em outro lugar até estar seguro para morrer de novo.

Stef parecia confusa.

— O quê?

— A parede não tem batimento cardíaco. — Sam franziu a testa ao dizer isso. — Espere um pouco... Menehem?

Os dois tinham batido a cabeça, não havia dúvida. No entanto, apontei um dedo na direção do templo, iluminado pelos holofotes. Três dragões estavam enrolados nele enquanto outros voavam em círculos amplos, cuspindo nas pessoas na área do mercado.

— E as luzes não estão ali. *Andando*, vocês dois. Orrin está por aqui? E Whit e Sarit?

Sam balançou a cabeça.

— Eles estavam em outro lugar.

Não sei se ficava aliviada ou sentia medo enquanto ajudava Sam e Stef a ficarem de pé. Os dois eram mais altos que eu, portanto, eu não podia mantê-los eretos enquanto caminhavam com dificuldade sobre os destroços, mas tentei.

No caminho para o posto da guarda ao norte, onde haveria assistência médica, contamos a todos que nos ouviam que eles desapareceriam para sempre se morressem naquela noite. Muitos vieram conosco, mas muitos outros não acreditaram e continuaram a lutar. Alguns que não tinham sido feridos ainda continuavam a espalhar a história.

Sam tinha ovos de sílfides nos bolsos do casaco. Quando as sílfides ficassem bem perto, eu as atacaria, mas a maior parte das sombras parecia estar procurando uma fuga.

Finalmente, conseguimos chegar ao posto da guarda, onde as pessoas gritavam ordens e outras corriam para obedecer. Conduzi Sam e o restante do grupo ao posto médico no lado esquerdo, e todas as macas sobre rodas estavam fortemente iluminadas e cercadas de máquinas. Ajudei todos a deitarem nas macas enquanto médicos e pacientes menos feridos corriam para ajudar.

— O que aconteceu com eles? — perguntou uma garota. Ela parecia ter cerca de nove anos, e, em outras circunstâncias, teria sido engraçado vê-la tentando parecer autoritária com a vozinha fina. Ela subiu num banco e olhou para mim com aversão.

— O que aconteceu com *você*?

— Não sei. Encontrei Sam e Stef no muro. Acho que estavam inconscientes. — Eu não podia ver nada enquanto a garota e seus assistentes cuidavam de meus amigos, por isso corri para a janela e fitei o templo, torcendo para que a luz voltasse a brilhar.

Menehem cambaleou na minha frente. Chamei seu nome, mas quando ele olhou na minha direção metade de seu rosto estava escurecido e com bolhas.

— O que aconteceu? — Era a pergunta da noite.

— Sílfides — disse ele. — Estão loucas de raiva por trazê-las até aqui. Em ovos, se você estiver curiosa.

Eu estava exausta demais para ficar surpresa.

— Você trouxe os dragões também? — Eu havia lido um bocado sobre as antigas guerras, mas nenhuma jamais tinha tido dragões e sílfides. Nada dentro ou fora de Range gostava das sílfides, por mais que fossem aliadas poderosas.

— Não. — Ele tossiu e fitou algo além de mim. — Foi apenas sorte. Vejo que encontrou Sam.

Eu queria deixar Menehem sofrendo sozinho. Mas não podia.

— Entre aqui. Vamos chamar um médico para dar uma olhada no seu rosto. — Abri a porta enquanto a batalha do lado de fora diminuía. O gemido dos veículos e a pancada dos canhões se extinguia. Os gritos dos dragões aumentavam e diminuíam à medida que voavam por cima do posto da guarda para o norte, levados para fora de Heart e de Range por um grupo de veículos aéreos.

Quando Menehem estava a salvo numa das macas, os médicos fizeram um gesto me pedindo para sair para que pudessem trabalhar. Andei a esmo, ouvindo os gemidos e xingamentos, entrevendo apenas lampejos dele entre os corpos dos médicos, enquanto confessava os próprios pecados. Finalmente, eles se afastaram, o sangue encharcando os jalecos brancos, e disseram que não havia mais nada que pudessem fazer.

Sua camisa fora cortada e a gaze cobria a maior parte da pele exposta. O restante era de um vermelho furioso. Ele sorriu, mas os analgésicos fluíam de um tubo para seu braço.

— Desculpe, Ana — disse, com voz rouca.

— Conte-me o que você sabe. — Não que eu quisesse dizer, mas ele parecia prestes a morrer e eu não podia perguntar se, alguma vez, ele se importara com o fato de ter uma filha. Eu não tinha certeza de querer saber a resposta.

— É tarde demais. — Menehem deu um sorriso fraco quando as paredes do posto da guarda estalaram e uma pulsação alta encheu a sala; transformando-se, em seguida, em ruído branco. — Vejo você em outra vida, borboleta.

Estremeci. Como ele *sabia*?

Ele morreu antes que eu tivesse a chance de perguntar.

Só fiquei parada por mais um instante, enquanto um miasma de emoções dava voltas dentro de mim. Então, eu me afastei e percorri a confusão de pacientes até encontrar Sam.

Os olhos dele estavam fechados, mas as máquinas faziam bipe de modo reconfortante, e ele murmurou:

— Olá, Ana. Que barulho foi esse?

— Janan voltou. — Do canto da minha janela, a luz familiar do templo encheu o céu. Toquei o pulso de Sam para sentir a pulsação, apenas para me tranquilizar. Tinham limpado o sangue de seu rosto e dos braços, revelando hematomas e a queimadura de laser de algumas semanas atrás. A queimadura ainda estava com curativo, e o fluido pingava através de um tubo para o braço. Eu não podia encontrar nenhuma parte queimada pelo ácido, mas, quando pisquei, vi a cabeça imensa do dragão pairando sobre ele. Se eu tivesse sido um pouco mais lenta...

— Não morra apenas porque é seguro.

— E deixar você sozinha com meu piano? Sem chance.

Ao prestar atenção nos cortes em seu rosto, me inclinei e rocei um beijo em seus lábios. Ele deu um sorriso cansado.

— E quanto a mim? — resmungou Stef. — Não tem beijo para mim?

— Desculpe, Stef, mas vou segurar a sua mão. — Os corredores entre as macas eram estreitos o suficiente para uma cadeira pequena e mais nada. Deslizei uma das mãos na mão de Stef quando ela voltou a dormir, e inclinei a cabeça no travesseiro de Sam, perto da cabeça dele.

Quando acordei, todos os meus músculos estalavam, e a luz do dia iluminava a cidade destruída. Grupos de busca saíram para ir atrás dos desaparecidos, mas nunca encontrariam Meuric. Eu continuava a esperar que alguém me culpasse pelo desaparecimento dele, mas, quando Sine apareceu, apenas me disse que Sam e os amigos haviam sido inocentados e que eu poderia voltar a viver com ele.

Quando nosso veículo passou por cima dos escombros na área do mercado, dei uma olhada no templo. A rachadura que os dragões causaram se reparou sozinha enquanto eu observava, e quase pude ouvir o eco das palavras de Janan em meio ao ribombar:

— Erro. Você é um erro sem importância.

Abracei a mochila e tentei não prestar atenção no motorista, que falava sobre as setenta e duas pessoas que haviam morrido enquanto o templo estava escuro.

Setenta e duas pessoas que nunca voltariam.

30
DEPOIS

MAIS QUE QUALQUER COISA, eu queria Sam para mim por alguns dias, mas Stef se convidou para ficar conosco. Ela não queria ficar sozinha.

Eu não a culpava e não reclamei. Ela fora a melhor amiga dele desde o início. Eu não conseguia compreender como eram profundos os sentimentos de um pelo outro, mas sabia o que isso significava. Quando o motorista parou diante da casa de Sam, ajudei Stef a sair também. Ela ficou com o meu quarto e eu fiquei com a sala de estar.

Enquanto se recuperavam, fiz o que podia para pôr as casas em ordem. Li e o Conselho haviam revistado a casa de Sam, e os dragões destruíram todos os bairros, cuspindo ácido. Embora o exterior tivesse se autorreparado quando o templo começou a brilhar novamente, o interior e os galpões estavam destruídos.

Passei a cuidar sozinha do que eu conseguia, a começar pelos jardins, galinheiros e cercados para as capivaras, criaturas que poderiam fornecer alimento durante o último mês do inverno. Varri o vidro quebrado e levei placas de madeira sem utilidade para a reciclagem. Cozinhei e faxinei, fiz tudo o que podia para me manter ocupada enquanto os grupos de busca encontravam mais sobreviventes e o hospital da Casa do Conselho mandava médicos para dar uma olhada em todo mundo.

Fiz de tudo para evitar pensar no Escurecimento do Templo, como chamavam aquela noite, e em todas as pessoas que eu não salvara. Tentei não pensar em

Menehem também. O fogo das sílfides o matara — os médicos disseram que fora muito doloroso —, mas ele reencarnaria, pois esperara até o templo voltar a se iluminar. Uma centena de outros também tinha conseguido esperar para morrer.

Setenta e dois, porém, se foram para sempre. Provavelmente, até mais. Havia muita gente sobre a qual eles não tinham certeza.

Sam e Stef descansaram e comeram quando eu os obrigava, além de fazerem diversos exercícios para recuperar a força. Depois de uma semana, Stef me agradeceu e disse que ia para casa. Prometeu nos visitar; sua expressão, por trás da máscara dos hematomas, que aos poucos desapareciam, estava cheia de preocupação. Eu simplesmente assenti.

Depois que ela se foi, sentei-me nos degraus e abracei os joelhos. Algumas partes em mim pareciam ocas. E arrumar a casa de Sam não as preencheria.

Eu matara Meuric. E, talvez, ele voltasse. Havia uma boa chance de estar morto antes de o templo escurecer. Mas... e se ele tivesse se contorcido de dor durante horas antes de, finalmente, morrer? E se eu o tivesse destruído como Menehem fizera com Li?

Sam sentou-se perto de mim.

— Sei que você tem que viver aqui, porque as coisas se movem quando não estou olhando.

— Isso é viver? — Tudo dentro de mim se remexia num estado de entorpecimento, como se eu tivesse pulado do alto do templo e ainda estivesse caindo. Como se eu nunca fosse ter uma tempestade dentro de mim novamente. Pelo menos, as tempestades envolviam sentimento.

— Você disse aos médicos que não se machucou. Será que eles deixaram passar alguma coisa?

— Eu queria ter me machucado. — Levei uma das mãos ao ombro e massageei os músculos ao redor. Ainda moídos. Seria prudente ter deixado os médicos darem uma olhada, mas eles teriam me afastado de Sam. Não que eu tivesse ficado perto dele depois que chegamos lá.

Continuei a olhar para minhas meias.

— Você pode me dizer o que aconteceu depois que saiu da janela da prisão?

— Vai ajudar?

Ele hesitou e imaginei a linha entre os olhos enquanto ele refletia sobre a melhor maneira de dizer a verdade.

— Talvez. Se não quiser falar sobre isso, não há nada de errado sobre essa decisão. Eu gostaria de saber. Isso me ajudaria a descobrir com o que estamos lidando.

— O que acontecerá a Menehem quando ele reencarnar?

— É difícil dizer. Imagino que ficará preso, pelo menos, durante uma vida. Provavelmente mais, levando em conta... — Sam baixou os olhos para a sala de estar. — Tenho certeza de que vão querer saber como ele fez isso.

— Ele ia me dizer.

Todas aquelas pessoas que se foram para sempre. Aonde foram?

Minha voz pareceu tão vazia quanto o restante de mim.

— Ele pensou que eu apreciaria o que tinha feito, sacrificando Ciana para que eu pudesse nascer. Sacrificando almas antigas durante o Escurecimento do Templo por mais almasnovas. Mas eu não. Quer dizer, eu preferiria ficar aqui a não ficar, mas apenas tenho essa opinião porque estou aqui.

Sam tocou minha mão.

— Ontem Sarit deixou um envelope. Ela tinha ido à casa de Li pegar suas coisas antes que o Conselho as levasse embora.

— O que é que tem no envelope?

— Não olhei. Tem seu nome nele. E a caligrafia de Menehem. — A voz de Sam era baixa. — Você quer ver?

Definitivamente, não. Mas fiquei de pé e o acompanhei até o quarto. Ele pegou o envelope grande de uma prateleira.

Em seu interior, havia cadernos finos, encadernados em couro, cheios de anotações e fórmulas químicas, desenhos e fotografias de sílfides, além de um mapa de alguma parte a leste de Range; era o local no qual fizera a pesquisa, suponho. Coloquei tudo de lado. Levaria tempo para estudar, mas, afinal, Menehem me dissera como tinha destruído tantas almas.

E como eu recebera uma oportunidade à custa da vida de outra pessoa.

Afastei o envelope e dei um passo na direção de Sam. Ele pôs os braços ao meu redor, beijou o topo da minha cabeça e murmurou:

— Você não precisava ter dormido no andar de baixo durante toda a semana.
— Stef estava aqui.

Ele encolheu um dos ombros.

Talvez não pudesse entender como teria sido estranho, sabendo que sua melhor amiga e, às vezes amante, estava a três quartos de nós. Depois de passar algumas vidas com coisas estranhas, provavelmente, não se importavam mais. Encostei o queixo no peito dele e ouvi seu coração bater enquanto ele passava os dedos pelos meus cabelos.

— Posso lhe contar o que aconteceu — falei, enfim. — E a ninguém mais. Não ainda. — Eu contornei seus dedos, e sua mão me apertou forte na cintura. — Eles não acreditariam. Não quero que saibam sobre Meuric também. Um dia vou ter que pensar sobre isso, mas por enquanto...

— Está bem. — Ele me levou até sua cama para que pudéssemos nos sentar. — Conte apenas o que você quiser contar.

Contei tudo para ele.

Sobre a luz em toda parte. Sobre as escadas, livros e a voz indiferente. E sobre Meuric. Quando eu dormi, sonhei com a minha faca, a explosão, o borrifo e o sorver ruidoso, o modo como chutara seu corpo na cova de ponta-cabeça.

Eu o matara e tinha vontade de matar Li e Menehem. Com apenas dezoito já me sentia com mil anos. Eu deveria ter ficado satisfeita pelo fato de que Li nunca voltaria, por mais vidas que eu vivesse, mas não estava. Não fazia sentido, e quando pensei bastante sobre isso os abismos vazios dentro de mim apenas se aprofundaram ainda mais.

Sam murmurou quando terminei. Ele não fez perguntas nem insistiu para que eu *fizesse* algo em relação a isso, apenas inspirou perto do meu cabelo e guardou aquele assunto para um momento em que nós dois pudéssemos lidar com ele.

— Então, acho que não vamos deixar Range.

— Acho que não. Sine é a Oradora agora. Ela convenceu o Conselho de que foi Li quem nos atacou. Li e alguém que não sabemos ainda. Duvidei que fosse Menehem. Talvez fosse um dos guardas que era amigo de Li ou alguém a quem Meuric pagara.

— Mas, quando você disse que teria ido comigo, isso ajudou. E ainda ajuda. Ele me deu um leve aperto.

— Eu iria a qualquer parte contigo.

Meu coração bateu forte, criando ondas de realidade através dos meus membros. Eu não estava só. Para Sam, eu não era um erro sem importância. Ele nunca me consideraria uma sem-alma.

Não percebi que estava chorando até Sam limpar as lágrimas das minhas bochechas.

— Ana — murmurou ele, apoiando a testa na minha. Se ele ou eu nos inclinássemos, nossos narizes esbarrariam, bem como os lábios. Eu queria beijá-lo, mas não enquanto me sentisse tão vazia. — Onde está a sua mochila?

— Hein? — Não era o que eu pensava que ele diria. — Você quer ver os livros? — Em breve, teríamos que dar uma olhada neles. Eu queria ter pegado mais, agora que sabia que algo aconteceria na Noite das Almas. Estávamos no início do Ano da Fome agora. A Noite das Almas coincidia com o equinócio da primavera do Ano das Almas. Era dali a um ano. Não parecia ser tempo suficiente para nos prepararmos para o desconhecido, especialmente com tanto trabalho já se acumulando: descobrir as anotações de Menehem, ajudar a reconstruir partes de Heart e nos preparar para possíveis almasnovas.

Em um ano, eu poderia não ser a única.

— Vamos deixar os livros para outra hora. — Sam deslizou para fora da cama, segurando minha mão na dele. — Você disse que algumas páginas da partitura pegaram fogo. Pensei que íamos descer até o piano e começar a restaurar sua música.

— Nós dois? — A última vez que eu tocara piano fora antes do baile. Parecia ter sido há séculos. — Não posso...

— Você deve. — Sam me puxou até eu ficar de pé e me obrigou a me mover com um abraço apertado. — Você é a única que pode me ajudar a recuperá-la. — Ele falava sério. Não ia me surpreender se, de manhã, uma pilha nova de páginas de partitura, com música já escrita e sem nenhum pedaço queimado, estivesse ali.

— Não sei.

— Você pode fazer qualquer coisa. — Ele falou com muita convicção, e eu queria acreditar. Eu *tinha* que acreditar. Eu *acreditaria* ou nunca ficaria livre.

Eu me livrei das asas.

Não era uma sem-alma. Nem uma borboleta.

Dali a milhares de anos, mesmo que nunca reencarnasse, as pessoas se lembrariam de mim: Ana Incarnate.

AGRADECIMENTOS

AGRADECIMENTOS INFINITOS A:

(Princesa) Lauren MacLeod, minha agente, que deve ter lido este livro umas cinquenta vezes, sem que seu entusiasmo diminuísse.

Sarah Shumway, minha editora, pela inspiração, sabedoria e por ser superfantástica em geral.

Toda a equipe da Katherine Tegen Books, incluindo a própria Katherine Tegen; Amy Ryan, Joel Tippie, e o departamento de arte pela capa *incrível* e pelo miolo mais bonito que uma garota poderia pedir; e pelo marketing e a publicidade.

Christine Nguyen, que foi minha fã desde os primeiros esboços, em especial, quando eu ficava entediada.

Corinne Duyvis, por muitas coisas, incluindo nossa coleção de borboletas.

Gabrielle Harvey, pelas explicações pacientes sobre essa história de "música como profissão", e que evitou que este livro saísse de casa com papel higiênico musical preso entre as páginas.

Gwen Hayes, que não apenas é uma parceira crítica, mas é uma irmã no Pacto do Queijo. Queijo para sempre!

Jaime Lee Moyer, que disse: "É este."

Jillian Boehme, cuja amizade e incentivo continuaram os mesmos.

Wendy Beer que, como qualquer amiga de verdade, me encorajou a tratar mal meus personagens.

Meu muito obrigada a Adam Heine, Beth Revis, Bria Quinlan (queijo!), Elizabeth Bear, Hollly MacDowell, Jamie Harrington, Julie Klumb, Kathleen

Peacock, Lisa Iriarte, Maggie Boehme, Maigan Turner, Michelle Hodkin, Rae Carson, Ricki Schultz, Sarah Heile, Shawna Thomas e Tami Moore. Sem sua ajuda, incentivo, desafios e assistência para pesquisar, este livro não seria o que é. Todas as falhas são minhas.

Obrigada aos Apocalypsies por serem um grupo de apoio tão fantástico, e a todas as pessoas que leram os primeiros capítulos no Online Writing Workshop.

Obrigada a meu marido, Jeff, que trabalhou duro para que eu pudesse ir atrás da minha paixão e que prestava atenção nas minhas divagações desvairadas sobre livros todas as horas do dia.

Obrigada a Deus, que merece mais gratidão do que jamais poderei dar.

E obrigada a você, leitor, por comprar este livro. Espero que você tenha gostado de ler tanto quanto eu gostei de escrever.

Papel: Pólen soft 70g
Tipo: Bembo
www.editoravalentina.com.br